CB047310

A CAVERNA DOS MAGOS

A CAVERNA DOS MAGOS

Fascinantes Histórias sobre Magia e Magos

Organização
PETER HAINING

5ª EDIÇÃO

Tradução
Roberto Argus

BERTRAND BRASIL

Copyright © 2003 by Seventh Zenith Ltd.
Título original: *The Wizards' Den*

Capa: Silvana Mattievich

2005
Impresso no Brasil
Printed in Brazil

CIP-Brasil. Catalogação-na-fonte
Sindicato Nacional dos Editores de Livros, RJ.

C374c 5ª ed.	A caverna dos magos: fascinantes histórias sobre magia e magos/ organização Peter Haining; tradução Roberto Argus. – 5ª ed. – Rio de Janeiro: Bertrand Brasil, 2005. 256p. Tradução de: The wizards' den ISBN 85-286-1036-5 1. Magia – Ficção. 2. Magos – Ficção. 3. Mágicos – Ficção. 4. Antologias (Literatura fantástica). I. Haining, Peter, 1940-. II. Argus, Roberto.
03-1550	CDD – 808.8015 CDU – 82-312.9

Todos os direitos reservados pela:
EDITORA BERTRAND BRASIL LTDA.
Rua Argentina, 171 – 1° andar – São Cristóvão
20921-380 – Rio de Janeiro – RJ
Tel.: (0xx21) 2585-2070 – Fax: (0xx21) 2585-2087

Não é permitida a reprodução total ou parcial desta obra, por quaisquer meios, sem a prévia autorização por escrito da Editora.

Atendemos pelo Reembolso Postal.

Este livro é dedicado a
JAMES, CHARLIE e BEN,
três pequenos magos

A magia exerce uma atração universal.

J. K. ROWLING, autora da série Harry Potter
Reader's Digest (dezembro de 2001)

*Lá em alguma caverna sombria onde os magos
preparam seus encantamentos.*

ANN RADCLIFFE
Os mistérios de Udolpho (1794)

SUMÁRIO

O Mundo da Magia, por *Peter Haining*, 11

O Professor de Lara e o Encantamento de
Dois Centavos, de *E. Nesbit*, 23

Escola para o Extraordinário, de *Manly Wade Wellman*, 35

O Diretor Demônio, de *Gillian Cross*, 51

Bandos de Fantasmas, de *Humphrey Carpenter*, 59

Grimnir e a Alteradora de Formas, de *Alan Garner*, 83

O Misterioso Oliver, de *Russell Hoban*, 97

Os Guardiães do Descobridor, de *Joan Aiken*, 111

Os Endiabrados, de *William Harvey*, 131

A Magia de Voar, de *Jacqueline Wilson*, 145

O Enigma Chinês, de *John Wyndham*, 155

O Desejo, de *Roald Dahl*, 183

O Menino Invisível, de *Ray Bradbury*, 189

Meu Nome é Dolly, de *William F. Nolan*, 205

Algo para Ler, de *Philip Pullman*, 211

O Centésimo Sonho de Carol Oneir, de
Diana Wynne Jones, 229

Agradecimentos, 255

O MUNDO DA MAGIA

Se um dia você for à pequena aldeia de Cader Idris, em Corris, no vale das grandes montanhas Welsh, encontrará a entrada de algumas cavernas enormes, conhecidas como Labirinto do Rei Arthur. Em seu interior, está sentado um menino mago chamado Myrddin, popularmente conhecido como Merlin, que uma vez profetizou a chegada do guerreiro rei Arthur e previu a batalha entre um dragão branco e um dragão vermelho pelo futuro da nação galesa. O menino, de aparência inteligente e cabelo louro, em sua túnica de tecido de saco, não é real, claro, e sim um modelo aparentemente vivo de um dos muitos magos que, durante gerações, praticaram a sua antiga arte da magia. Porque, acredite, os magos *são* reais e não apenas personagens imaginários das mentes de contadores de histórias como T. H. White, J. R. R. Tolkien e, mais recentemente, J. K. Rowling.

Fato é que os magos têm estado por aí há séculos. Na Bíblia, no Capítulo 19 de Isaías, eles são chamados de "feiticeiros", e você pode encontrá-los também nos poemas de John Milton, que mencionam "magos com estrelas reluzentes... exalando doces odores", e na peça de Shakespeare *A tempestade*, apresentando o mago Próspero. Na maioria das vezes, são descritos como homens mais velhos: altos, com barba, cabelo ondulado, vestindo longos mantos decorados com símbolos místicos e segurando bastões mágicos. Também existem as mulheres feiticeiras, conhecidas como magas, e uma, muito famosa, é mencionada por Percy

Shelley em seu livro de fantasia *A bruxa de Atlas* com as seguintes palavras: "Todos os dias aquela senhora maga sentava-se reservadamente, decifrando rolos de venerável antigüidade." Não obstante, cada uma daquelas pessoas começou o aprendizado da magia quando ainda jovem, e não poucas, subseqüentemente, se tornaram o foco de mitos e de lendas, bem como de inspiração para contos. No passado, sempre se falava a respeito desses fazedores de magias em sussurros, numa mistura de temor e respeito; hoje, eles talvez sejam mais conhecidos como "magos".

Então, o que é um mago? Segundo os dicionários, são pessoas conhecedoras das artes ocultas e que praticam a magia e a feitiçaria. Também são sábios, podem ver o futuro e hipnotizar pessoas comuns. Foram instruídos na magia e nos encantamentos e usam uma linguagem característica, muito diferente das expressões comuns freqüentemente associadas à magia, como *Abracadabra!* e *Abre-te, Sésamo!* Os magos vivem em um mundo em que praticamente tudo é possível: conseguem alterar a própria aparência – uma habilidade conhecida como "mutação de forma"–, transfigurar todos os tipos de objetos inanimados e até se tornar invisíveis. Podem ver fantasmas, evocar poderes sobrenaturais e criar enorme felicidade ou pôr em prática uma terrível vingança. Mas os magos não são maus. Apesar de alguns deles terem cedido às tentações e feito mau uso desses poderes, não os usam necessariamente para infligir danos. Embora *possam* fazê-lo, ao lutar contra pessoas más e criaturas mortais ou quando envolvidos em batalhas contra as forças das trevas.

Um dos primeiros livros de contos sobre magos foi *O mago desmascarado*, escrito em 1652.

Ninguém sabe quem foi o seu autor, mas, acredita-se, pode muito bem ter sido um mago, considerando o conjunto de informações que o livro contém acerca da arte secreta. Ele até apresenta a lista de alguns magos sobre os quais se comentava que faziam magia em Londres naquela época. Havia o "homem astuto" em Bankside, um "mago peludo" em Pepper Alley e o "doutor Forman", com as suas "bochechas de gaita-de-foles" em Lambeth. Ainda mais intrigante eram a mãe Broughton, em Chick Lane, e o jovem mestre Oliver, que vivia em Turnbull Street. Ele, obviamente, foi um bom discípulo e aprendeu a arte da magia com mais rapidez do que a maioria. Embora pouco se saiba sobre Oliver além de seu nome, ele fez parte de uma tradição antiga e foi precursor de alguns jovens magos mencionados neste livro.

Um mago tradicional evocando alguns espíritos interessantes em seu círculo mágico

Infelizmente, embora o livro *O mago desmascarado* contenha a figura de um mago em atividade em seu círculo mágico, não apresenta um retrato do extraordinário mestre Oliver.

Entretanto, muito mais coisas *são* conhecidas sobre o menino mago Merlin, que cresceu para ser, provavelmente, o fazedor de magias mais famoso da história. Os fatos sobre a vida de Merlin são, é verdade, envoltos em mistério, mas acredita-se que ele tenha vivido no final do século VI. Comenta-se que foi um "menino sem pai", que cresceu em Carmarthen, estudando magia com um sábio famoso, Blaise de Brittany. Foi em Gales que Merlin começou a ganhar a reputação de profeta, quando vaticinou a chegada do rei Arthur. Ele também ofereceu orientação ao rei galês Gwrtheyrn, quando o monarca tentava construir um castelo em Dinas Emrys. Merlin disse que aquilo jamais se concretizaria devido a dois dragões, um branco e outro vermelho, que dormiam em um lago subterrâneo nas proximidades. Quando Gwrtheyrn ordenou que o lago fosse drenado, os dois dragões despertaram e começaram a lutar, até que o vermelho finalmente triunfou. Embora Gwrtheyrn ainda não fosse capaz de construir sua fortaleza, diz-se que aqueles acontecimentos foram o motivo pelo qual o dragão vermelho tornou-se o emblema nacional do País de Gales. Atualmente, Bryn Myrddin, a "Colina de Merlin", em Carmarthen comemora os dias da juventude do mago e há rumores de que aquele é o lugar em que ele ainda dorme, aprisionado, conta-se, por ter revelado alguns de seus segredos de magia. Segundo uma lenda local, os "lamentos fantasmagóricos" de Merlin podem ser ouvidos em noites escuras, tempestuosas, vindos das profundezas da colina.

Merlin também é associado à Cornualha, onde se estabeleceu anos após vaguear pelo país, tendo como único companheiro um porco selvagem. Ali, no castelo Tintagel, diz-se que o menino Arthur nasceu, destinado a ser um dos maiores reis ingleses, e Merlin usou a sua magia para se tornar um membro inestimável da corte e aliado dos famosos Cavaleiros da Távola Redonda. De acordo com outra lenda, o mago empregou seus poderes para transportar, desde seu lar original, na Irlanda, suas rochas gigantescas, que agora formam Stonehenge. Elas foram reunidas, voaram sobre o mar da Irlanda até a planície de Salisbury e, depois, foram ali organizadas segundo os planos de Merlin. As lembranças do grande mago são mantidas vivas em Tintagel por uma caverna sob o castelo no topo do despenhadeiro, conhecida como a "Caverna de Merlin", e também nas páginas do clássico romance de fantasia *A espada na pedra*, de T. H. White, que reconta a história da infância de Arthur e o papel do mago como seu tutor.

Merlin e seu discípulo, o jovem rei Arthur, encontram-se com a Senhora do Lago

No norte da Inglaterra, em Alderley Edge, num íngreme despenhadeiro de arenito que se ergue da planície de Cheshire, pode-se encontrar um poço dos desejos que também é associado a Merlin. No poço, formado por uma fonte natural, há a seguinte inscrição:

Beba desta até se saciar,
Porque a vontade do mago faz a água jorrar.

Acredita-se que Merlin realizou uma de suas maiores proezas de magia naquele local, abrindo maciços portões ocultos na face da rocha para revelar uma imensa caverna. Lá dentro, o rei Arthur e seus cavaleiros estavam adormecidos, esperando o chamado, quando os ingleses mais uma vez necessitassem de sua coragem e bravura. Essa lenda foi utilizada no famoso romance *A pedra encantada de Brisingamen*, de Alan Garner, que contribuiu para este livro.

A Escócia também tem as suas histórias de magos. Em Selkirk, encontra-se a torre de Oakwood, o lar de Michael Scot, que, assim dizem, compilou um volume de feitiços e encantamentos conhecido como *Livro de poder*. Scot viveu nos primeiros anos do século XIII e aprendeu os segredos da magia em Paris. Segundo a lenda, ele foi um astrólogo e vidente brilhante, com tamanho controle de magia, que uma vez voou para a França montado em um cavalo demoníaco. Acredita-se que o *Livro de poder* tenha sido sepultado com ele na abadia de Melrose. Mais próximo a nossa época, no século XVIII, outro escocês, Alexander Skene, foi para a Itália quando ainda era adolescente a fim de aprender tudo sobre como se tornar um mago. Quando retornou a Aberdeen e viveu no local agora chamado de Skene House, seus poderes mágicos eram de tal ordem, que ele se tornou conhecido em toda a redondeza como "o mago proprietário de terras". Conta-se que ele jamais produziu uma sombra, nem mesmo sob a mais intensa luz do sol, e viajava a todos os lugares com quatro pássaros – um corvo, um falcão, uma pega e uma gralha – aos quais ele chamava de "meus duendes". Era hábil na elaboração de poções mágicas com ervas colhidas nos vales locais, empregando-as contra inúmeros fazedores de mal. Na comarca de Aberdeen, ainda hoje se repetem histórias sensacionais sobre o "mago proprietário de terras".

Outra narrativa popular escocesa famosa, "O aprendiz de feiticeiro", coletada por J. F. Campbell e publicada em seu livro *Contos populares das montanhas da Escócia*, em 1860, conta a his-

Uma aula de magia na Escola de Magia do Grande Mago

tória do filho de um jovem fazendeiro que foi treinado nos caminhos da magia por um feiticeiro, Fiachaire Gobha. O rapaz aprendeu a lançar encantamentos e também se tornou especialista em "metamorfose", transformando-se em cachorro, touro, cavalo e até mesmo em um par de foles durante um estranho incidente. O que torna essa história particularmente interessante é a referência à Escola de Magia do Grande Mago que o velho freqüentou e para onde enviou seu jovem discípulo. Na história, há pouquíssima informação autêntica a respeito da escola, embora haja uma sugestão de que ela estivesse localizada na Itália e que talvez tenha sido o mesmo estabelecimento freqüentado por Alexander Skene. É mais provável que estivesse situada na Escócia, possivelmente em um canto remoto das montanhas ocidentais. De qualquer maneira, pode ser considerada a precursora da Escola Hogwarts de Feitiçaria e Magia, de Harry Potter, que também está localizada em um remoto castelo escocês.

Evidências a respeito de magos também podem ser encontradas em outros locais. Algumas vezes, eles parecem ter aterrorizado tanto as pessoas, que alguns tiveram o mesmo destino de Thomas Sche que, em 1596, foi queimado na estaca. Há referência a uma acusação, em 1751, sobre "uma grande multidão em Tring (Hertfordshire) que declarou vingança contra Osborne e sua esposa, acusando-os de mago e feiticeira", e, um século mais tarde, o autor, William Hone, em seu *Every-day Book* relata que, em julho de 1825, "um homem foi afogado, sob a acusação de ser mago em Wickham Skeith (Suffolk)". Outros escritores falam mais favoravelmente a respeito das atividades dos magos, incluindo Henry Mayhew em sua obra *London Labour and the London Poor* (1851-62), citando um homem: "Considero-me um mago, o que significa conjurador, astrólogo e leitor da sorte". Três famosos magos do século XIX também são mencionados em obras de ficção: *Sir* Walter Scott descreve "lorde Gifford, em sua estranha vestimenta de mago", em *Marmion* (1808); Gerald Dow, o mago nascido na Holanda, é mencionado por Nathaniel Hawthorne, praticando sua arte nos Estados Unidos em *Tanglewood Tales* (1853) e Rudyard Kipling refere-se, em *Life's Handicap* (1891), a "Juseen Daze, o mago que tem a "cabeça do macaco falante".

Magos de todas as épocas também continuaram a aparecer na ficção moderna. Em 1900, a pequena Dorothy pôs-se a caminho para encontrar *O mágico de Oz*, na história de L. Frank Baum. Ela foi seguida, em 1938, pela obra de T. H. White, *A espada na pedra*, apresentando o menino Wart, a quem Merlin ensinou

O mago moderno, professor de Lara, e uma jovem cliente em potencial

os caminhos da magia e que se metamorfoseou em diversos animais para aprender seus caminhos. Wart foi descrito como um ancestral espiritual de Harry Potter, uma opinião com a qual qualquer um que leia o livro provavelmente concordará. Merlin reapareceu em *That Hideous Strength* por C. S. Lewis (1945). Em 1968, J. R. Tolkien apresentou outro personagem maravilhoso, o mago Gandalf, em *O senhor dos anéis*. Em suas pegadas, chegou, por J. K. Rowling, o jovem e versátil Harry Potter, aprendiz de mago na Hogwarts School, continuando a tradição de magia de fato e ficção que se comprovou tão fascinante aos leitores de todas as idades.

Espero, sinceramente, que as histórias que escolhi para este livro, acerca dessa tradição há muito existente – começando com "Professor de Lara e o encantamento de dois centavos", de E. Nesbit, a escritora da qual J. K. Rowling admitiu ter recebido enorme influência –, transportem você, leitor, ao mundo da magia onde qualquer coisa, e quero dizer *qualquer coisa mesmo*, é possível. E, assim espero, se a magia não for *excessivamente* poderosa, que lhe permitam retornar em segurança...

PETER HAINING
Dolgellau, País de Gales
Abril de 2001

A CAVERNA DOS MAGOS

O PROFESSOR DE LARA E O ENCANTAMENTO DE DOIS CENTAVOS

E. Nesbit

O professor Doloro de Lara – para chamá-lo por seu nome completo – é um profundo conhecedor de Magia (Branca) e da Arte Negra. Ele é bastante alto, tem aparência um pouco assustadora, olhos negros e boca indescritível, como a definem algumas pessoas que o conheceram. Ele também consegue alterar a própria aparência num piscar de olhos. Os anúncios do professor dizem que instruirá jovens alunos em seus próprios lares, sem custo adicional, e oferecem "períodos letivos especiais para escolas". Ele quase poderia ser um membro do staff *da escola de Harry Potter, Hogwarts, o que não é de surpreender, pois desde criança J. K. Rowling foi muito influenciada pelos livros de E. Nesbit, autora que também escreveu sobre magos e magia e preferia assinar suas obras com apenas uma inicial. Nesta história, uma menina chamada Lucy deseja que o professor de Lara lhe forneça um encantamento para dar uma lição em Harry, seu irmão amedrontador. Mas a magia teve um resultado de certo modo inesperado, como você descobrirá...*

* * *

Lucy era uma menina realmente muito boa, e Harry não era tão mau – para um menino, embora os adultos o chamassem de malandro! Ambos iam muito bem na escola e não lhes faltava amor em casa. Talvez Lucy fosse um pouco boba, e Harry era, sem dúvida, suficientemente grosseiro para chamá-la disso, mas ela não precisava ter retrucado, chamando-o de "besta". Creio que ela fez isso, em parte, para lhe mostrar que não era tão boba quanto ele pensava e também porque estava muito aborrecida por ter sido enterrada até a cintura entre os arbustos de groselha espinhosa. Lucy entrou no buraco que Harry havia cavado porque ele lhe disse que aquilo iria fazê-la crescer. Porém, repentinamente, ele pegou uma pá e jogou no buraco uma grande quantidade de terra, pisando-a em seguida, de maneira que Lucy não conseguia se mover. Ela começou a chorar, por isso Harry a chamou de boba e ela retrucou "besta". Ele se afastou, deixando-a "plantada lá", como dizem os franceses. Ela gritou mais do que nunca, tentando livrar-se, mas não conseguiu. Embora fosse naturalmente uma criança muito doce, Lucy teria sapateado de raiva, se apenas conseguisse tirar seus pés dali. E, então, berrou ainda mais. Logo apareceu o tio Richard, que a tirou dali, dizendo que aquilo era uma vergonha e dando-lhe dois centavos a Lucy para gastar como quisesse. Lucy pediu à ama-seca que a limpasse daquela terra suja de groselha e, quando estava limpa, saiu para gastar os dois centavos. Tinha permissão para ir sozinha, porque as lojas ficavam próximo de sua casa, do mesmo lado da rua, não havendo, portanto, o perigo dos cruzamentos.

— Vou gastar cada centavo só comigo — disse Lucy, feroz. — Harry não vai ganhar nada, a não ser que eu consiga pensar em alguma coisa da qual ele não goste e que eu possa colocar em seu pão e leite! — Ela jamais havia se sentido tão malvada antes, mas, por outro lado, Harry nunca tinha sido tão desagradável.

Andou lentamente diante das lojas, desejando pensar em alguma coisa que Harry odiasse. Ela mesma odiava minhocas, mas Harry não se importava com elas. Meninos são tão estranhos.

Repentinamente, viu uma loja que não notara antes. A vitrina estava repleta de flores — rosas, lírios, violetas, cravos, amores-perfeitos –, tudo que se possa imaginar, crescendo em um amontoado confuso, como se pode ver em um velho jardim no verão.

Procurou no alto o nome da loja. Em vez de um nome ou de, simplesmente, Florista, viu escrito "Doloro de Lara, professor de Magia branca e negra". Na vitrina, um grande cartaz emoldurado e envidraçado informava:

ENCANTAMENTOS FEITOS ENQUANTO VOCÊ ESPERA.
TODOS OS TIPOS DE AMULETOS
CUIDADOSA E TOTALMENTE TRABALHADOS.
FEITIÇOS FORTES DESDE CINQÜENTA GUINÉUS A
DOIS CENTAVOS.
SATISFAZEMOS A TODOS OS BOLSOS.
EXPERIMENTE.
A MELHOR E MAIS BARATA LOJA NO MERCADO.
DESAFIA-SE A CONCORRÊNCIA.

Lucy leu aquilo com o polegar na boca. O que a atraía era a menção aos dois centavos. Jamais havia comprado um feitiço. Mesmo um de dois centavos seria novidade.

Só pode ser algum tipo de truque mágico, pensou ela, e nunca deixarei que Harry veja como é feito... nunca, nunca, nunca!

Ela entrou. A loja também era florida, parecia um caramanchão, com um vermelho-rosado e um branco-lírio tanto dentro quanto fora. As cores e o odor quase lhe tiraram a respiração. Um cavalheiro magro, sombrio e desagradável apareceu repentinamente de um caramanchão florido de beladona e disse:

– O que posso fazer *hoje* pela senhorita?

– Por gentileza, quero um feitiço – disse Lucy. – O melhor que puder fazer por dois centavos.

— Isso é tudo o que tem? — perguntou ele.

— Sim — respondeu Lucy.

— Bem, não pode esperar muito de um feitiço por esse valor — disse ele. — Entretanto, é melhor que eu tenha esses dois centavos do que eles fiquem com a senhorita. Acho que compreende, claro! Agora, do que gostaria? Podemos fazer um pequeno e interessante feitiço por seis centavos que fará com que jamais falte geléia para acompanhar o chá. Tenho outro artigo de 18 centavos que fará com que todos os adultos sempre pensem que você é boa, mesmo que não o seja, e por meia coroa...

— Só tenho dois centavos.

— Bem — disse ele, rabugento —, só existe um feitiço por esse preço, que, na verdade, custa dois centavos e meio, mas... digamos dois centavos. Posso fazer com que você goste de alguém e que esse alguém goste de você.

— Obrigada — retrucou Lucy —, gosto da maioria das pessoas e todos gostam de mim.

— Não é *isso* que quero dizer. Não existe alguém que você gostaria de ferir se fosse tão forte quanto ele e se ele fosse tão frágil quanto você?

— Sim — respondeu ela em um sussurro de culpa.

— Então, me passe os dois centavos — disse o sombrio cavalheiro — e, não se esqueça, trata-se de uma pechincha. — Ele arrancou as moedas quentes da mão dela. — Então, amanhã de manhã, você será tão forte quanto Harry, e ele estará tão pequeno e frágil quanto você. Desse modo, você poderá machucá-lo quanto quiser e ele não será capaz de feri-la.

— Oh — disse Lucy —, não tenho certeza de querer isso. Acho que gostaria de mudar o feitiço, por favor.

— Não trocamos artigos — respondeu ele, rabugento —, você recebeu o que pediu.

— Obrigada — disse Lucy, hesitante —, mas como eu...?

— É totalmente auto-ajustável — explicou o desagradável senhor Doloro. — Não é necessário experiência prévia.

— Muito obrigada — agradeceu Lucy. — Bom...

Ia dizer "bom-dia", mas a saudação transformou-se em "Meu Deus!", porque ela estava realmente atônita: de repente, a loja de flores metamorfoseara-se na loja de doces, que conhecia muito bem, e o desagradável senhor Doloro transformara-se na doceira, que lhe perguntava o que queria, e, evidentemente, uma vez que gastara os seus dois centavos, a resposta foi "Nada!". Ela já lamentava tê-los gasto e da maneira como o fizera e ainda se sentiu pior quando chegou em casa e Harry reconheceu, elegantemente, estar *muito sentido* por tê-la enganado, mas realmente não pensara que ela fosse tão tolinha e *sentia muito* — era isso!

Aquilo tocou o coração de Lucy, que lamentou mais do que nunca não ter utilizado seus dois centavos de maneira mais vantajosa. Tentou avisar Harry sobre o que estava prestes a acontecer na manhã seguinte, mas ele apenas respondeu:

— Esqueça isso, o pequeno Billson está vindo para jogar críquete. Você pode pegar as bolas, se quiser. — Lucy não queria, mas aparentemente era a única coisa que poderia fazer para mostrar que aceitava entusiasticamente o pedido de desculpas do irmão por tê-la enganado. Assim, apanhou as bolas, abatida e ineficiente.

Na manhã seguinte, Harry levantou-se na hora, dobrou o camisolão e arrumou tão bem o quarto, que a arrumadeira quase desmaiou de surpresa quando entrou nele. Em seguida, desceu a escada tão rápida e silenciosamente quanto um camundongo e fez as lições antes do café da manhã. Lucy, por outro lado, levantou-se tão tarde, que só se vestindo apressadamente é que teve tempo de preparar uma "peça" para Harry muito boa antes de escorregar pelo corrimão bem na hora em que soava a sineta do café da manhã. Lucy foi a primeira a entrar na sala. Por isso, conseguiu colocar um pouco de sal em todas as xícaras de chá antes que mais alguém entrasse. Quando o estranho chá foi provado por todos, Harry foi responsabilizado.

— Fui eu que fiz isso — disse Lucy, mas ninguém acreditou. Disseram que ela era uma irmã nobre, generosa, por tentar proteger seu desobediente irmão. Harry irrompeu numa torrente de lágrimas quando ela o chutou por baixo da mesa, mesmo odiando-se por isso, mas parecia impossível fazer qualquer outra coisa.

Harry chorou durante quase todo o caminho até a escola, enquanto Lucy insistia em deslizar ao longo das sarjetas, arrastando Harry atrás dela. Ela comprou um estilingue na loja de brinquedos e uma caixa de tachinhas na loja de pintura. Tudo fiado, mas, como Lucy nunca havia pedido fiado antes, conseguiu o que queria.

No topo da Blackheath Village eles se separaram — Harry voltou a sua escola, do outro lado da estação, e Lucy seguiu em frente, para a Blackheath High School.

A Blackheath High School tinha um saguão enorme e bonito, aonde se chegava por uma escadaria que mais parecia a de um quadro. Na outra extremidade do saguão, encontrava-se uma grande estátua de uma bela senhora. As professoras da High School chamavam-na de Vênus (francamente, não acredito que seja esse o nome dela).

Lucy — a boa, delicada, pequena Lucy, amada pela professora de sua série e respeitada por todos na escola — sentou-se naqueles degraus (não sei como ninguém a pegou) e, com o estilingue, lançou bolinhas de tinta (você sabe o que são, claro!) na bela estátua branca da senhora, até que Vênus (se esse for mesmo o seu nome, o que não creio) ficasse toda salpicada de pontos pretos, como um cão dálmata.

Depois, ela entrou na sala de aula e espalhou tachinhas, com a ponta para cima, em todas as mesas e assentos, um ato carregado de obscura retaliação a Blossoma Rand e a Wilhelmina Marguerite Asterisk. Outra armadilha: um dicionário, um pote com água, três pedaços de giz e um punhado de papel picado foram apressadamente colocados acima da porta. Três outras garotinhas, espectadoras boquiabertas, acompanhavam aquela movimentação. Não desejo deixá-los chocados, por isso nada falarei sobre o total sucesso da armadilha nem sobre a sangüinária briga entre Lucy e Bertha Kaurter em um campo isolado de handebol durante o recreio. Dora Spielman e Gertrude Rook eram suas agitadas "assistentes". A luta foi interrompida no quinto assalto pela professora de Lucy, a adorada senhorita Harter Larke, que levou as acusadas, manchadas de sangue, pelo saguão e pela bela escadaria ao gabinete da diretora.

As sutis habilidades de comando da diretora da Blackheath High School conquistavam tanto os pais quanto os alunos. Ela era envolvente demais. Qualquer outra pessoa menos esperta teria expulsado a desafortunada Lucy, sobrecarregada com a natureza masculina do irmão, perante tal prova agora apresentada, mas isso não se aplicava à diretora da Blackheath. Ela evitava fazer qualquer julgamento, uma atitude das mais terríveis para um culpado que, por sua vez, ficava pensando no assunto por uma hora e meia no gabinete da professora, enquanto ela, em particular, escrevia uma nota para a mãe de Lucy, gentilmente sugerindo que a menina estava agindo de maneira estranha, diferente de seu comportamento habitual: talvez estivesse aflita com alguma coisa. Talvez fosse melhor se ela ficasse em casa durante um ou dois dias. Lucy foi para casa. No caminho, derrubou uma garotinha que andava de bicicleta e levou a melhor em exaltada discussão com o filho de um padeiro.

Enquanto isso, Harry já havia enxugado as lágrimas e tinha ido para a escola. Sabia as lições, fato incomum e agradável e, estimulado por grandes esperanças, resolvera envolver-se profunda e firmemente dali por diante. Mas, ao sair triunfante da escola matinal, sentira a cabeça repentinamente golpeada pelo caçula dos Simpkins alegando que Harry estava tentando se destacar na sala de aula. O golpe havia sido calculado e certeiro. Harry, claro, não revidara. Em uma torrente de lágrimas e com a emoção descontrolada, implorara que o pequeno Simpkins o deixasse em paz e não fosse violento. Então, o pequeno Simpkins chutara, e outros de seus pequenos amigos se juntaram à ruidosa aglomeração, que se transformara em um festival de chutes.

Quando Harry e Lucy se encontraram na esquina da rua Wemyss, o rosto de Harry estava quase irreconhecível, enquanto Lucy parecia tão satisfeita quanto uma rainha e tão orgulhosa quanto um pavão.

— O que aconteceu? — perguntou Lucy vivamente.

— Todos os garotos da escola me chutaram — respondeu Harry, a voz sem entonação. — Queria estar morto.

— Eu também — respondeu Lucy, com alegria. — Acho que vou ser expulsa. Sem dúvida eu seria, mas a minha armadilha caiu sobre a cabeça de Bessie Jayne e não sobre a da senhorita Não-sei-o-nome-dela, e Bessie não é dedo-duro, embora tenha ficado com um galo do tamanho de um ovo de avestruz na testa e também toda encharcada. Mas acho que acabarei sendo expulsa mesmo.

— Gostaria de ter sido — disse Harry, chorando e emocionado. — Não sei o que está acontecendo comigo. Sinto-me todo errado por dentro. Você acha que consegue se transformar em outras coisas só por lê-las? Porque me sinto como se eu estivesse em algum dos livros que o gentil padre nos emprestou lá na praia.

— Que besteira! – exclamou Lucy. – Pois, para mim, é como se o fato de eu ser ou não expulsa não tivesse a menor importância. E vou lhe dizer uma coisa, Harry, sinto-me como se eu fosse muito mais forte do que você. Sei que poderia torcer seu braço e machucá-lo, como você fez comigo outro dia, sem que você conseguisse me deter.

— Claro que eu não conseguiria! Eu não posso evitar que alguém faça alguma coisa que deseja fazer. Quem quiser, pode me bater sem que eu consiga revidar.

E Harry começou a chorar de novo. De repente, Lucy ficou realmente com pena dele. Sabia que era a responsável por aquilo; reduzira o irmão a um mero covarde, só porque ele a enterrara naquele buraco e a abandonara lá. Subitamente, o remorso a envolveu com unhas e dentes.

— Preste atenção! – disse ela. – Foi tudo culpa minha! Eu queria magoá-lo porque você me deixou enterrada, mas já não quero mais. Não posso torná-lo um menino forte e corajoso de novo, mas sinto muito e cuidarei de você, meu querido Harry! Talvez você pudesse se disfarçar, vestindo uma saia, usando cabelo comprido e indo comigo para a High School. Eu cuidaria para que ninguém o ameaçasse. Não é bom se sentir ameaçado, não é?

Harry lançou os braços ao redor dela, uma coisa que jamais teria feito em público se naquele momento não estivesse se sentindo tão frágil.

— Não, isso é odioso – ele respondeu. – Lucy, desculpe-me por ter sido tão sujo com você.

Lucy também o abraçou e beijaram-se fraternamente, embora estivessem em plena luz do dia e andando pelo Lee Park.

Naquele instante, o feiticeiro Doloro de Lara colidiu com eles na calçada. Lucy berrou e Harry desferiu um golpe com o máximo de força possível.

— Preste atenção! – disse Harry. – Veja por onde esbarra...
— Você estragou o encantamento, Lucy, minha menina – disse o encantador, endireitando o chapéu. – Nenhum encantamento se mantém se você começa a beijar o seu irmão, pedindo desculpas. No futuro, tenha isso em mente, entendeu?

Mal acabou de falar, desapareceu na nuvem branca de um carro movido a vapor que passava, deixando Harry e Lucy olhando um para o outro.

Então, Harry voltou a ser Harry e Lucy voltou a ser Lucy até a medula de seus pequenos ossos. Nessa hora, eles apertaram as mãos com toda a sinceridade.

No dia seguinte, Lucy voltou à High School e pediu desculpas por tudo que fizera.

— Acho que não estava sendo eu mesma e isso jamais acontecerá de novo! – disse à diretora, que concordou totalmente com ela.

E Lucy cumpriu o prometido. Harry, por outro lado, na primeira oportunidade, deu uma surra completa na caçula dos Simpkins, mas não bateu com exagero: dosou determinação com misericórdia.

Esta é a parte curiosa de toda a história. Desde aquele dia em que o encantamento de dois centavos fez o seu trabalho, Harry foi mais gentil do que antes e Lucy mais corajosa. Não consigo compreender o motivo, mas assim é. Ele não a ameaça mais e ela não tem mais medo dele. Cada vez que ela faz alguma coisa corajosa para ele ou que ele faz algo gentil para ela, eles crescem mais parecidos, de modo que, quando forem adultos, ele poderá muito bem ser chamado de Lucius e ela de Harriet, independentemente de todas as diferenças existentes entre os dois.

E todos os adultos os olham e admiram. Eles imaginam que aquelas brigas incessantes produziram essa melhora. Ninguém suspeita da verdade, com exceção da diretora da High School, que participou de um curso completo de Magia Social, ministrado por um professor melhor do que o senhor Doloro de Lara. Por isso, ela entendeu tudo e não expulsou Lucy, apenas a repreendeu.

Harry agora é o líder na escola. Lucy está na sexta série e é um modelo de moça. Gostaria que todas as diretoras aprendessem Magia em Girton.

* * *

E. NESBIT (o "E" é de Edith) foi, provavelmente, a primeira autora infantil verdadeiramente moderna. Seus contos, escritos nos primeiros anos do século XX, exerceram grande influência sobre muitos outros escritores, principalmente J. K. Rowling, que declara: "Identifico-me mais com Nesbit do que com qualquer outro escritor. Ela dizia que, por algum golpe de sorte, lembrava-se exatamente de como se sentia e pensava quando era criança." Com certeza, isso é verdade na história de Lucy e do mago. Edith Nesbit começou a escrever para ganhar algum dinheiro, depois que a empresa do marido foi à falência e nasceu o seu primeiro filho. Suas primeiras histórias baseavam-se nas experiências da própria infância. E logo tornou-se conhecida com as séries de contos sobre as crianças de Bastable.

Em 1906, Nesbit começou a escrever histórias curtas de fantasia e, atualmente, é reconhecida como a primeira autora a contá-las em um estilo inteligente, não muito sério e bem-humorado. Evidentemente, logo se tornou óbvio que ela aprendeu muita coisa sobre magia em livros nos quais crianças comuns, de vida cotidiana, são os heróis. Os magos também aparecem em diversos de seus contos. Mas o professor de Lara é o meu favorito.

ESCOLA PARA O EXTRAORDINÁRIO

Manly Wade Wellman

Bart está viajando de trem para a sua nova escola. Prestes a tornar-se aluno na antiga e famosa escola americana de Carrington, não é de admirar que esteja um pouco apreensivo. Sua jornada, desde a cidade onde vive até a zona rural, deu-lhe muito tempo para pensar sobre o que está por vir, e, por isso, toda sorte de pensamentos preocupantes cruza a sua imaginação. Já está escurecendo quando Bart deixa a estação para caminhar em direção à escola. Subitamente, é surpreendido por Hoag, um jovem de rosto pálido e olhos escuros, penetrantes, que surge das sombras, oferecendo-se para mostrar-lhe o caminho. Hoag é outro aluno da escola, porém seu frio aperto de mão e as coisas sinistras que diz ocorrerem por lá são meras indicações das terríveis forças das trevas que aguardam Bart em Carrington...

* * *

Bart Setwick, um rapaz de fisionomia sincera, vestindo um casaco de *tweed* bem-talhado, desceu do trem em Carrington e permaneceu, por um momento, na plataforma. Essa pequena cidade e sua famosa escola seriam seu lar pelos próximos oito meses. Mas qual seria o caminho para a escola? O sol já se havia posto e mal se podiam ver os letreiros luminosos das lojas na modesta rua principal de Carrington. Ele hesitou por um momento. Em seguida, ouviu uma voz suave, falando bem perto:

— Você vai para a escola?

Assustado, Bart Setwick virou-se. Na penumbra acinzentada, outro rapaz, parado e sorrindo suavemente, esperava uma resposta. O estranho deveria ter uns 19 anos — o que significava maturidade para o jovem Setwick, que tinha apenas 15 —, e seu rosto pálido mostrava as linhas da perspicácia. Era alto, desajeitado e estava vestido com uma camisa de malha de gola alta e calças apertadas, fora de moda. Bart Setwick examinou-o com um rápido e analítico olhar, no estilo da jovem América.

— Acabei de chegar — respondeu. — Meu nome é Setwick.

— O meu é Hoag. — Uma mão delgada estendeu-se. Ao tocá-la, Setwick sentiu-a fria como um sapo, dando uma idéia de músculos semelhantes a arames de aço. — Prazer em conhecê-lo. Vim na esperança de que alguém descesse do trem. Permita-me lhe oferecer uma carona até a escola.

Hoag virou-se com uma rapidez felina, considerando-se sua falta de jeito, e conduziu seu novo conhecido para fora da pequena construção de madeira que era a estação ferroviária. Atrás dela, semi-oculta na sombra, havia uma velha charrete com um magro cavalo baio atrelado.

— Suba! — convidou Hoag, mas Bark Setwick hesitou por um momento. Sua geração não estava acostumada a esse tipo de veículo. Hoag riu para si mesmo e disse: — Oh, isso é apenas uma das esquisitices da escola. Temos hábitos estranhos. Suba!

Setwick obedeceu.

— E a minha mala?

— Deixe-a aí. — O jovem alto ajeitou-se ao lado de Setwick e tomou as rédeas. — Você não precisará dela esta noite.

Hoag estalou a língua, incitando o cavalo baio, que os conduziu por uma estrada ladeada por arbustos. O tropel do cavalo baio soava estranhamente amortecido.

Após uma curva e outra, chegaram a um campo aberto. As luzes de Carrington, recém-acesas, contrapondo-se à escuridão da noite, assemelhavam-se a uma constelação assentada na Terra. Setwick sentiu um sinal de calafrio que não parecia combinar com uma noite de setembro.

— Qual é a distância da cidade até a escola? — Setwick perguntou.

— Cinco ou oito quilômetros — respondeu Hoag com sua voz calma. — Essa distância foi decidida pelos fundadores, que desejavam dificultar as idas dos estudantes à cidade para se divertir. Isso nos obrigou a descobrir os nossos próprios entretenimentos. — O rosto pálido de Hoag franziu-se num débil sorriso, com ar de gracejo. — Temos apenas uns poucos sujeitos legais hoje à noite. A propósito, para que você foi mandado?

Setwick franziu as sobrancelhas, desnorteado.

— Ora, para ir à escola. Meu pai me mandou.

— Mas para quê? Você não sabe que isso é um preparatório para uma prisão de alto nível? Metade de nós é constituída de estúpidos que precisam ser empurrados; a outra metade, de sujeitos que se meteram em escândalos em algum lugar. Como eu. — Hoag sorriu novamente.

Setwick começou a não gostar da companhia. Viajaram mais ou menos dois quilômetros em silêncio antes que Hoag fizesse outra pergunta:

— Você vai à igreja, Setwick?

O garoto não quis parecer puritano e respondeu com indiferença:

— Não freqüentemente.

— Você consegue recitar alguma coisa da Bíblia? — A voz suave de Hoag adotou um tom ansioso.

— Não que eu saiba.

— Ótimo! — Foi a resposta quase entusiástica de Hoag. — Como eu estava dizendo, existem apenas alguns de nós na escola esta noite; para ser exato, só três. E não gostamos de quem fica fazendo citações bíblicas.

Setwick riu, tentando aparentar sabedoria e cinismo.

— Não é Satã que tem a reputação de citar a Bíblia, para seu próprio...

— O que sabe sobre Satã? — interrompeu-o Hoag, voltando-se inteiramente para Setwick e analisando-o atentamente com seus intensos olhos escuros. Então, respondendo à própria pergunta, disse: — Sabe pouco, aposto! Gostaria de saber mais sobre ele?

— Certamente — respondeu Setwick, perguntando-se qual seria a brincadeira.

— Eu lhe ensinarei daqui a algum tempo — prometeu Hoag enigmático, e o silêncio se fez novamente.

A lua já estava quase alta quando puderam ver um escuro amontoado de construções.

— Aqui estamos — anunciou Hoag e, então, lançando a cabeça para trás, emitiu um uivo selvagem, que fez Setwick quase pular fora da charrete. — Isso é para que os outros saibam que estamos chegando — explicou.

No mesmo instante, algo parecido com um eco do uivo, estridente, indistinto e sinistro, retornou. O cavalo vacilou em seu abafado trote e Hoag o fez voltar ao passo. Entraram numa estrada com crescidas ervas daninhas e em dois minutos estavam nos fundos do prédio mais próximo. Era de um cinza-pálido sob o luar, com retângulos pintados de branco como janelas. Em nenhum lugar havia luz, mas, enquanto a charrete parava, Setwick viu a cabeça de um jovem aparecer numa janela no andar térreo.

— Já de volta, Hoag? — ouviu-se uma voz aguda e alta.

— Sim, e trouxe um novo homem comigo — respondeu o jovem segurando as rédeas. Um pouco excitado por ouvir que se referiam a ele como homem, Setwick desceu da charrete. — Seu nome é Setwick — continuou Hoag. — Este é Andoff, Setwick, um grande amigo meu.

Andoff agitou a mão em saudação e pulou pela janela. Era rechonchudo, atarracado e ainda mais pálido do que Hoag, com uma pequena testa abaixo do cabelo escorrido e de aspecto molhado. Os olhos negros eram bem separados e o rosto apresentava uma aparência idiota. A jaqueta surrada era extremamente apertada para ele. Abaixo das velhas calças apareciam suas pernas nuas e os pés descalços. Andoff deveria ser um jovem crescido demais para 13 anos ou subdesenvolvido para 18.

— Felcher deve chegar em meio segundo — disse espontaneamente.

— Entretenha Setwick enquanto guardo a charrete — Hoag instruiu. Andoff concordou, fazendo um movimento com a cabeça. Hoag juntava as cordas nas mãos quando parou para uma palavra final. — Nada de gracinhas ainda, Andoff — advertiu, sério. — Setwick, não deixe esse saco de banha provocar você ou contar histórias fantásticas até que eu volte.

Andoff riu de forma estridente.

— Não, nada de histórias fantásticas — prometeu. — Você faz o discurso, Hoag.

A charrete foi-se e Andoff virou seu gordo e sorridente rosto para o recém-chegado.

— Aí vem Felcher — anunciou. — Felcher, este é Setwick.

Felcher parecia ter surgido inesperadamente do nada. Setwick não o tinha visto vir da esquina do prédio ou escapulir por uma porta ou janela. Era, provavelmente, da mesma idade de Hoag ou mais velho, mas tão pequeno, que poderia quase ser um anão. Sua mais notável característica era a cabeleira. Uma grenha enorme cobria sua cabeça, escorria sobre o pescoço e orelhas, caindo despenteada sobre os brilhantes e profundos olhos. Uma penugem densa descia por seus lábios e bochechas, e um tufo espesso de cabelo encaracolado despontava pela gola desabotoada da suja camisa branca. A mão que ofereceu a Setwick era quase simiesca em sua pelagem e aspereza da palma. Era também fria e úmida. Setwick lembrou-se da mesma sensação que tivera ao apertar a mão de Hoag.

— Somos os únicos aqui até o momento — observou Felcher. Sua voz, surpreendentemente profunda e forte para tão pequena criatura, soou como um grande sino.

— Nem o diretor da escola está? — perguntou Setwick, o que causou uma explosão de risos nos outros dois, o guincho pífaro de Andoff fazendo coro à voz de sino de Felcher. Voltando, Hoag perguntou qual fora a graça.

— Setwick está perguntando — rosnou Felcher — por que o diretor não está aqui para dar as boas-vindas a ele.

Mais risadas de pífaro e sinos.

— Duvido de que Setwick acharia a resposta engraçada — comentou Hoag, rindo baixo.

Setwick, que era bem-educado, começou a se enfurecer.

— Digam o que está acontecendo — advertiu, no que esperava ser um tom severo — e, então, participarei desse alegre coral.

Felcher e Andoff olharam fixamente para ele com olhos estranhamente ansiosos e esquadrinhadores. Em seguida, voltaram-se para Hoag.

— Vamos contar a ele — falaram ambos ao mesmo tempo, mas Hoag sacudiu a cabeça negativamente.

— Ainda não! Uma coisa de cada vez. Primeiro, vamos à música.

Começaram a cantar. A primeira estrofe da oferenda era obscena, sem nenhuma máscara de humor para redimi-la. Setwick nunca fora suscetível, porém sentia-se totalmente repugnado. A segunda estrofe parecia menos censurável, mas dificilmente fazia algum sentido:

> *O que aqui nos tentaram ensinar*
> *agora é inato aprendizado.*
> *Cada um, resoluto e preparado,*
> *veio conhecimento buscar.*
> *Aquilo que de desastre foi chamado,*
> *ó mestre, não nos matou não!*
> *Aqui, imploramos nos governar,*
> *pensamento, olho e mão.*

Era algo semelhante a um hino, concluiu Setwick. Mas diante de que altar seriam tais hinos cantados? Hoag deve ter lido aquela pergunta em sua mente.

— Você mencionou Satã na charrete, quando vínhamos. Lembra-se? — A astuta face de Hoag parecia uma máscara suspensa na semi-obscuridade, perto de Setwick. — Bem, essa é uma canção satanista.

— É? Quem a compôs? — perguntou Setwick.

— Eu — informou Hoag. — Gostou?

Setwick não respondeu. Tentou detectar algum tom de zombaria na voz de Hoag, mas sem sucesso.

— O que — perguntou finalmente — tem todo esse canto satanista a ver com o diretor?

— Muito — respondeu Felcher em tom grave, retornando à conversa.

— Muito — esganiçou Andoff.

Hoag fitou cada um de seus amigos e, pela primeira vez, sorriu abertamente, revelando uma aparência dentuça.

— Creio — arriscou de forma calma, porém veemente — que podemos permitir que Setwick também faça parte de nosso pequeno círculo.

Então começaria aqui, concluiu o garoto, o trote a calouros sobre o qual tanto lera e ouvira falar. Ele tinha previsto tais eventos com alguma excitação e até ansiedade; porém, agora, não mais os desejava. Não gostava de seus três companheiros, nem do método empregado, independentemente de quais fossem as intenções. Deu um ou dois passos para trás, como se fosse se retirar.

Com a rapidez de um dardo, Hoag e Andoff cercaram-no. Aquelas mãos frias agarraram-no e, repentinamente, sentiu-se tonto e enjoado. As coisas, iluminadas pelo luar, tornaram-se nebulosas e distorcidas.

— Venha e sente-se, Setwick — convidou Hoag, como se estivesse muito distante. Sua voz não se tornou mais alta ou rude, porém incorporava uma verdadeira ameaça. — Sente-se naquele peitoril da janela! Ou preferiria que o carregássemos?

Naquele momento, Setwick só desejava livrar-se do toque daquelas mãos, por isso, caminhou submisso até o peitoril, subiu e sentou-se. Atrás dele, a escuridão de um aposento desconhecido, e, na altura de seus joelhos, reuniam-se os três, que pareciam ávidos para contar-lhe uma piada secreta.

— O diretor era um respeitável devoto — começou Hoag, como se fosse o porta-voz do grupo. — Ele não gostava de demônios ou de adoração ao diabo. Assumiu claramente sua contrariedade quando chamou a nossa atenção na capela. Isso foi o começo.

— Isso mesmo — concordou Andoff, levantando seu gordo e dissimulado rosto. — Qualquer coisa que ele condenasse, nós queríamos fazer. Não faz sentido?

— Faz sentido e é compreensível — concluiu Felcher, enquanto sua peluda mão direita brincava no peitoril, perto da coxa de Setwick. Sob o luar, parecia uma grande e nervosa aranha.

Hoag prosseguiu:

— Não sei de nenhuma outra de suas proibições que fosse mais fácil ou divertida de transgredir.

Setwick percebeu que sua boca tornara-se seca. A língua mal conseguia umedecer os lábios.

— Você quer dizer — balbuciou — que começaram a render culto aos demônios?

Hoag concordou satisfeito, como um professor diante de um aluno perspicaz.

— Durante umas férias, consegui um livro sobre o culto. Nós três o estudamos e, então, começamos com as cerimônias. Aprendemos os encantamentos e feitiços de frente para trás e de trás para a frente.

— São duas vezes melhores de trás para a frente — interveio Felcher. Andoff deu uma risadinha.

— Tem alguma idéia, Setwick — disse Hoag quase arrulhando —, do que apareceu em nossa sala de estudos na primeira vez em que queimamos vinho e enxofre, dizendo as palavras apropriadas sobre eles?

Setwick não desejava saber. Cerrou os dentes.

— Se está tentando me assustar — rosnou —, certamente não vai funcionar.

Os três riram mais uma vez e começaram a expressar suas declarações de boa fé.

— Juro que estamos dizendo a verdade, Setwick — assegurou Hoag. — Quer ouvir ou não quer?

Setwick percebeu que tinha pouca escolha.

— Está bem, prossiga — rendeu-se, perguntando-se se adiantaria arrastar-se para a escuridão do aposento atrás do peitoril.

Hoag inclinou-se em direção a ele, com ar de confidência.

— O diretor nos pegou. Pegou em flagrante.

— Livro aberto, fogo aceso — cantarolou Felcher.

— Ele tinha algo muito interessante a dizer sobre vingança divina — continuou Hoag. — Começamos a rir dele. Ele se enfureceu. Finalmente, tentou executar a vingança com as próprias mãos e tentou nos punir, de uma forma muito primitiva, mas não funcionou.

Andoff ria exageradamente, mantendo os gordos braços cruzados sobre a barriga.

— Ele pensou que havia funcionado — complementou, murmurando —, mas não funcionou.

— Ninguém poderia nos matar — acrescentou Felcher. — Não depois dos juramentos que fizemos e das promessas que nos foram feitas.

— Que promessas? Quem fez promessas a vocês? — perguntou Setwick, que se esforçava para não acreditar.

— Aqueles que reverenciamos — disse Felcher. Se ele estava simulando seriedade, foi uma suprema representação. Setwick, quando se deu conta, estava mais assustado do que desejaria demonstrar.

— Quando tudo isso aconteceu? — foi a pergunta seguinte.

— Quando? — repetiu Hoag. — Oh, anos e anos atrás.

— Anos e anos atrás — repetiu Andoff.

— Muito antes de você ter nascido — Felcher assegurou. Os três estavam juntos, de pé, as costas viradas para a lua, que iluminava o rosto de Setwick. Ele não conseguia distinguir claramente suas expressões. Porém, as três vozes, a suave de Hoag, a profunda e vibrante de Felcher e a alta e estridente de Andoff, eram absolutamente sérias.

— Sei o que está questionando em seu íntimo — declarou Hoag um tanto presunçosamente. — Como podemos, nós que falamos sobre muitos anos atrás, parecer tão jovens? Admito que isso exige uma explicação. — Hoag fez uma pausa, como se escolhesse as palavras. — O tempo, para nós, não passa. Parou naquela noite, Setwick, na noite em que nosso diretor tentou pôr fim a nossa adoração.

— E a nós! — disse, sorrindo maliciosamente, o enorme Andoff, com seu ar habitual de autocongratulação sempre que completava uma frase de Hoag.

— O culto continua — disse Felcher, do mesmo jeito cantado, como já fizera –, o culto continua e nós continuamos, também.

— O que nos leva à questão: você quer compartilhar conosco, Setwick? Ser a quarta pessoa nesta animada pequena festa? — Hoag interveio, animado.

— Não, não quero — respondeu Setwick áspera e veementemente.

Eles silenciaram e recuaram um pouco em resposta, tornando-se apenas um trio de bizarras silhuetas contra o tênue luar. Setwick podia ver o brilho dos olhos que o fitavam por entre as sombras de seus rostos. Ele sabia que estava com medo, mas não o demonstrava. Num impulso de coragem, pulou da soleira para o chão. O orvalho da grama esborrifou suas meias entre os cordões do sapato e a bainha das calças.

— Suponho que é a minha vez de falar — disse a eles de modo franco e correto. — Serei breve. Não gosto de vocês nem do que contaram. Estou indo embora deste lugar.

— Não vamos deixar! — disse Hoag, calmo, porém enfático.

— Não vamos deixar! — murmuraram em conjunto Andoff e Felcher, como se tivessem ensaiado milhares de vezes.

Setwick cerrou os punhos. Seu pai lhe havia ensinado a boxear. Ele avançou rápida e desembaraçadamente em direção a Hoag e o golpeou fortemente no rosto. No momento seguinte, os três precipitaram-se sobre ele. Não pareciam golpear, bater ou fazer força, porém ele caiu sob o ataque. Os ombros de seu casaco de *tweed* chafurdaram na areia e ele sentiu o cheiro das ervas esmagadas. Hoag, sobre ele, imobilizou-o com um joelho em cada bíceps. Felcher e Andoff estavam perto, inclinados.

Com olhar raivoso e impotente, Setwick soube de uma vez por todas que aquilo não era nenhuma travessura de colegiais. Traquinas experientes jamais se juntam ao redor de sua vítima com tal olhar fixo, de brilho esverdeado, bochechas cadavéricas, lábios tremendo.

Hoag expôs os caninos brancos. Sua língua pontiaguda passou uma vez sobre eles.

— Faca! — falou por entre os dentes, e Felcher remexeu desajeitadamente em uma bolsa, entregando-lhe algo que cintilava sob o luar.

A magra mão de Hoag estendeu-se e recuou rapidamente. Hoag tinha dirigido o olhar para cima, em direção a alguma coisa estranha à confusão. Lamentando-se, com voz embargada e inarticulada, levantou-se repentinamente do extenuado peito de Setwick. Na precipitação, Hoag caiu desajeitadamente para trás. Os outros acompanharam seu olhar chocado e, imediatamente, também se encolheram, amedrontados.

— É o mestre! — gemeu Andoff.

— Sim! — retumbou uma áspera e nova voz. — Seu antigo diretor. Voltei para dominá-los!

Apoiando-se sobre um cotovelo, o prostrado Setwick percebeu o que eles tinham visto: uma figura alta, robusta, em um sobretudo longo e escuro, encimada por um rosto quadrado e distorcido, e despenteados cachos de cabelos brancos. Os olhos brilhavam com luz própria, pálida e inflexível. Conforme avançava, pesada e vagarosamente, emitia um riso abafado que revelava mortífera satisfação. Ainda que à primeira vista, Setwick percebeu que a figura não tinha sombra.

— Cheguei a tempo — falou pomposamente o recém-chegado. — Iam matar esse pobre menino.

Hoag se recuperara e defendeu-se:

— Matá-lo? — disse em voz trêmula, parecendo servil diante da figura ameaçadora. — Não. Nós teríamos é lhe dado a vida.

— Você chama isso de vida! — exclamou o homem de sobretudo. — Você teria sugado o sangue dele para encher as suas próprias veias mortas, amaldiçoando-o em prol de sua corrupta condição. Mas estou aqui para impedi-lo!

Um dedo enorme, com proeminentes juntas, foi apontado e, então, ouviu-se uma torrente de palavras. Aos nervos atordoados de Setwick, pareciam palavras do Novo Testamento ou talvez do Livro de Oração Comum. Imediatamente, lembrou-se da declarada aversão de Hoag a tais citações.

Seus três ex-adversários rodopiavam, como se em meio a um forte vento que causasse tremores de frio ou queimasse.

— Não, não! Não faça isso! — imploravam miseravelmente.

O velho rosto quadrado abriu-se em uma impiedosa gargalhada. O dedo de juntas salientes traçou uma cruz no ar e o trio gemeu em coro como se o sinal tivesse sido traçado sobre seus corpos por uma língua de fogo.

Hoag caiu de joelhos.

— Não! — soluçou.

— Eu tenho poder — zombou o atormentador. — Durante os anos de confinamento eu o conquistei e, agora, farei uso dele. — Novamente, uma triunfante explosão de júbilo.

— Sei que são amaldiçoados e não podem ser mortos, mas podem ser torturados! Farei com que rastejem como vermes antes que eu dê tudo por terminado.

Setwick conseguiu ficar de pé, vacilante. O sobretudo e a maciça cabeça inclinaram-se em sua direção.

— Corra! — estrondou um brutal bramido em seus ouvidos.

— Saia daqui e agradeça a Deus pela sorte!

Setwick correu, atordoado. Cambaleou por entre as ervas da pequena via de acesso à escola, alcançou a estrada. A distância, brilhavam as luzes de Carrington. À medida que voltava seu rosto em direção a elas e acelerava o passo, começou a chorar soluçante, histérica e exaustivamente.

Só parou de correr quando chegou à plataforma da estação. Um relógio na rua soava 10 horas, um som profundo, não muito diferente da voz de Felcher. Setwick respirou profundamente, puxou o lenço e enxugou o rosto. A mão estava tremendo, como uma haste de capim sob o vento.

— Com licença! — Ouviu uma animada saudação. — Você deve ser Setwick.

Como anteriormente, nessa mesma plataforma, ele se virou, rápido, sobressaltado. Bem perto estava um homem de ombros largos, com cerca de 30 anos, usando óculos com armação de tartaruga. Vestia uma limpa jaqueta de Norfolk e calças. Um curto cachimbo feito de raiz de urze-branca pendia de uma boca bem-humorada.

— Sou Collins, um dos professores da escola — apresentou-se. — Se você é Setwick, deixou-nos preocupados. Nós o esperávamos no trem das sete, você sabe. Passei para ver se poderia encontrá-lo.

Setwick recobrou um pouco de seu perdido fôlego.

— Mas eu estive na escola — murmurou, protestando. Sua mão, ainda tremendo, gesticulou vagamente em direção ao caminho pelo qual viera.

Collins jogou a cabeça para trás e riu, desculpando-se em seguida.

— Sinto muito — disse. — Não há nada de engraçado se você andou tudo aquilo para nada. Veja bem, aquele antigo lugar está deserto. Era um local de reunião para os incorrigíveis garotos ricos. Foi fechado há uns 50 anos, quando o diretor ficou louco e matou três de seus alunos. Por coincidência, o diretor morreu esta tarde no sanatório do estado.

* * *

MANLY WADE WELLMAN tornou-se famoso por escrever alguns dos melhores contos sobrenaturais passados nas áreas rurais norte-americanas. Seu conhecimento das tradições folclóricas do interior dos Estados Unidos dá a todas as suas histórias uma atmosfera realmente autêntica e é bem possível que a arrepiante escola de Carrington seja fundamentada justamente num lugar desse tipo, no agreste da Carolina do Norte, onde o autor viveu e trabalhou por muitos anos. Manly Wade Wellman nasceu na África, onde seu pai era oficial médico, mas estudou num colégio norte-americano antes de tornar-se repórter. Sua fascinação pelo sobrenatural levou-o a escrever suas primeiras histórias para a famosa revista de horror *Weird Tales,* e elas se tornaram muito populares entre os leitores. Ele criou uma série de contos retratando John Thurnstone, um detetive ocultista, incluindo o clássico *A Escola da Escuridão* (1985), que trata de uma escola cuja freqüência demandaria ser muito corajoso. O diretor também era aterrorizante, não muito diferente do que você encontrará no próximo conto.

O DIRETOR DEMÔNIO

Gillian Cross

Ninguém sabe o nome dele, chamam-no simplesmente de 'o Diretor". Não há como evitar aqueles enormes olhos verdes quando ele retira os óculos escuros e hipnotiza quem quer que lhe desobedeça nem o calafrio quando ele pronuncia sua famosa frase tanto para adultos quanto para crianças: "Espero que você não seja uma pessoa que não cooperará comigo!" O Diretor Demônio dirige sua escola — cujo nome usualmente não é pronunciado, embora tenha sido chamada de St. Campions — com um poder sinistro, como se planejasse dominar o mundo. Ele é uma versão moderna do "Professor Maluco". Na verdade, tudo o que está entre ele e seus planos é um esperto grupo de alunos que se reuniram para formar uma organização conhecida como Sociedade para a Proteção das Nossas Vidas Contra Eles — SPVCE. Na lista de professores com poderes mágicos, o Diretor Demônio está perto do topo. Nesta história, o homem com os olhos verdes cheios de maldade usa o seu poder para deter um de seus ódios de estimação: pessoas que se divertem...

* * *

O homem alto, do outro lado da rua, está diante da casa de Bernadine, olhando para o cartaz na janela.

> **REUNIÃO FINAL DE CARNAVAL
> AQUI!!!
> HOJE À NOITE, ÀS 19:30!
> TODOS SÃO BEM-VINDOS!
> SE VOCÊ SE INTERESSAR, ESTEJA NESTE LUGAR!!!**

— Eu serei o pássaro de fogo — disse Bernadine. Estava tão excitada, que repetia aquilo para todo mundo.

O homem olhou zangado através dos seus óculos escuros.

— Carnavais são barulhentos e desordenados.

Bernadine mostrou-lhe uma expressão de desânimo, esquivando-se rapidamente em direção à porta traseira. Com a reunião prestes a começar, a cozinha estava apinhada de pessoas. A mãe de Bernadine agitava o gravador de fita acima da cabeça.

— Vou gravar todos vocês! Assim saberei quem prometeu o quê!

Todos riram. Quando ela o ligou, a porta traseira foi aberta. O homem de óculos escuros entrou com passo arrogante. Por que ele tinha vindo? Bernadine olhou fixamente para ele.

— Olhe os seus modos — sussurrou a mãe.

O pai a cutucou.

— Não fique aí feito uma boba. Vá à casa de Stevie buscar a sua fantasia.

A fantasia de pássaro de fogo! Esquecendo-se do homem de óculos escuros, Bernadine esgueirou-se pela porta traseira. Quando essa se fechou por trás dela, cessou todo o barulho na cozinha. O que era estranho, porque as reuniões de carnaval jamais eram silenciosas. Ela espiou pela janela para ver o que estava acontecendo.

Todos na cozinha estavam muito quietos, olhando para o homem alto. Lentamente, ele tirou os óculos escuros. Seus olhos verde-mar eram estranhos e brilhantes.

— Vocês estão todos muito cansados — murmurou, e subitamente todos começaram a bocejar. *Estranho*, pensou Bernadine. Ela teria ficado ali para ver o que acontecia, mas não podia esperar. Queria estar na casa do primo Stevie, experimentando a fantasia de pássaro de fogo. Quem se importava com o homem de Óculos Escuros?

Quando voltou, a casa estava silenciosa. Abriu a porta dos fundos e encontrou a cozinha vazia, com exceção de seus pais.

— O que está acontecendo? — perguntou. — A reunião de carnaval terminou cedo?

— Não haverá carnaval — respondeu a mãe, com uma voz surda, monótona.

— *O quê?*

O pai concordou com um movimento de cabeça.

— Nada de bandas. Nada de blocos. Nada de dançar na rua — seu tom de voz era o mesmo. — Carnavais não têm importância e são destrutivos.

Bernadine arregalou os olhos.

— Nada de carnaval?

— Não haverá carnaval! — disseram os pais ao mesmo tempo. — Nada de bandas. Nada de blocos. Nada de dançar na rua. Carnavais não têm importância e são destrutivos.

Aquilo seria tudo que diriam. As mesmas palavras, repetidas vezes sem conta. Bernadine foi para a cama, mas sentia-se muito infeliz para dormir.

À uma hora da manhã, repentinamente, lembrou-se do gravador. Deslizando para fora da cama, esgueirou-se até a cozinha e o encontrou. Depois de voltar a fita, abaixou o volume e pressionou a tecla PLAY.

Tenuemente, ouviu risos e brincadeiras. Depois um silêncio súbito e, em seguida, a voz do homem de óculos escuros.

— *Vocês estão todos muito cansados...*

O que ele pretendia?

Subitamente, o tom de voz mudou. — *Vocês farão o que eu disser* — falou asperamente. — *Estão entendendo?*

— *Entendemos.* — A voz de todos que responderam parecia surda e mecânica, como a dos pais de Bernadine. Ela estremeceu.

— *Não haverá carnaval* — disse o homem alto. *Nada de bandas. Nada de fantasias. Nada de blocos. Nada de dançar na rua. Carnavais não têm importância e são destrutivos.*

As vozes mecânicas repetiam as palavras do homem de óculos escuros.

Sentindo-se fraca, Bernadine sentou-se. Ela agora sabia o que havia acontecido. Ele os hipnotizara, para impedir o carnaval.

Mas o que ela poderia fazer?

Ficou ali, na cozinha, durante uma hora, sentada, pensando. Quando voltou para a cama, já tinha um plano.

No dia seguinte, na escola, todos estavam tristes.

— *Não haverá carnaval* — resmungava Stevie. — Isso é tudo o que o meu pai dizia.

Seu amigo Nathan concordou:

— *Nada de dançar na rua. Carnavais não têm importância e são destrutivos.*

Stevie suspirou.

— Parece que você terá de desistir de ser o pássaro de fogo, Bernie.

— Não, de forma alguma! — Bernadine sacudiu a cabeça. — Podemos preparar o carnaval sem nossos pais. Sabemos o que temos de fazer!

— Podemos enfeitar os carros abertos — disse Nathan. — E preparar os alto-falantes. Mas não podemos dirigir ou tocar a música.

Bernadine sorriu, misteriosamente.

— Deixem isso comigo e com Stevie. — Ela afastou Stevie para longe dos outros.

— Acha que consegue editar isto? — murmurou...

E retirou a fita.

No dia do carnaval, Bernadine vestiu a fantasia de pássaro de fogo e correu escadas abaixo.

O pai franziu as sobrancelhas.

— Não haverá carnaval!

— Haverá sim! — respondeu Bernadine.

Esquivando-se da mãe, que tentava agarrá-la, saiu porta afora. Ao longo de toda a rua, outras crianças fantasiadas também estavam se esquivando dos pais. Bernadine acenou do outro lado da rua, fazendo sinal para Stevie. Ele pôs o gravador em funcionamento e a voz de Bernadine irrompeu dos alto-falantes.

"CARNAVAL!"

Ela olhou pela rua, para a casa do homem alto. *Vamos, apareça!*, pensou.

"CARNAVAL!" — explodiu a fita.

Uma janela do andar superior foi aberta do outro lado da rua. O homem de óculos escuros olhou para fora desdenhosamente.

— Vocês perderam tempo, enfeitando esses carros — disse. Não haverá carnaval. — Ele tirou os óculos.

Stevie olhou para Bernadine, mas ela sacudiu a cabeça. *Ainda não.*

O homem olhou fixamente por alguns instantes para a multidão. Então, abriu a boca.

— Prestem atenção! — disparou.

Todos se viraram para olhá-lo e Bernadine acenou para Stevie. *Agora!*

Stevie ligou o gravador. Quando o homem começou a falar, sua voz foi abafada por ela mesma. De todos os alto-falantes trovejavam as palavras que ele pronunciara na reunião. Editadas por Stevie.

HAVERÁ... CARNAVAL... BANDAS... FANTASIAS... BLOCOS... DANÇA NA RUA.

O homem olhou fixamente para Bernadine. Ela podia ver que ele estava falando ainda mais alto, mas sem qualquer resultado. Os ensurdecedores alto-falantes continuavam a trombetear a sua voz.

CARNAVAIS TÊM... IMPORTÂNCIA!

Por toda a rua, os adultos estavam pegando suas fantasias de carnaval ou dando partida nos carros abertos, ou preparando instrumentos musicais.

HAVERÁ... CARNAVAL...

Com um som de metais e uma explosão de danças, o bloco de carnaval partiu. O homem alto fechou a janela com um estrondo, desgostoso. Bernadine sorriu, arreganhando os dentes. Então, começou a dançar, acompanhando a banda.

Ela era o mais feliz pássaro de fogo, jamais visto no carnaval.

* * *

GILLIAN CROSS, na verdade, trabalhou em uma escola. Por isso, sabe tudo sobre a maneira como alunos e professores interagem dentro e fora da sala de aula. O que é apenas uma das razões pelas quais suas séries de livros sobre o Diretor Demônio se tornaram tão populares, transformando-se até em uma série televisiva e uma peça musical. Gillian estudou na Universidade Oxford e foi orientadora infantil antes de os prêmios começarem a chegar por causa dos livros que escrevia durante o tempo livre. A idéia do perverso diretor na verdade surgiu de sua filha, Elizabeth, e uma vez ela planejou fazer de um dos membros da SPVCE, Harvey, um homem capaz de alterar as próprias formas, transformando-se em objetos como um pote de chá ou um gravador de fita cassete. O sucesso de seus livros também se deve a sua habilidade para combinar fantasia com realidade e mostrar que é possível levar a melhor sobre forças realmente malignas... não importa a sua idade.

BANDOS DE FANTASMAS

Humphrey Carpenter

A noite de Walpurgis não é uma noite comum e o senhor Majeika não é um bruxo comum. É a noite de primeiro de maio, quando, segundo a tradição, bruxos e bruxas se reúnem para uma grande celebração. Dizem que as Montanhas Harz, na Alemanha, são o ponto mais famoso do mundo para essa confraternização anual de bruxos, com magos chegando de todos os lugares, voando em suas vassouras. O senhor Majeika é um bruxo que ainda não completou seus Exames de Feitiçaria e, assim sendo, precisa ganhar seu sustento na Escola de Saint Barty, onde é professor da terceira série. Seus alunos o adoram, principalmente Thomas Grey e sua amiga Melanie Brace-Girdle, os únicos que conhecem o segredo do senhor Majeika – com exceção do odioso Hamish Bigmore. Tom e Melanie são um pouco como Harry Potter e a temível Hermione Granger, e consideram que qualquer pessoa capaz de fazer aparecer um prato de batatas fritas ou transformar alguém em um sapo precisa ter tanta magia nas pontas dos dedos quanto o professor Snape, de Hogwarts. (Casualmente, J. K. Rowling disse que a Noite das Bruxas era a sua noite favorita e que o professor Snape teve como base um de seus próprios professores – embora ela não dissesse qual deles!) Neste conto, o diretor da Saint Barty, o senhor Potter, decidiu fazer uma excursão com os alunos ao Castelo Chutney – na Noite de Walpurgis. Com o senhor Majeika na excursão, a magia e as surpresas chegam rápido e em grande quantidade...

* * *

Pobre senhor Majcika. Aquela era a sua primeira Noite de Walpurgis longe de Walpurgis e ele sabia que teria que comemorá-la sozinho. Aquela era a noite mais importante do ano, lá em cima nos campos dos céus de onde os bruxos e as bruxas chegam e para onde todos os originários de Walpurgis sempre tentam voltar naquela noite, de modo a não perder as maravilhosas comemorações – as danças ao redor da Eterna Fogueira ao ar livre, a Ceia de Osso com Tutano e Brometo e, o mais importante de tudo, a visão inesquecível do Círculo Trançado das Bruxas, executando a Dança das Sete Teias de Aranha. Mas, pobre senhor Majeika! Não havia modo de ele voltar a Walpurgis para as festividades daquele ano: fora banido para Britland e ali precisaria ficar, como professor, até ter provado a si mesmo merecer voltar para casa e terminar seus Exames de Bruxaria.

"Pobre Majeika!", pensou o Venerável Bruxo, meditando sobre a situação do companheiro ali em Britland. "Pobre Majeika! É a Noite de Walpurgis, e ele ficará sozinho."

"Pobre de mim", pensava o senhor Majeika, dentro de seu moinho. "Noite de Walpurgis e ficarei aqui sozinho." Mas ele decidira organizar suas próprias festividades de Walpurgis e fingiu estar de volta àquele local, com todos os outros Bruxos e Bruxas. Preparou uma enorme fogueira ao ar livre, fazendo uma pilha elevada com flores silvestres de nomes desconhecidos e ervas daninhas que infestavam a cerca viva. Fez para si mesmo uma coroa de ervas, como as que todos estariam usando lá em Walpurgis. Naquela noite, quando voltasse da escola, ele acenderia a fogueira e dançaria ao redor dela à luz do luar, entoando cânticos de Walpurgis.

Ele quase não agüentava esperar!

— Ah, Majeika — disse o senhor Potter, quando o senhor Majeika apareceu aquela manhã na Escola Saint Barty com seu triciclo —, hoje é um dia muito especial, não?

— Sim, sim, senhor Potter — respondeu o senhor Majeika ansiosamente — mas como o senhor sabia? — Por um momento ele pensou que a Noite de Walpurgis fosse comemorada em Much Barty. Que emocionante aquilo seria! Ele poderia imaginar a senhora Brace-Girdle e as senhoras do vilarejo dançando ao redor de uma fogueira; elas pareceriam quase tão notáveis quanto as bruxas do Círculo Trançado.

— Como eu sabia, Majeika? — perguntou o senhor Potter, perplexo. — Porque eu mesmo preparei tudo.

— Preparou, senhor Potter?

— Sim, sim, Majeika, a excursão anual da escola. Você não se esqueceu dela, não é Majeika? Faremos o nosso passeio escolar anual, e este ano o destino é o Castelo Chutney.

— É mesmo, senhor Potter? — disse o senhor Majeika. — Parece emocionante. — Não tão emocionante quanto a Noite de Walpurgis, talvez, mas, assim mesmo, ainda bastante bom. Ele jamais havia visto um castelo em Britland, embora já tivesse visitado diversos em outras partes de Walpurgis, a maioria dos quais ocupada por gigantes e ogros bastante perigosos.

— O Castelo Chutney — explicou o senhor Potter — está de pé, Majeika, desde o século X.

— É mesmo? — respondeu o senhor Majeika. — Será que ele não gostaria de sentar?

— Pobre Majeika — disse o Venerável Bruxo ainda outra vez, mas agora em voz alta para um dos Bruxos Seniores, o Bruxo Thymes. — Se pelo menos houvesse um modo de mantê-lo em contato com as nossas festividades da Noite de Walpurgis aqui em cima...

O Bruxo Thymes coçou a cabeça com a ponta de sua varinha mágica:

— Humm — murmurou, pensativo. — E se um de nós fosse lá embaixo visitá-lo?

O Venerável Bruxo estremeceu.

— Bem, um de *nós*, não — disse com firmeza. — Já fiz isso uma vez e foi terrível. — Ele se lembrava dos espinheiros e de todo aquele vento na descida. — Possivelmente, algum dos mais jovens em Walpurgis, alguém que estivesse disposto a pegar um pouco de ar fresco e ver o mundo.

Um ônibus grande estava estacionado diante da Escola Saint Barry, com as palavras *Excursões Medievais de Jasper, o Alegre*, pintadas na lateral.

— Todos prontos? — perguntou o senhor Potter. — O ônibus nos levará até a estação, de onde, por uma composição especial, iremos de trem a vapor até a Encruzilhada Chutney; lá, outro ônibus nos pegará e nos deixará no Castelo Chutney. Todos a bordo!

— Ainda não posso ir — disse o motorista. — Jasper, o Alegre, que é o patrão, não apareceu.

— Mas já são 10 horas — disse o senhor Potter, ansioso. — Desse modo as crianças perderão o delicioso almoço que lhes foi preparado no Castelo Chutney.

— Façamos o seguinte — propôs a conselheira, a senhora Brace-Girdle, que viera acompanhar a partida da filha Melanie. — Eu esperarei aqui esse Jasper, o Alegre, e o levarei até lá de carro. Não há motivo para ele estragar o dia de vocês.

— Muito gentil de sua parte, Bunty — agradeceu o senhor Potter. A senhora Brace-Girdle, como sempre, era a salvação. — Vamos partir, todo mundo! Próxima parada, a estação.

— Estação? — perguntou o senhor Majeika. — O que é uma estação?

O Venerável Bruxo convocou uma reunião com todos os walpurgianos. Fez uma pequena preleção sobre como Majeika deveria estar se sentindo solitário. E concluiu:
— Quem gostaria de ir lá embaixo, apenas por um dia e uma noite, e fazer do Aprendiz de Bruxo Majeika um walpurgiano realmente feliz, festejando com ele a Noite de Walpurgis?

Ninguém ergueu a mão. (Wilhelmina Worlock havia saído para uma viagem de um dia até a parte posterior da lua e não estava ali para se oferecer como voluntária.)

Hum — murmurou o Venerável Bruxo. — Já estou vendo. Nenhum voluntário. — Virou-se para o Bruxo Thymes. — Isso torna as coisas um pouco mais difíceis.

O Bruxo Thymes coçou a cabeça mais uma vez.
— Bem, nem todos estão aqui, você sabe disso. Um nome me vem à mente. E ele é até capaz de concordar em ir. Se quiser vê-lo, teremos de descer até as Catacumbas...

— Bem — Melanie dirigiu-se ao senhor Majeika —, agora você já sabe como é uma estação. — Estavam na plataforma, aguardando o trem especial a vapor.
— Sim — concordou o senhor Majeika, hesitante, olhando em volta. — Mas ainda não sei para que serve.
— Eu lhe explicarei — disse Thomas. — É o seguinte...

Mas naquele momento ouviu-se o som agudo de um apito e eles puderam ver o trem a vapor bufando nos trilhos em direção a eles.

O senhor Majeika gritou, apavorado, e começou a correr.
— Um dragão! É um dragão!

Thomas e Melanie correram atrás dele e o agarraram, arrastando-o para fora da sala de espera, onde estava tentando se esconder.

— Não é um dragão — informou Melanie com firmeza. — É apenas um trem.

O trem entrou na estação e a máquina lançou uma nuvem de vapor ao passar por eles, com o fogo bramindo na cabine. O senhor Majeika estava todo trêmulo de pavor.

— Olhem! Fogo, fogo! E vapor, e fumaça! — gritou. — Só dragões respiram vapor e fumaça e têm um fogo assim no ventre.

— Ah, aí está você, Majeika — exclamou o senhor Potter, passeando pela plataforma. — Entre!

— Não vou subir em um dragão, senhor Potter — estremeceu o senhor Majeika.

— Oh, vai sim — intrometeu-se Melanie com firmeza. — Todos a bordo, senhor Majeika!

As Catacumbas walpurgianas são um dos lugares mais escuros, fantasmagóricos e medonhos de toda a Walpurgis, cheias de teias de aranha e iluminadas por uma sinistra luz esverdeada. Até mesmo o Venerável Bruxo estava um pouco nervoso quando, junto com o Bruxo Thymes, andava às apalpadelas por uma passagem estreita.

— Tem certeza de que este é o lugar certo, Thymes? — perguntou, ansioso. — Eu não gostaria de entrar em um caminho errado, pois nunca se sabe o que se pode encontrar.

— Sem dúvida — respondeu o Bruxo Thymes. — Mas esta deve ser a câmara certa. Se bem me lembro, ele mora em um caixão de vidro aqui dentro. — Enfiou a cabeça por baixo de uma passagem estreita em arco e conduziu o Venerável Bruxo até uma gruta de aparência particularmente sinistra.

— Um caixão de vidro? — perguntou o Venerável Bruxo. — Você disse caixão?

— Então, isso não é emocionante, crianças? — perguntou o senhor Potter, observando o caos a seu redor dentro do trem.

No momento em que o apito soou e o trem começou a se movimentar em direção a Much Barty, irrompeu uma briga entre os integrantes da terceira série. Muitos subiram nas prateleiras de bagagem e o restante ficou discutindo para ver quem poderia conseguir um lugar perto das janelas.

— Ah, Majeika — suspirou o senhor Potter, vendo o senhor Majeika cambalear nervoso pelo corredor –, você pode tomar conta disso. — E o senhor Potter passou por ele, trancando-se no banheiro.

— T-tomar c-conta, senhor Potter? — disse o senhor Majeika, nervoso, olhando pela janela do corredor. — C-como quiser. Mas alguém não deveria ficar de olho naquele dragão? Ele ainda está cuspindo fogo. Sabe disso?

Thomas e Melanie, procurando lugares para sentar, encontraram um compartimento vazio. Vazio, isto é, com exceção de Hamish Bigmore, ali sentado sozinho, jogando sal em um saco de salgadinhos crocantes.

— Importa-se de nos juntarmos a você, Hamish? — perguntou Melanie.

— É claro que me importo — respondeu Hamish Bigmore. — Estou com o bilhete de temporada de meu pai e ele sempre viaja de primeira classe. Saiam, antes que eu chame o guarda! — E apontou para o aviso afixado na janela: *Apenas para portadores de passagem de primeira classe.*

O Bruxo Thymes encontrara o caixão de vidro e estava batendo nele.

— Saia, saia, seja você quem for! — entoava.

O vidro estava sujo, e o Venerável Bruxo não conseguia ver quem ou o que estava dentro do caixão.

— Tem certeza de que essa é uma boa idéia? — perguntou, ansioso.

— É o feitiço certo para fazê-los levantar, você sabe — disse o Bruxo Thymes. E entoou mais uma vez: — Saia, saia, seja você quem for!

O caixão de vidro começou a abrir, rangendo.

O senhor Majeika estava começando a se acostumar com o fato de estarem viajando de dragão. No final das contas, a pavorosa criatura ainda não os havia devorado. Mas ele podia imaginar como seria se o tivesse feito. Uma bocarra se abriria e, repentinamente, tudo ficaria escuro quando as pessoas fossem tragadas para o ventre do dragão.

Naquele momento tudo ficou escuro. E o senhor Majeika berrou.

— Está tudo bem, senhor Majeika! — gritou Melanie.

— O dragão nos engoliu! — berrou o senhor Majeika.

— Não, não engoliu — explicou Thomas, pacientemente. — Só estamos dentro de um túnel, nada mais.

O senhor Potter emergiu do banheiro e comentou:

— Ah, Majeika, parece que você está se divertindo. Nada como um belo dia de passeio relaxante, não é?

— Não, senhor Potter — estremeceu o senhor Majeika.

— Saia, saia, seja você quem for! — entoou o Bruxo Thymes ainda mais vez e ergueu a ponta da sua vara de maneira que a luz esverdeada na gruta se tornasse um pouco mais forte.

— Vá embora — disse uma voz fraca vindo da abertura do caixão. — Não gosto de luz. Ela me deixa nervoso.

— Saia, saia, seja você quem for! — repetiu o Bruxo Thymes.

— Não sairei — replicou a voz fraca.

— Oh, sim, você sairá — insistiu o Bruxo Thymes com firmeza, colocando a mão na abertura. — Saia daí!

E para fora, muito a contragosto, veio um fantasminha magro, trêmulo, de longos cabelos grisalhos e rosto tão branco quanto uma folha de papel.

— Esse — disse o Bruxo Thymes ao Venerável Bruxo — é Phil, o Espectro.

O pequeno rosto pálido fixou-se neles.

— Phil, o Espectro — anunciou o Venerável Bruxo —, você foi escolhido para fazer uma visita a Britland.

— Por favor, não! — estremeceu o fantasma, tentando voltar ao caixão de vidro. Mas o Bruxo Thymes segurou-o pelo pescoço.

— É uma ordem — disse ao fantasma.

— Não! — guinchou o fantasma, retorcendo-se tanto, que a cabeça caiu. — Isso sempre acontece quando fico aterrorizado, — explicou, colocando-a de novo no lugar.

— Preste atenção, Espectro — o Venerável Bruxo falou com firmeza —, você não pode passar o resto de sua vida, digo, de sua morte, enfiado nesse miserável caixão. Saia e faça o trabalho para o qual foi treinado! Espera-se que você assombre pessoas.

— Isso mesmo, Espectro — acrescentou o Bruxo Thymes. — Já está mais do que na hora de você assombrar.

— Mas não quero assombrar ninguém, senhor — argumentou Phil, o Espectro, miseravelmente. — Sou muito tímido. Eu costumava assustar um pouco, na surdina, mas eu mesmo ficava mortalmente aterrorizado. Por isso, me afastei e me escondi aqui, senhor. Apenas alguns outros fantasmas passam rapidamente por aqui, uma vez ou outra.

— Você é um sujeitinho infeliz, não é? — observou o Venerável Bruxo. — Nunca se sente solitário?

— Bem, senhor — respondeu Phil, o Espectro —, sinto-me um pouco só, de vez em quando.

— Exatamente isso! O Aprendiz de Bruxo Majeika está muito solitário lá embaixo, em Britland, e você foi escolhido para ir lá e alegrá-lo, apenas por uma noite, a Noite de Walpurgis.

— Mas, senhor...

— Não quero ouvir mais uma palavra, Espectro. Você vai para lá!

Mas ele não estava disposto a obedecer. De modo que o Bruxo Thymes e o Venerável Bruxo tiveram de empurrar o pobre Phil, o Espectro, buraco abaixo, pelo céu, de Walpurgis para Britland. A infeliz criatura berrava enquanto caía.

Se estivesse usando um lençol branco, como os fantasmas muitas vezes usam, ele teria funcionado como um pára-quedas. Mas aquele era um fantasma do estilo medieval, uma vez que era da época de Henrique VIII, e seus gibão e calções não funcionavam como algum tipo de freio contra o vento. Caiu muito depressa e aterrissou com um som surdo bem perto de Much Barty. Fantasmas nada pesam, de modo que ele não se machucou, mas tudo aquilo foi um choque terrível.

— Muuu! — reagiu uma vaca bem atrás dele, e o pobre Phil, o Espectro, teria largado a sua pele, se a tivesse. Da forma como as coisas estavam, ele deu um pequeno grito e o livro de *Instruções para walpurgianos em Britland* caiu de seu bolso.

Aquilo fez com que se lembrasse: ele deveria verificar no livro as ordens que recebera. "Após a chegada em Much Barty", leu, "apresente-se imediatamente ao Aprendiz de Bruxo Majeika, que geralmente pode ser encontrado na escola de Saint Barty".

Phil, o Espectro, preparou-se para pegar a estrada.

— Bem — murmurou a senhora Brace-Girdle, entrando em seu carro e batendo a porta —, basta. Dane-se esse tal de Jasper, o

Alegre, por não aparecer, deixando-me aqui plantada, esperando para nada. Para mim, chega! — Ela acabara de engrenar o carro quando viu alguém, em roupas medievais, andando pela estrada. — Então, aí está você! — bufou a senhora Brace-Girdle, abaixando o vidro da janela. — Boa hora para chegar, eu diria. Sente-se no banco traseiro. A porta não está trancada. — E, de fato, não estava, mas Phil, o Espectro, não precisava abrir portas. Passou através daquela e se materializou no outro lado, sentando-se no banco de trás do carro da senhora Brace-Girdle. Nada havia no seu manual a respeito daquele habitante em Britland, mas ele reconhecera na senhora Brace-Girdle o ar de quem espera ser obedecido. — Agora — disse ela, partindo —, em pouco tempo estaremos no Castelo Chutney.

No Castelo Chutney, o proprietário, lorde Reg Pickles, olhava triste pela janela para o grupo da escola de Saint Barty que acabava de sair do ônibus.

— Outra maldita festa de escola, não! — resmungou lorde Reg.

— Não se aborreça, benzinho — ponderou a esposa, *lady* Lillie. — Ajuda a pagar as contas, não é, Reg?

Lá fora, o senhor Potter estava contando a história do Castelo Chutney ao senhor Majeika.

— O proprietário atual é lorde Reg Pickles, fundador das famosas Gordas Cebolas em Conserva para conhecedores de Bartyshire, iguarias que você sem dúvida já saboreou muitas vezes, não é, Majeika?

— Eu não, senhor Potter — respondeu o senhor Majeika.

— E aqui está ele, crianças — chamou o senhor Potter, vendo lorde Reg emergir sob o arco da entrada. — **Um verdadeiro membro da Grande Aristocracia Britânica! Um Lorde de verdade, em carne e osso!**

— Prazer em conhecê-las, crianças — cumprimentou lorde Reg, segurando um pote de Gordas Cebolas em Conserva. — Permitam-me apresentar-lhes minha esposa, *lady* Lillie.

— Certo, pessoal — falou *lady* Lillie. — A loja de *souvenirs* é ali. Preparem o dinheiro!

As crianças dispararam em busca dos *souvenirs*.

— Puxa, isso não é divertido, Majeika? — perguntou o senhor Potter. — Um verdadeiro fragmento de história.

— Sim, senhor Potter — suspirou o senhor Majeika, obedientemente.

— Ah, Majeika, você poderia supervisionar a descarga das sacolas de pernoite?

— Sacolas, senhor Potter? Que tipo de sacolas?

— Maletas, meu querido amigo. Não me diga que você não trouxe uma? Certamente sabia que iríamos passar a noite...

— Não, não sabia — respondeu o senhor Majeika, infeliz, pensando em sua fogueira ao ar livre da Noite de Walpurgis, que agora ele jamais teria a oportunidade de acender.

A senhora Brace-Girdle, ainda de muito mau humor, dirigia com bastante rapidez. Dobrou uma esquina e, vendo um sinal vermelho à sua frente, precisou frear bruscamente. O carro parou de repente e a cabeça de Phil, o Espectro, caiu.

Havia um policial de serviço no sinal, e a senhora Brace-Girdle abaixou o vidro da janela.

— Senhor guarda, pode me indicar o caminho para o Castelo Chutney?

O policial aproximou-se e lhe explicou. Então, a luz do sinal mudou para verde e, quando o carro passou, o policial também ficou um pouco esverdeado, pois vira uma pessoa no banco traseiro segurando a própria cabeça no colo. E essa mesma cabeça virou-se e olhou-o.

Lady Lillie Pickles estava levando ou, melhor, arrastando, as crianças em uma excursão pelo castelo. Em especial, arrastava Hamish Bigmore, que ignorava todos os avisos de *Não Tocar*.

— Por aqui, crianças — chamava —, lembrem-se de não tocar nada.

Enquanto ela estava de costas, Hamish pegou um vaso antigo com uma etiqueta na qual se lia *Chinês, Dinastia Ming*.

— Meu pai tem coisas mais bonitas do que essa — disse Hamish.

Lady Lillie se virou e viu o vaso nas mãos do menino.

— Eu disse para *não mexer*! — falou rispidamente e deu-lhe um tapa na mão.

Então, uma das outras crianças pulou sobre um cordão e sua atenção foi desviada. Hamish deixou cair o vaso, que se despedaçou em milhões de cacos.

— Oh, não! — sussurrou Thomas.

O senhor Majeika, conduzindo o final da fila de crianças, conseguiu acompanhar o desastre. Em um instante, seu tufo de cabelo moveu-se, rápido, e, magicamente, o vaso consertou-se sozinho, flutuando até o lugar na mesa em que sempre estivera.

Apenas Thomas e Melanie viram aquilo. Olharam um para o outro.

— Ele ainda é... — começou Melanie.

— ...mago, Melanie! — completou Thomas.

— Magnífico, não é, Majeika? — comentou o senhor Potter com o senhor Majeika, quando entraram no Salão Nobre.

— Muito lindo, senhor Potter — concordou o senhor Majeika. — Eu morava em lugar enorme como esse, o senhor sabe.

— Como assim? — perguntou lorde Reg, impressionado. — Junto com outros lordes e *ladies*, e tudo mais?

— Não — explicou o senhor Majeika — junto com outros bruxos e bruxas. Quero dizer... que era um lugar muito encantado.

— É mesmo? — respondeu lorde Reg. — É claro que não somos lorde e *lady* desde o nascimento.

— Verdade? — disse o senhor Potter. — Estou surpreso, senhor.

— Não — afirmou lorde Reg. — Quando a conheci, a patroa fazia cebolas em conserva em Poplar.

— Não diga — observou o senhor Potter. — Jamais teria imaginado... e você, Majeika?

— Certamente, também não, senhor Potter — confirmou o senhor Majeika.

— Claro que agora temos muita classe — observou lorde Reg.
— Sim, é surpreendente o que cebolas em conserva podem fazer por um homem, senhor Potter. — Ele deu um sonoro arroto.

— Sim? — perguntou o senhor Potter educadamente.

— Exato — disse lorde Reg, batendo no estômago. — Quero dizer, depois que se inicia a digestão das cebolas, pode-se ser um bocado barulhento. — Ele deu outro arroto.

— Devo dizer — comentou a senhora Brace-Girdle, entrando na estrada com a indicação *Para o Castelo Chutney* — que, para alguém que se chama Jasper, o Alegre, você é incrivelmente silencioso.

No assento traseiro, Phil, o Espectro, ajustava mais uma vez a própria cabeça sobre os ombros. E não respondeu.

— E também não mexa *naquilo ali* — disse rispidamente *lady* Lillie, afastando Hamish Bigmore de um instrumento medieval de tortura, no qual ele estava tentando enfiar o pé de um menino da terceira série.

— Bem, senhor — observou o senhor Potter, olhando ao redor na masmorra —, certamente tem tudo aqui.

— Quase tudo, senhor Potter — respondeu lorde Reg, abrindo o pote e oferecendo ao senhor Potter uma cebola em conserva. — Só nos falta uma coisa, que seria como a cobertura da conserva, por assim dizer, se o tivéssemos.

— E o que é, lorde Pickles? — perguntou o senhor Majeika.

— Um fantasma residente — respondeu lorde Reg Pickles, lançando uma cebola na boca.

A senhora Brace-Girdle estacionou o carro perto da ponte levadiça e saiu, batendo a porta para fechá-la.

— É melhor você esperar aí dentro até eu lhes avisar que Jasper, o Alegre, chegou — ordenou. — Pode não ser o momento certo de você entrar ali agora. — Ela transpôs o arco, em direção à escadaria principal e ao Salão Nobre. Lorde Reg estava justamente conduzindo o senhor Potter e o senhor Majeika de volta das masmorras. — Ah, senhor Potter! — exclamou a senhora Brace-Girdle. — Trouxe-o comigo. Posso fazê-lo entrar diretamente?

— Quem, Bunty? — perguntou o senhor Potter, intrigado.

— Como assim — disse a senhora Brace-Girdle... — Jasper, o Alegre, o Feliz Menestrel.

— Jasper, o Alegre? — repetiu o senhor Potter, intrigado. — Mas Jasper, o Alegre, já está aqui há horas. Ele se encontrou conosco na Encruzilhada Chutney e dirigiu o ônibus até aqui. Está lá no pátio, tocando seu alaúde.

A expressão do rosto da senhora Brace-Girdle desabou.

— Então, quem eu trouxe em meu carro?

Lá embaixo, perto da ponte levadiça, *lady* Lillie cuidava da loja de *souvenirs* e da bilheteria. Ouviu o som da catraca e pensou: "Alguém deve estar chegando."

— Sim? Bilhete de adulto, criança ou aposentado?

Phil, o Espectro, que era de baixa estatura, tirou a cabeça de cima dos ombros com uma das mãos e a segurou diante do vidro da bilheteria.

— Bilhete de fantasma, por favor — pediu a cabeça.

Lady Lillie gritou.

— Agora, crianças! — chamou o senhor Potter. — É hora de irmos olhar as armaduras na longa galeria. Essa é uma parte particularmente escura e sinistra do castelo, por isso, não se esqueçam de tomar cuidado com algum fantasma! — Virou-se para o senhor Majeika. — É apenas uma pequena brincadeira minha, Majeika. Não acredito em fantasmas.

— Não acredita, senhor Potter? — perguntou o senhor Majeika nervosamente. Em Walpurgis, aprendera tudo sobre fantasmas. Eram amigos sinistros que viviam nas Catacumbas, onde a maioria dos Bruxos e Bruxas não gostava de ir. Jamais vira um e não gostaria de começar a ver, agora.

— Não se preocupe, senhor Majeika — tranqüilizou-o Melanie, que podia notar seu nervosismo. — Nós o protegeremos dos fantasmas.

— Fantasmas! — bufou Hamish Bigmore. — Só bebês acreditam em fantasmas!

Phil, o Espectro, considerou o castelo bastante bonito por dentro, um bom lugar para assombrar, caso pretendesse fazer isso, mas estava medrosamente nervoso. Ouvia vozes distantes, como se ali houvesse... *pessoas*.

Alguns fantasmas não acreditavam em pessoas, mas Phil, o Espectro, sabia mais coisas. Ali nas Catacumbas de Walpurgis, sua avó-fantasma lhe contara histórias horripilantes sobre pessoas que chegavam à noite para assustar pobres fantasminhas. Pessoas que abriam portas, em vez de deslizar através da madeira; pessoas que subiam e desciam escadas, em vez de flutuar no ar; pessoas que emitiam palavras, em vez de gemer e emitir gritos agudos; pessoas que tinham coisas horríveis como câmaras, gravadores e rádios, em vez de confortáveis bolas de ferro e correntes; pessoas que eram feitas de sangue e carne, em vez de serem apenas um fragmento de ectoplasma ou um esqueleto chacoalhante.

— Mas não se preocupe, meu pobre fantasminha — dizia-lhe sua avó. — Se tiver sorte, talvez nunca encontre uma... pessoa!

Agora, no Castelo Chutney, o infeliz Phil, o Espectro, sabia que estava *cercado* de pessoas. Procurou um lugar para se esconder.

Descobriu uma sala cheia de armaduras. Uma delas serviria esplendidamente.

— Então, aqui estamos, crianças — disse o senhor Potter, quando entraram na armaria. — A maioria dessas armaduras é da época de Henrique VIII. Não é fantástico?

— Um monte de lixo velho e enferrujado — resmungou Hamish Bigmore. — Teria sido melhor se as tivessem derretido e transformado em latas de ervilhas. Isso mesmo! — E agarrou uma das maiores armaduras e a sacudiu, fazendo-a chacoalhar ruidosamente.

Dentro dela, o pobre Phil, o Espectro, estava sendo era horrivelmente agitado. Vovó tinha razão! As pessoas eram terríveis. Ele estava aterrorizado. E também com muita raiva. Que direito tinha aquela criatura de chegar e assustá-lo daquela maneira? Ele lhe daria uma lição!

Hamish Bigmore virou-se de costas para a armadura e zombou:

— Ervilhas. Preferia ter uma lata de ervilhas. *Ai!*

De repente, a armadura lhe dera um chute muito forte no traseiro.

Thomas e Melanie viram o que acontecera e riram até as lágrimas escorrerem por seus rostos.

— Deve ter sido um fantasma, Hamish! — sugeriu Thomas.

Hamish Bigmore lançou-lhes um olhar zangado.

— Apenas tropecei e me chutei acidentalmente — disse. — Só bebês acreditam em fantasmas.

— A-aquilo foi mesmo um fantasma? — perguntou o senhor Majeika a Thomas e a Melanie, quando voltaram ao Salão Nobre.

— Pode nos revistar — disse Thomas. — Mas havia alguma coisa ali dentro que chutou Hamish.

— E com certeza não fomos nós — completou Melanie. — Não ficaria nada surpresa se, em um velho castelo como esse, houvesse um fantasma flutuando pelo espaço.

— Oh n-não — gemeu o senhor Majeika.

Phil, o Espectro, teve alguma dificuldade para sair da armadura. Pensou se aquilo seria mesmo seguro para se esconder. Depois, lembrou-se de que não deveria esconder-se de maneira alguma. Deveria, sim, procurar o senhor Majeika. Por que o haviam carregado para aquele castelo miserável? Deveria estar em Much Barty, procurando o senhor Majeika na escola.

Subitamente, ele ouviu uma voz vindo lá de fora, do vestíbulo. Ficou gelado. Era, outra vez, uma *pessoa*, que terror!

— Senhor Majeika! — chamava a voz (era Thomas). — Senhor Majeika! Os quartos onde iremos dormir são lá em cima. Vai subir para ver o seu?

Phil, o Espectro, não podia acreditar em seus ouvidos. O senhor Majeika estava... no castelo! Isso era o que se podia chamar de um golpe de sorte. Agora, tudo que ele precisava fazer era encontrá-lo e se apresentar ao companheiro walpurgiano. Tomara que conseguisse sem encontrar mais *pessoas*.

Cuidadosamente, enfiou a cabeça pela porta e olhou para fora. Sim, o perigo havia desaparecido. Silenciosamente, flutuou escadas acima em direção aos quartos.

Em seu quarto, o senhor Majeika fez um rápido movimento com o seu tufo de cabelo, e então surgiu uma maleta com os pertences para um pernoite – uma camisola de dormir, uma escova de dentes e uma touca. Isso, pensou, deve ser o bastante.

— Caramba! – disse Thomas.

— Bem – suspirou Melanie –, durma bem, senhor Majeika. Tenho certeza de que realmente não há fantasmas aqui, e, se houver, provavelmente, não o perturbarão.

- Espero que n-não – respondeu o senhor Majeika.

Do lado de fora, Phil, o Espectro, apalpava nervoso o caminho ao longo do corredor escuro. Que porta deveria tentar?

Lady Lillie Pickles retirava a dentadura antes de deitar-se quando ouviu a porta do quarto abrir-se por trás dela.

— É você, Reg? – perguntou, sem olhar para trás. – Prepare-nos uma caneca de chocolate, por favor, querido. Todas essas conservas que comemos no jantar me provocaram alguns gases.

Não houve resposta. *Lady* Lillie olhou no espelho e viu uma cabeça fantasmagórica, pálida, observando-a do vão da porta. E gritou.

Quando se acalmou – o encontro com a senhora que tirou os dentes (uma coisa que nenhum fantasma conseguiu aprender a fazer) o deixara profundamente apavorado –, Phil, o Espectro, flutuou ao longo do corredor.

— Senhor Majeika! — chamou suavemente, caso o Aprendiz de Bruxo pudesse de algum modo ouvi-lo. — Senhor Majeika!

O senhor Majeika estava prestes a cair no sono quando pensou ter ouvido alguém pronunciando seu nome. Teria sido Thomas ou Melanie? Bocejando, saiu da cama e, nas pontas dos pés, andou até a porta. Todo aquele lugar ainda o amedrontava. Por que tinham de estar naquele castelo horrível e arrepiante, especialmente na Noite de Walpurgis, quando ele queria estar em casa, dançando ao redor da fogueira?

Ele abriu a porta. Não havia ninguém no corredor.

Mas ouviu novamente a voz, chamando suavemente:

— Senhor Majeika!

Tremendo de frio e medo, o senhor Majeika andou cuidadosamente até o lugar de onde, pensou, teria vindo a voz.

— Senhor Majeika! — chamou Phil, o Espectro, desesperadamente. Seus nervos estavam desgastados. Se não encontrasse logo o Aprendiz de Bruxo, iria para Walpurgis e exigiria que o trouxessem imediatamente de volta.

Talvez até mesmo conseguisse chegar a tempo para uma das famosas celebrações da Noite de Walpurgis das quais tanto ouvira falar, mas ainda não participara.

Não havia ninguém à vista e o lugar estava absolutamente silencioso. Sim, certamente, agora lhe seria permitido voltar para casa.

Dobrou um canto e colidiu com o senhor Majeika! Ele berrou e sua cabeça caiu.

O senhor Majeika também gritou, e mais ainda quando viu a cabeça quicando ao longo do corredor.

O corpo de Phil correu em um sentido e a cabeça quicou no sentido oposto.

O senhor Majeika virou-se e correu, mas não conseguia encontrar o caminho de volta para o quarto. Virava sempre para o lado errado no escuro e só depois de uns 10 minutos tateou o caminho de volta ao próprio quarto.

Enquanto isso, Phil havia conseguido encontrar a cabeça. Sem parar para colocá-la, disparou em busca de segurança para dentro da primeira porta aberta que descobriu.

E, por acaso, aquela porta (embora ele não o soubesse) era a porta do quarto do senhor Majeika.

— Ufa! Enfim meu quarto — murmurou o senhor Majeika, afundando exausto na cama e puxando de volta os lençóis, de modo a poder logo dormir.

Perto da cama, a cabeça de Phil, o Espectro, olhava, aterrorizada, para o senhor Majeika.

Thomas e Melanie ouviram o gritos e correram para o quarto do senhor Majeika em roupas de dormir, piscando os olhos de sono.

— *Há* um fantasma! — falava, ofegante, o senhor Majeika, apontando com a mão trêmula para Phil.

— Sim — concordou Thomas. — É o que podemos ver. E com certeza os fantasmas são walpurgianos, não são? — O senhor Majeika balançou afirmativamente a cabeça. — Então — continuou Thomas —, por que vocês dois não se cumprimentam do modo adequado?

Phil, o Espectro, olhou fixamente para Thomas, depois para o senhor Majeika e, então, começou a sorrir.

— Aprendiz de Bruxo Majeika? — falou, nervoso.

O senhor Majeika, que também havia começado a sorrir, confirmou com um movimento de cabeça.

— Aprendiz Espírito?

— Espectro, senhor — disse Phil, o Espectro. Então, ele e o senhor Majeika puxaram um o nariz do outro, que é como todos os walpurgianos sempre se saúdam.

— Mas o que, em nome de Walpurgis, você está fazendo aqui embaixo, ainda mais na Noite de Walpurgis? — perguntou o senhor Majeika.

— Foi tudo idéia do Venerável Bruxo — explicou Phil, o Espectro. — *Vá lá* — disse — *e anime Majeika*.

— Ele fez isso? — perguntou o senhor Majeika, excitado. — Ele fez mesmo isso?

— Assim você não ficaria sozinho na Noite de Walpurgis.

— Bem, bem — disse o senhor Majeika. Então, um pensamento cruzou-lhe a mente.

— Aprendiz Espírito Espectro, você não gostaria de um emprego?

— Um emprego, Aprendiz de Bruxo Majeika? — perguntou Phil, o Espectro, nervoso.

— Uma assombração — explicou o senhor Majeika. — Uma assombração verdadeira, permanente. Um adorável castelo histórico, todo para você. E muitas pessoas de verdade para assustar.

— Um castelo? Pessoas? — disse Phil, o Espectro, ansioso. — Oh, não-não, ainda não. Sou muito jovem.

— Quantos anos você tem? — perguntou Thomas.

— Quatrocentos e trinta — respondeu Phil, o Espectro.

— Tudo bem, então — disse o senhor Majeika —, imaginei que você teria idade suficiente para um verdadeiro emprego de assombração. Bem aqui, no Castelo Chutney.

Lorde Reg e *lady* Lillie ficaram bastante surpresos por terem sido acordados no meio da noite, especialmente quando o senhor Majeika explicou que desejava apresentá-los a um fantasma. Só depois de dominar o medo, *lady* Lillie começou a se dirigir a Phil.

— Oh, ele não é um amorzinho, Reg? — falou suavemente.

— Certamente, minha pequena Pickalillie — concordou lorde Reg. — Pense em todos os amáveis visitantes que ele nos trará. O fantasma do Castelo Chutney! Podemos anunciá-lo em todos os cartazes.

— Mas eu sou um fantasma tímido — ponderou Phil, nervoso, para o senhor Majeika. — Diga a eles que eu sou tímido.

— Eu era tímido quando comecei a trabalhar como professor, Phil — tranqüilizou-o o senhor Majeika —, mas essa vida em Britland faz milagres. Você vai adorar.

Phil pensou por alguns instantes.

— Posso dormir em uma torre? — perguntou, esperançoso.

— Claro — afirmou lorde Reg.

— Uma torre antiga, realmente malcheirosa, onde nenhuma *pessoa* se atreveria a ir?

— A torre oeste está cheia de cebolas mofadas que não puderam ser postas em conserva — explicou *lady* Lillie. — Ninguém põe os pés ali.

— Oh, senhor Majeika — suspeitou Phil, o Espectro, sorrindo. — Pense só nisso, uma torre de verdade para mim. Puxa, posso fazer a minha algaravia ao luar e voar junto com os morcegos. Mal posso esperar!

— Parece que Phil, o Espectro, não voltará — disse o Venerável Bruxo. — Majeika solicitou uma ausência permanente para ele. Ele conseguiu um verdadeiro trabalho de assombração.

— Esplêndido — considerou o Bruxo Thymes. — Precisamos assinalar isso no cartão de progresso de Majeika. Ele está indo realmente bem neste período.

— E aparentemente ele e Phil, o Espectro, tiveram uma alegre Noite de Walpurgis juntos, comendo cebolas em conserva.

— Ugh! — rosnou o Bruxo Thymes. — Nenhum elogio ao gosto de Britland. Dê-me qualquer dia um sanduíche de erva do pântano.

* * *

HUMPHREY CARPENTER traz muitos conhecimentos do mundo da magia a suas histórias, tendo escrito as biografias de dois dos mais famosos escritores de histórias na área da fantasia, J. R. R. Tolkien e C. S. Lewis. A leitura de seus livros preparou-o para criar as aventuras do pequeno bruxo, o senhor Majeika, que agora se tornou famoso em livros e na televisão. Carpenter, que nasceu em Oxford, foi apropriadamente educado na Escola Dragon e durante algum tempo tocou em uma banda chamada Vile Bodies. Depois trabalhou na BBC antes de se dedicar à literatura em tempo integral. Carpenter apresentou seu personagem mais popular em 1984, em *Mr. Majeika*, ao qual se seguiu quase uma dúzia de outros títulos. Ele ainda encontrou tempo para dirigir um grupo teatral chamado The Mushy Pea Theatre Company, e gosta de seu passatempo de explorar cruzamentos de estradas de ferro em decadência. Homem com um maravilhoso senso de humor, Humphrey Carpenter sabe como as crianças pensam e se acredita parecido com o senhor Majeika. "Ele sou eu e está a meio caminho entre o mundo da criança e o do adulto." Por instinto, defende as crianças e não é exatamente antiautoritário, mas fica bastante satisfeito quando a autoridade se irrita.

GRIMNIR E A ALTERADORA DE FORMAS

Alan Garner

Muito já foi escrito sobre feiticeiros em livros de história e vários personagens temerosos em ficção: por exemplo, o cruel Gorice em The Worm Ouroborus, *de E. R. Eddison (1922), o monstro do mal, Grimnir, em* A pedra encantada de Brisingamen, *de Alan Garner (1960), e, claro, Voldemort, o Lúcifer entre os feiticeiros, que matou os pais de Harry Potter antes do lançamento do primeiro romance,* Harry Potter e a pedra filosofal (1997), *e também infligiu a cicatriz em forma de raio na testa do menino. Com certeza, ele fará outras tentativas contra a vida do jovem feiticeiro em próximas histórias. Grimnir, "O Encapuzado", também foi uma vez um homem sábio que caiu na tentação de praticar as artes proibidas da magia negra e agora está dominado pelas ambições do mal. Como freqüentemente acontece com feiticeiros que escolhem o caminho errado, Grimnir formou uma aliança com uma feiticeira igualmente intrigante, Selina Place, a principal feiticeira do Morthbrood, temida por causa de sua reputação como "velha alteradora de formas". Nesta história, os dois se apoderam da pedra* Firefrost *e planejam aprisioná-la em um círculo mágico de forma que possam usar o seu poder. Ignoravam, porém, que duas crianças inteligentes, Colin e Susan, de quem a pedra em forma de lágrima foi roubada e que sabiam muitas coisas sobre magia negra e branca, graças aos ensinamentos do grande feiticeiro Cadellin Silverbrow, haviam seguido a sua pista até a* mansão sombria e muito comentada de Selina — o Penhasco de Santa Maria —, onde forças terríveis estão prestes a ser libertadas...

* * *

O quarto era comprido, com o teto alto, pintado de preto. Nas paredes e sobre as janelas, tapeçarias de veludo preto. O chão de madeira, gasto, estava manchado de um vermelho-intenso. Sobre uma mesa repousava uma vara com extremidade bifurcada e uma bandeja de prata contendo um montículo de pó vermelho. Em um lado da mesa, sobre um suporte para leitura, apoiava-se um velho e grande livro em pergaminho e, no outro, havia um braseiro com pedaços de carvão ardendo. Não havia nenhuma outra mobília.

Grimnir observava com muita má vontade, enquanto a alteradora de formas prosseguia com o ritual de preparação. Ele não gostava de magia de feiticeiras, pois dependia demais dos grosseiros espíritos da natureza e do lento fermentar do ódio. Preferia o rápido golpe de medo e os poderes negros da mente.

Mas não havia dúvida de que essa magia nada refinada tinha o seu valor. Empilhava força sobre força, como uma onda em ascensão, e subjugava a presa com a lenta violência de uma avalancha. Se pelo menos fosse uma magia rápida! Talvez, agora, restasse muito pouco tempo antes de Nastrond agir, baseado em suas crescentes suspeitas, e, então... O coração de Grimnir contraiu-se ante o pensamento. Oh, mas quando ele conseguir controlar o poder dessa pedra à sua vontade, Nastrond verá surgir um verdadeiro espírito da escuridão, para quem Ragnarok com tudo que continha nada mais seria a não ser um fosso de criaturas nocivas que deveriam ser controladas e ignoradas.

Mas como dominar a pedra? Ela fora capaz de aparar todos os seus ataques e, em determinado momento, quase o destruíra. A única possibilidade dependia agora da feitiçaria dessa mulher, que precisava ser vigiada, pois a pedra não poderia tornar-se sua escrava. Ela também não confiava nele mais do que se poderia esperar, e livrar-se dela, quando tivesse terminado sua parte nos esquemas dele, não era problema de importância imediata. A sombra de Nastrond estava cada vez maior em sua mente e só poderia admitir um sucesso rápido.

Com a areia negra que havia derramado de uma vasilha de couro, a feiticeira alteradora de formas começou a traçar no chão um círculo de padrão intrincado. Parou diversas vezes para fazer, com a mão, um sinal no ar, murmurar algo para si mesma com reverência e, depois, continuar derramando. Vestia uma túnica preta, atada na cintura por um cordão escarlate, e nos pés calçava sapatos pontudos.

A Morrigan* estava tão concentrada em seu trabalho e Grimnir tão envolvido com os próprios pensamentos, que não repararam nos dois pares de olhos que ocupavam totalmente a lateral da janela.

O círculo estava completo. A alteradora de formas dirigiu-se à mesa e pegou a vara.

— O momento não é adequado para invocar a ajuda de que precisamos — disse ela —, mas, se naquilo que você ouviu, houver pelo menos um mínimo de verdade, temos de agir imediatamente, embora pudéssemos esperar uma atitude mais discreta de sua parte. — Ela apontou para a nuvem cinzenta que pressionava a vidraça, agora livre de olhos observadores. — É bem possível que você atraia atenções indesejáveis.

---

* Morrigan — Também conhecida na Bretanha, Gales e Irlanda como as Três Morrigans, devido ao aspecto tríplice e forma mutável, sendo associada aos corvos e às gralhas. (N.T.)

Naquele momento, como que em resposta a seus receios, ouviu-se um clamor no lado mais distante da casa. Era o lúgubre ladrar de cães de caça.

— Ah, veja! Eles estão inquietos: há algo no ar. Talvez fosse prudente deixá-los procurar o que quer que seja. Assim, logo saberemos se é algo além de suas forças, como pode muito bem ser! Porque, se não tivermos Ragnarok e Fundindelve sobre nossas cabeças antes de terminar o dia, será um *não, obrigado* e *adeus* para você.

A passos largos, ela contornou o canto da casa até a construção externa de onde viera o barulho. Selina Place estava apreensiva e irritada. Apesar de toda a sabedoria, que grande tolo Grimnir conseguira ser! E como se arriscara! Quem, em sã consciência, se encarregaria tão obviamente de tal incumbência? Tal qual sua magia, ele não era adversário para a pedra encantada de Brisingamen. Ela sorriu. Sim, a velha feitiçaria seria capaz de subjugá-lo, e ele sabia disso, apesar de todo o seu rebuliço em Llyn-dhu.

— Está bem, está bem! Estamos chegando! Não precisam derrubar a porta!

Atrás dela, duas sombras saíram da névoa, deslizaram ao longo da parede e entraram pela porta aberta.

— Por onde agora? — sussurrou Susan.

Encontravam-se num corredor apertado, com três portas para escolher. Uma delas estava entreaberta, e parecia ser de um vestiário.

— Vamos entrar aqui; então veremos por qual porta ela passa.

Fizeram-no sem demora, porque o passo masculino de Selina Place vinha na direção deles, saindo da névoa.

— Agora façamos rapidamente o que for possível — disse ela, quando voltou para junto de Grimnir. — Talvez não haja qualquer perigo, mas não devemos nos sentir em segurança até termos o controle da pedra. Entregue-a agora para nós.

Grimnir desatou uma sacola que levava à cintura e, de seu interior, puxou a pulseira de Susan. *Firefrost* estava pendurada lá, sua intensidade radiante oculta sob um véu leitoso.

A Morrigan pegou a pulseira e colocou-a no chão, no centro do círculo. Puxou as cortinas sobre as janelas e portas, e ficou de pé perto do braseiro, cujo brilho fraco quase não conseguia vencer a escuridão. Levou um punhado de pó da bandeja de prata e, borrifando-o em cima dos carvões, gritou em voz alta:

— *Demoriel, Carnefiel, Caspiel, Amenadiel!!*

Uma chama sibilou, enchendo o quarto com um brilho vermelho vivo. A alteradora de formas abriu o livro e começou a ler.

— *Vos onmes it ministri odey et destructiones et seratores discorde...*

— O que ela pretende fazer? — perguntou Susan.

— Não sei, mas estou ficando arrepiado.

— *... eo quod est noce vose coniurase ideo vos conniro et deprecur...*

— Colin, eu...

— Psiu! Fique quieta!

— *... et odid fiat mier alve...*

Sombras começaram a se juntar nas dobras das tapeçarias de veludo nos cantos mais distantes do quarto.

Durante trinta minutos, Colin e Susan foram obrigados a ficar naquele esconderijo desajeitado e, em menos da metade daquele tempo, o último vestígio de entusiasmo evaporou-se. Estavam onde estavam como resultado de um impulso, de um desejo interior que os havia impelido sem que pensassem no perigo. Mas agora havia tempo para pensar, e a inatividade nunca é uma ajuda à coragem. Teriam provavelmente rastejado para longe e tentado encontrar Cadellin, caso o terrível som de uma forte respiração que passava com regularidade embaixo da janela do vestiário não os deixasse pouco dispostos a abrir a porta exterior.

E, durante todo o tempo, o canto monótono da alteradora de formas fazia-se ouvir, elevando-se a determinados intervalos e transformando-se em gritos severos de comando.

— Venha, Haborym! Venha, Haborym! Venha, Haborym!

Então, as crianças começaram a sentir o calor seco e opressivo que logo se tornaria simplesmente insuportável. Penetrou-os até o bombear do sangue ecoar-lhes nos ouvidos e o quarto girar de maneira enjoativa acima de suas cabeças.

— Venha, Orabas! Venha, Orabas! Venha, Orabas!

Seria possível? Durante um intervalo de três segundos as crianças ouviram o ruído de patas andando nas tábuas desgastadas e um som alto de relincho selvagem naquela casa.

— Venha, Nambroth! Venha, Nambroth! Venha, Nambroth!

Um vento agarrou a casa pelos beirais, tentando arrancá-la de suas fundações de arenito. Algo passou apressadamente com a força cada vez maior do vento. As vozes perdidas do ar chamavam umas às outras nos ambientes vazios, e uma névoa apareceu rapidamente.

— *Coniuro et confirmo super vos potentes in nomi fortis, metuendissimi, infandi...*

No momento em que Susan pensou que iria perder os sentidos, o calor sufocante diminuiu o suficiente para lhes permitir respirar sem dificuldade; o vento amainou e um silêncio pesado envolveu a casa.

Após minutos de profunda quietude, uma porta se abriu e a voz de Selina Place chegou até as crianças, vindo do lado de fora do vestiário. Ela respirava com bastante dificuldade.

— E... podemos dizer que a pedra... estará... em segurança. Nada... de... fora... poderá atingi-la. Afaste-se... essa é uma fervura perigosa.... Se transbordar... e estivermos... perto, será o nosso fim. Depressa! A força está aumentando e não é seguro ficar assistindo.

Cheio de desconfiança e com muitos olhares de relance para trás, Grimnir reuniu-se a ela, passaram juntos pela entrada do lado oposto do corredor até que o som dos passos deles se extinguiu.

— Bem, como saímos desta confusão? — suspirou Colin. — Parece que estamos presos aqui até ela chamar esses animais. E se ela for fazer mais daquelas coisas que escutamos, creio que não desejo esperar tanto tempo.

— Colin, ainda não podemos ir! Minha Lágrima está naquele aposento e jamais teremos outra oportunidade!

O ar agora estava muito mais fresco, não se conseguia ouvir qualquer som, estranho ou não. Susan sentiu aquele aperto insistente no mais íntimo de seu ser, o que a fez ignorar todas as promessas e prudência quando encarou a névoa lá da ponte, na estação.

— Mas Sue, você não ouviu a velha Place dizer que não era seguro permanecer ali dentro? Se *ela* mesma tem medo de ficar, então deve ser perigoso.

— Eu não me importo, tenho de tentar. Você vem? Caso contrário, vou sozinha.

— Oh... está bem! Mas acho que seria melhor se continuássemos aqui dentro.

Saíram do vestiário e, cuidadosamente, abriram a porta da esquerda.

No princípio, a luz sombria não lhes permitiu ver muito; contudo, conseguiram identificar a mesa, o suporte de leitura e a coluna preta no centro do aposento.

— Caminho livre! — sussurrou Susan.

Entraram pé ante pé, fecharam a porta e ficaram parados enquanto seus olhos se acostumavam à luz. Então, viram.

A coluna estava viva. Erguia-se de dentro do círculo tão laboriosamente feito por Selina Place. Era uma coluna de fumaça oleosa em que se moviam formas estranhas. Seus contornos eram indistintos, porém as crianças conseguiam ver o suficiente para desejar estar em outro lugar.

Enquanto assistiam, ocorreu o clímax. A coluna girou com velocidade cada vez maior e a fumaça tornou-se mais espessa e densa. O chão começou a tremer e vozes tristes, de uma grande e terrível distância, encheram subitamente as cabeças das crianças. Fragmentos de sombras, zumbindo como moscas, rodopiavam para fora das tapeçarias, sendo sugadas pela malcheirosa espiral. Então, sem aviso, a base da coluna tornou-se azul. O zumbido transformou-se em um gemido louco e parou. A massa giratória estremeceu como se um freio tivesse sido furiosamente acionado, perdeu o impulso, morreu e tombou, como os restos de uma enorme árvore. Raios prateados subiram através da fumaça, a coluna oscilou, fez-se em pedaços e desmoronou na bola de fogo que cresceu para absorvê-la. Uma voz protestou perto das crianças e cruzou a entrada atrás deles. A intensidade da luz azul diminuiu e em seu lugar estava *Firefrost*, cercada pelos resíduos espalhados do círculo mágico da alteradora de formas.

Colin e Susan estavam assombrados. Então, lentamente, como se receasse que a pedra desaparecesse caso respirasse ou desviasse os olhos dela, Susan avançou e a pegou.

No silêncio, ela abriu a pulseira e a prendeu no próprio pulso. Não conseguia acreditar no que estava fazendo. Haviam sido tantos os meses em que aquele momento assombrara os seus sonhos e tantas as vezes em que lhe causara um despertar amargo.

Selina Place e Grimnir aguardavam em um quarto pequeno, abarrotado, sob os beirais. Ambos foram levados a dar um passo quase insuportável. Sabiam muito bem o preço do fracasso. Nenhuma vez em mil anos alguém daquela espécie havia desobedecido à ordem de Nastrond, mas todos, em algum momento, haviam estado nos corredores externos de Ragnarok e tinham olhado para o abismo. Por isso, Nastrond unia o mal à sua vontade.

— Não deve demorar muito mais — disse a Morrigan. — Em cinco minutos a pedra deve...

Um rastro de fumaça apareceu por baixo da porta e flutuou pelo quarto, acompanhado por um som borbulhante de lágrimas. A Morrigan ergueu-se da cadeira em um salto: seus olhos tinham uma aparência selvagem e havia gotas de suor em suas sobrancelhas.

— *Non licet abire!* — Ela abriu os braços em toda a sua extensão, obstruindo o caminho. — *Coniuro et confirmo super...* — Mas a fumaça passou por ela, coleante, em direção à lareira e saltou na boca de chaminé. Uma rajada de vento passou gemendo tristemente pelas janelas e tudo ficou quieto.

— Não! Não — ela resmungou, procurando a porta no escuro, mas Grimnir já a abrira, disparando apressado ao longo dos corredores em direção às escadas. Estava a meio caminho do primeiro lance quando se ouviu o som de vidros quebrados. A escadaria ficou momentaneamente envolvida pelas sombras quando uma figura escura bloqueou a janela na altura de sua cabeça. A voz severa da Morrigan gritou de medo, e Grimnir virou-se como uma veloz e ameaçadora aranha faminta.

O barulho despertou Colin e Susan do transe. A Morrigan gritou novamente.

— Preste atenção, vamos sair daqui! — disse Colin, puxando a irmã para o saguão. — Assim que estivermos fora, corra como uma louca. Estarei logo atrás de você!

No andar de cima, dava-se início a um verdadeiro tumulto e a maioria dos sons não era de maneira alguma agradável, mas pelo menos haviam feito com que o outro perigo parecesse menos terrível, até Colin abrir a porta. Ouviu-se um rosnado áspero, e, saindo da névoa, apareceu uma forma que obrigou as crianças a voltarem aos tropeços para dentro da casa. Antes que pudessem fechar a porta, o cão de caça da Morrigan cruzou o limiar, revelando-se em toda a sua malignidade.

Parecia um *bull-terrier*, exceto que media quase um metro de altura até os ombros. As orelhas, ao contrário do restante do corpo branco, estavam cobertas com espesso pêlo vermelho. Mas o que o diferenciava de todos os outros era o fato de que, das orelhas pontudas aos lábios torcidos, nada havia entre a cabeça e o focinho. O cão não tinha olhos.

A besta deu uma parada, balançando a cabeça alongada de um lado a outro e farejando, e quando captou o cheiro das crianças moveu-se na direção delas com tanta segurança como se tivesse olhos. Colin e Susan mergulharam em busca da porta mais próxima e para dentro do que era, obviamente, uma cozinha e que nada mais tinha a oferecer a não ser outra porta.

— Temos de arriscar — disse Susan —, aquela coisa estará aqui em um segundo. — Ela não depositava a menor confiança no frágil trinco que chacoalhava furiosamente sob o arranhar de garras. Enquanto ela falava, ouviram outro som: o de passos que se aproximavam rapidamente da outra porta!

Então o trinco abriu e o cão de caça estava no quarto.

Colin agarrou uma cadeira da cozinha e sussurrou:

— Fique atrás de mim.

Ao som daquela voz, o bruto imobilizou-se, mas só por um momento; ele havia encontrado os seus alvos.

— Podemos alcançar uma janela? — Colin não ousava desviar os olhos do cão de caça enquanto ele avançava.

— Não!

— Há algum outro modo de sair?

— Nenhum. — Ele estava aparando os golpes e brandindo a cadeira, mas ela era pesada e os braços dele doíam. — Há um armário de vassouras ou coisa parecida, atrás de nós, com a porta entreaberta.

— De que nos adiantará isso?

— Não sei, mas Grimnir talvez não nos note ou o cachorro pode atacá-lo ou... Oh, qualquer coisa é melhor do que isto!

— É grande o bastante?

— Vai até o teto.

— Vamos. Entre.

Susan entrou e segurou a porta aberta para Colin, enquanto ele andava da costas para lá. O cão de caça estava mordendo as pernas da cadeira, tentando abaixá-la. A madeira estalou e as lascas voaram. A cadeira se inclinava nas mãos de Colin, mas ele conseguiu chegar lá. Lançou a cadeira na cabeça rosnante e caiu para trás, dentro do armário. Susan teve a visão de uma língua vermelha saindo de uma boca aberta e de presas brancas, brilhantes, a poucos centímetros de seu rosto, antes que ela batesse a porta. Naquele mesmo momento, ela ouviu a porta da cozinha se abrir com violência. Então, desmaiou.

Ou, pelo menos, pensou ter desmaiado. Seu estômago revirou, a cabeça rodopiou e ela parecia estar caindo na escuridão insondável. Teria mesmo desfalecido? Colin bateu-se contra ela, lutando para se aprumar, ela podia sentir. E estava sendo pressionada contra a parte de trás do armário. Beliscou-se. Não, não havia desfalecido.

Colin e Susan estavam de pé, rígidos, lado a lado, aguardando em agonia o momento em que a porta seria aberta, porém o aposento ainda parecia estranhamente quieto. Eles não conseguiam ouvir qualquer som.

— O que está acontecendo? — sussurrou Colin. — Está muito quieto lá fora.

— Shh!
— Não consigo ver buraco algum de fechadura, e você? Deveria haver algum. — Ele se curvou para sentir. — *Ai!!* — Colin deu um grito de surpresa e dor, e dessa vez Susan quase *desfaleceu.* — Sue! Não há nenhuma porta!
— O-o quê?
— Nenhuma porta! É algo que parece pedra lisa passando muito depressa e onde eu esfolei a minha mão. É por isso que senti um estalo nos ouvidos! Estamos em um elevador!

Enquanto ele falava, o chão parecia fazer pressão contra os pés deles e um ar frio e úmido soprava em seu rosto. Tinham consciência de um silêncio tão profundo, que podiam ouvir as batidas do próprio coração.

— Em que lugar estaremos? — perguntou Colin.

— Provavelmente a pergunta deveria ser: *Dentro* de que lugar estaremos? — Susan ajoelhou-se no chão do armário e estendeu a mão para onde estivera a porta. Nada! Estendeu-a para baixo, e tocou uma pedra molhada. — Bem, há um chão. Vamos pegar nossas lanternas de bicicleta e ver que tipo de lugar é este.

Tiraram as mochilas e mexeram entre a limonada e os sanduíches.

À luz das lanternas, viram que estavam na boca de um túnel que se estendia na escuridão.

— E agora, o que faremos?

— Não podemos voltar, não é, mesmo que quiséssemos?

— Não — respondeu Susan —, mas não gosto disso.

— Nem eu, mas, na verdade, não temos muita escolha, venha.

Voltaram a colocar as mochilas nos ombros e começaram a percorrer o túnel; no entanto, segundos mais tarde, um leve barulho fez com que dessem meia-volta e corressem, com o coração na boca.

— Está subindo! — disse Colin, observando a coluna pela qual o armário estava desaparecendo. Eles chegarão aqui em pouco tempo.

As crianças correram tão rápido quanto puderam, tropeçando no piso irregular e chocando-se contra as paredes. O ar cheirava a mofo. Depois de um minuto, estavam ofegantes como se tivessem corrido quilômetros, mas continuaram a acelerar, com dois pensamentos na mente: escapar do que quer que os estivesse seguindo e achar Cadellin...

* * *

ALAN GARNER é famoso por ter utilizado a lenda do "Feiticeiro de Alderley" em Cheshire, onde ele e sua família viveram durante gerações, como inspiração para seu par de clássicos romances de fantasia: *A pedra encantada de Brisingamen* (1960) e sua continuação, *A lua de Gomrath* (1963). Esses livros e os romances que se seguiram marcaram-no como um dos mestres do gênero. Como resultado, Alderley Edge tornou-se um local popular, com visitantes de todas as idades, ávidos para acompanhar a lenda, existindo até mesmo um Restaurante do Mago em Nether Alderley. Alan Garner sempre enfatizou que não inventa suas histórias, mas que as descobre em paisagens e entre os artefatos da história antiga, especialmente aqueles de sua nativa Cheshire.

O MISTERIOSO OLIVER

Russell Hoban

Uma das coisas ruins na escola é a tirania. Muitas crianças têm inimigos e precisam suportar abusos e xingamentos sem nenhuma razão em particular, exceto, não deliberadamente, ter cruzado o caminho de alguém. Quem tem o poder da magia não é diferente, embora possa ter os meios para acabar com a tirania. Nesta história, o problema de Oliver é enfrentar um menino mais forte chamado Geoffrey. Oliver tem 10 anos. Geoffrey tem dois anos a mais e gosta de se divertir torcendo os braços dos meninos mais fracos e esfregando dolorosamente a cabeça deles. Geoffrey pensa que tudo não passa de um pouco de brincadeira e, muitas vezes, zomba de Oliver, recitando esta pequena canção: "O Azeite de Oliva tinha um furúnculo bem no fundo do traseiro". Porém, Oliver não é igual aos outros meninos; ele tem sonhos estranhos, que se tornam ainda mais estranhos quando sai de férias com a mãe e o pai para a ilha grega de Paxos. Lá, à espera dele, há algo que lhe abrirá os olhos para as maravilhas da magia e, ao mesmo tempo, resolverá o pior de seus problemas...

* * *

Oliver costumava sonhar, algumas vezes, com um rosto verde como o fogo quando está se extinguindo e preto como terra misturada com cinzas. Era um rosto enorme e estava ao redor dele como se ele fosse o interior de um tubo infinito que girasse bem devagar e pelo qual ele caía eternamente. E, então, sentia uma tristeza, uma dor na garganta, uma perda... Que nome daria àquela sensação? Quem teria morrido? Oliver tinha 10 anos.

O pátio de recreio da escola era, para Oliver, um lugar triste: de raiva, de suor de meninos e de Geoffrey.

Geoffrey era dois anos mais velho e vinte centímetros mais alto do que Oliver. Geoffrey torcia o braço de Oliver e esfregava a cabeça dele de modo doloroso. Oliver lutava com ele e perdia. Geoffrey chamava-o de "Azeite de Oliva" e recitava:

O Azeite de Oliva tinha um furúnculo
bem no fundo do traseiro.

Ao terminar o período de verão, Oliver, a mãe e o pai pegaram o avião para Corfu. De lá subiram a bordo de um barco para a ilha de Paxos, onde haviam alugado uma casa. O nome em letras gregas nos costados do barco era PERSEPHONEIA.

O ar estava limpo, o sol quente, o motor roncava suavemente e a luz solar formava deslumbrantes pontos dançantes no mar azul. Havia fortalezas de pedra, a costa era montanhosa e no convés superior um homem tocava *bouzouki*, um bandolim grego. O barco estava lotado de pessoas comendo, bebendo, fumando, jogando cartas. Reflexos do sol moviam-se lentamente pelos copos e pelas garrafas de cerveja e de limonada turva no bar. No convés inferior, havia um caminhão, dois carros e uma motocicleta. Havia também uma cabra, um burro e um galo novo com penas verdes, vermelhas e cor de bronze. O galo olhava para as montanhas e cantava de alegria. O pai de Oliver, de pé na proa, olhava para baixo, para o constante divisor das águas que deslizavam ao longo dos costados, unindo-se na popa, na esteira branca como mármore. A mãe dele, calçando sandálias, as pernas expostas já bronzeadas pelas tardes no

Clube Hurlingham, estava sentada sobre uma tampa de escotilha, lendo e fumando.

A atenção de Oliver se dirigia para além do zumbido do motor, do bater das ondas no casco, do chiado do *bouzouki*. Ele observava a ondulação prateada das oliveiras da ilha à luz solar. Demorou muito tempo para chegar lá, horas e horas cruzando o mar até a ilha.

Quando o barco lançou âncora na enseada, em Gaios, a corrente chacoalhando pelo escovém, Oliver olhou para as colinas e os terraços, além dos telhados vermelhos da cidade.

– Que árvores prateadas são aquelas? – perguntou.
– São oliveiras – respondeu a mãe dele.
– *Persephoneia* – sussurrou Oliver.
– O que você está sussurrando?
– Nada.

A casa parecia ter sido manchada há muito tempo com suco de romãs. Tinha o telhado curvo, vermelho, e também um pátio pavimentado. Havia uma mesa sob um parreiral, laranjeiras e uma romãzeira. Oliver estava surpreso com as romãs, que só conhecia por meio dos contos de fadas. Agora, tinha a oportunidade de ver a árvore em que elas cresciam. Já havia comido sementes de romã em casa, mas, naquele momento, a fruta que segurava na mão delas significava um mundo de desconhecimento alaranjado.

O pai de Oliver cortou uma romã em três partes e ofereceu uma à mãe de Oliver. Ela olhou para o filho enquanto dava uma mordida, mas nada disse. Por alguns instantes os outros dois terços ficaram no prato branco, entre gotas de suco vermelho. De longe chegaram os zurros impressionantes de um burro, que, para Oliver, representavam a exclusão e o banimento da felicidade, um som negro que se estendeu no prato branco com os dois terços de romã e as gotas de suco vermelho.

— Perséfone — disse Oliver — comeu sete sementes de romã no reino dos mortos e, por causa disso, tem de passar três meses por ano com Hades, lá nas profundezas da terra que, em conseqüência, fica estéril até que ela retorne.

— Quantas sementes você comeu? — perguntou o pai à mãe de Oliver.

— Muitas — respondeu ela.

Anos depois, Oliver lembrava-se de alguns detalhes e esquecera-se de outros. Lembrava-se das latas de leite em pó Noynoy. Seu rótulo mostrava a imagem de uma mulher holandesa bem jovem, amamentando uma criança. No fundo, um canal e moinhos de vento. Ele se lembrava de garrafas de gim com rótulos desconhecidos e esquecera nomes; pistache; azeitonas pretas enrugadas e queijo de cabra; espirais contra mosquitos, feitas de alguma substância verde comprimida, que queimava com o odor de sombrios feriados de infância perdida.

Lembrava-se de um minúsculo escorpião morto no chão de um armário e também de um verme marinho anelídeo, ampliado pela água clara, uma visão mítica, cor-de-rosa e púrpura, o corpo orlado de ondulantes cerdas pretas que o deslocavam por cima das pedras incolores. Era um pensamento gigantesco.

Havia três meninas suecas que nada usavam da cintura para cima, tinham seios grandes e flutuantes; nadavam juntas, como um signo do zodíaco.

Um dia, uma mulher jovem em roupa de mergulho arpoou um polvo. Ela o retirou do arpão, carregou-o por dois de seus tentáculos até uma rocha plana, contra a qual o golpeou até a morte, respingando gotas salgadas sobre Oliver. Cada vez que o polvo atingia a pedra, ele a agarrava com seus tentáculos livres, de onde se soltavam com um som semelhante a beijos.

Oliver e a mãe iam diariamente à praia; o pai, com menos freqüência. A mãe de Oliver nadava, tomava banho de sol, fumava, escrevia cartas, lia contos de mistérios, enquanto o pai sentava-se à mesa sob o parreiral, lendo *Doutor Fausto*, de Marlowe, e fazendo anotações para o seu próximo livro. À noite, os dois tomavam gim à luz de velas.

Diariamente, o sol parecia tão plano quanto um cartão-postal. As mulheres idosas, vestidas de preto, tricotavam, sentadas do lado de fora das lojas. No paredão da enseada, os velhos barqueiros observavam, de seus barcos, a passagem das mulheres quase despidas.

A água para a casa vinha de um reservatório que parecia um pequeno edifício quadrado, da mesma cor da casa, com degraus subindo até seu topo plano. A água das chuvas enchia a caixa por um tubo longo que vinha das calhas do telhado da casa. Sempre que uma torneira era aberta, ou quando se usava a descarga no banheiro, a bomba ofegava na cisterna e arquejava no trabalho de levar a água para onde era exigida.

À noite, deitado na cama, Oliver ouviu o canto de um galo, enquanto a bomba retumbava na escuridão. Lembrou-se da voz de rejeição do burro, do suco vermelho da romã, do rosto verde e preto de seu sonho. À noite, aquele mês de agosto parecia um grande animal de formas e cores desconhecidas, que se virava, virava e virava.

Em toda parte da ilha viam-se muros rústicos de pedras. Os muros evitavam o desabamento dos platôs de terra nos declives e, às vezes, cercavam oliveiras solitárias. Em todos os lugares, havia pedras e fragmentos de pedra com superfícies planas, sobre as quais era fácil escrever, usando uma caneta com ponta de feltro. Algumas eram cor de areia; outras, cinza, e também brancas. Algumas pareciam cortinas de pedra; outras, monumentos desmoronados. Na praia e na água, acumulavam-se grandes formações de veneráveis pedras em forma de vermes marinhos, curvadas e escavadas. Elas tinham ouvido rádios tocando *rock and roll* e também tinham ouvido Orfeu. Deitado meio submerso, Oliver se agarrava nelas enquanto seu corpo subia e descia ao balanço das ondas. Às vezes, ele passava horas na praia, curvado sobre a própria sombra, juntando pedras do tamanho da mão, com várias formas arredondadas. Algumas se encaixavam curiosamente.

No início, Oliver desenhava monstros e dragões em algumas das pedras; depois, começou a escrever nelas. Em algumas, de formas longas e arredondadas, repetia uma única palavra em volta, em espirais ao redor da pedra: abaixo abaixo abaixo abaixo abaixo abaixo... ou verde verde verde verde... Também escrevia, com as letras gregas que vira no barco, o nome *Persephoneia*.

A estrada que vinha das colinas até a cidade passava entre terraços de olivais. Havia lixo espalhado em todos os lugares, as pessoas simplesmente o jogavam declive abaixo. Os olivais estavam cheios de garrafas plásticas azuis de água mineral espalhadas, junto com enferrujados fogões jogados fora. Muitas das árvores tinham sido plantadas numa época distante, quando não havia coisas como garrafas plásticas de água mineral. Elas trançavam suas raízes no chão pedregoso dos terraços suportados pelos muros de pedra, enquanto, em suas folhas prateadas, os ventos variáveis sussurravam o conhecimento de séculos.

Havia uma determinada oliveira que Oliver sempre olhava quando passava. Muitas vezes, havia um burro preto amarrado nela e, de vez em quando, uma cabra preta e branca por perto. Foi aquele burro que Oliver ouviu enquanto comia a romã sob o parreiral. Quando ele abriu largamente a boca e zurrou, ficou evidente que o burro era um intermediário de alguma outra coisa. "Esta é a minha proclamação", disse a voz que falou pelo burro, "esta é a minha revelação de algo tão horrendo, que não pode ser descrito em palavras, e a voz, com a qual eu falo, não é notada".

A árvore não ficava longe da casa. Uma tarde, Oliver foi até lá sozinho. O burro havia enrolado na árvore toda a corda que o prendia e agora se mantinha calado. A cabra olhou calmamente para Oliver com seus olhos estranhos que pareciam pedras de cor ocre-acinzentada, onde haviam sido embutidos pedaços alongados de pedra preta. Um galo cantou em meio às garrafas de plástico azul de água mineral.

A árvore, cheia de azeitonas pretas, estava viva. Suas folhas prateadas sussurravam sob a luz do sol. Embora o tronco fosse oco, aquilo era apenas a concha de uma árvore com as trevas no interior da antiga forma trançada. A espessa casca cinza-esverdeada, cheia de saliências e enrugada, estava aberta como se duas mãos a tivessem separado. A árvore não tinha uma forma feminina, mas, apesar disso, era uma árvore com forma de mulher, como se uma mulher tivesse vestido a árvore e depois saído de dentro dela.

"Onde ela estará agora?", pensou Oliver. Olhou para as orelhas do burro. O que estariam escutando? Olhou para os olhos da cabra. O que tinham visto de diferente daquilo que ele vira? O galo cantou novamente.

— Alô? — disse Oliver.

As folhas sussurraram.

— Já foi? — perguntou Oliver.

A árvore oca manteve a sua escuridão aberta para ele. O burro zurrou mais uma vez, a cabra olhou para Oliver, o galo cantou pela terceira vez. Oliver aproximou-se da árvore. Pensou ter ouvido música, mas não poderia dizer como soara. Talvez só tivesse imaginado a música.

Oliver estava dentro da árvore. Não sabia como havia chegado lá. Por um momento, viu os muros de pedra e as oliveiras na estrada, o céu azul e as folhas prateadas, a sombra verde e a dourada luz do sol e um moedor de carne de plástico amarelo jogado na beira da estrada. Então, tudo ficou indistinto acima dele. Estava caindo, caindo, com uma sensação de enjôo no estômago. Tudo nele e ao redor dele era um grande suspiro. Lembrou-se dos olhos da cabra, das orelhas do burro.

Caindo, caindo, com a escuridão saltando dentro dele como uma rã preta. Oliver começou a chorar, mas não de medo, estava chorando de tristeza. Com uma dor terrível na garganta, chorava por algo perdido para ele, embora não soubesse o quê. Durante todo o tempo em que estivera caindo, desejou saber quando seria esmagado como um ovo derrubado do ninho.

Um nome rugira dentro dele, berrando nele: PERSEPHONEIA. Pensou que seu crânio iria estourar, pensou que aquilo quebraria seus ossos. Ainda continuava caindo, não estava em parte alguma, nada mais havia além do negrume, e, no negrume, veio-lhe à mente o rosto que, às vezes, via nos sonhos. Estava pensando nisso ou isso estava pensando nele? Inexplicavelmente tudo estava a seu redor enquanto caía. Ficava cada vez maior, grandes manchas pretas sobre verde-pálido, como um esfregaço feito sobre papel verde. Mas o verde parecia mais uma chama em vias de se extinguir. Frio, sim, estava tremendamente frio, gelado, e havia um vento congelante soprando.

Oliver começou a compreender que aquilo, a seu redor, era o rosto de Hades. Não tinha fim, a chama sem vida, uma combinação de negro com um verde frio, como se estivesse próxima da extinção, girando, girando, uma concavidade rodopiante em descida direta. Oliver caiu, caiu e continuou caindo, enquanto os lábios de Hades moviam-se, lentamente, a boca bramindo silenciosamente: *PERSEPHONEIA*.

Como o mar inundando uma caverna, o conceito de Hades e Perséfone ocupou toda a mente de Oliver. Não conseguia deixar de pensar que o verão verde e dourado do mundo era inverno para Hades, seu período negro, seu tempo morto, o tempo perdido e rompido, sem Perséfone.

Perséfone significava toda a beleza, e ela partira para o mundo superior, onde a luz do sol sussurra nos olivais. Como Hades poderia saber se ela alguma vez voltaria para ele? Por que ela desejaria voltar ao mundo sombrio da morte como sua rainha negra? O rei da morte enfureceu-se e chorou no próprio terror, enquanto lentamente virava, virava, virava a face de sua raiva para o mundo.

Oliver continuava a cair e aquele rosto girante ainda girava, passando por ele em rápida ascensão, vindo de todos os lugares lá de baixo, durante todo o tempo da queda. Aceitar tudo aquilo na mente era uma tarefa muito difícil e pesada, e a dor que sentia, insuportável. Creio que isso me matará, pensou. Mas não morreu.

A queda parou, o rosto de Hades, em lenta rotação, desaparecera. Oliver viu os olhos da cabra, as orelhas do burro viradas para trás e escutando. Ouviu o cantar do galo, o sussurro das folhas das oliveiras. Estava na sombra esverdeada do olival. A árvore em forma de mulher estava na frente dele, mantendo o seu vazio aberto para ele. Talvez nada tivesse acontecido.

Uma pedra preenchia, confortavelmente e com um peso agradável, a mão de Oliver. Era um pedaço de pedra fulva, com extremidades afiadas e facetas irregulares que se afilavam em uma base triangular. Parecia uma escultura abstrata, monumental e comemorativa. Havia uma concavidade rasa de tamanho adequado a seu polegar. Quando ele segurou a pedra sob um certo ângulo em direção à luz, aquela depressão encheu-se com a sombra de um grande pássaro do reino da morte, com o dorso voltado para ele. Sabia que aquele era um pássaro de poder, mas também um pássaro de perda, uma tristeza alada pelo que se fora para sempre. Esse pensamento de repente tornou-se insuportável e Oliver chorou.

Oliver pensou na pedra como sua pedra de Hades. Manteve-a no bolso durante todo o dia e, à noite, guardou-a sob o travesseiro. Não escreveu ou desenhou sobre ela. Com o polegar, sentia a forma da sombra-pássaro. Imaginou-o estendendo as asas escuras e sentiu curiosidade sobre a sua face indivisível.

Quando Oliver, a mãe e o pai retornaram de Paxos, as ruas de Londres pareciam desprezíveis e cinzentas.

— Hades — sussurrou Oliver.

— O inferno não tem limites — disse o pai — nem está circunscrito a um único lugar, porque onde estamos é o inferno e onde o inferno está nós sempre devemos estar.

— Fale por você mesmo — disse a mãe de Oliver.

Quando Oliver voltou para a escola, levava a pedra de Hades no bolso, encaixando o polegar.

Era um frio mês de setembro, a atmosfera estava cinzenta, as ruas estavam cinzentas, o alcatroado do pátio de recreio estava rígido sob os pés de Oliver.

E lá estava Geoffrey novamente.

— Oi, Azeite de Oliva — disse.

Oliver nada disse. Viu a oliveira, mantendo aberto seu vazio escuro. Com o polegar, sentiu a forma da sombra-pássaro cuja face ainda não vira.

— O que está havendo? O gato comeu a sua língua? — perguntou Geoffrey.

Oliver tirou a pedra do bolso.

— Sabe de onde é isso?

— Não! De onde é?

— Talvez você descubra logo. O inferno não tem limites, sabe disso? É onde quer que estejamos.

— Acho que você voltou biruta de onde foi, Azeite de Oliva.

— Talvez você também vá a algum lugar. — Oliver queria arrancar alguma coisa de Geoffrey, desejava que Geoffrey sentisse a tristeza que ele sentia sem saber por quê.

— Há uma escuridão dentro da árvore — disse.

— A escuridão parece estar é dentro de sua cabeça.

— Nada é eterno: o verão chega, o verão vai. Geoffrey vem...

— Mas felizmente não está indo, Azeite de Oliva.

Oliver deu três passos para trás. Inclinou a cabeça, escutando a voz imponente falando através do burro.

— A escuridão está esperando; o burro diz para ir.

— Você é o burro e acho que está precisando de uma boa pancada.

Oliver deu três passos para a esquerda. Fez seus olhos parecerem pedras de cor ocre-acinzentada, com pedras pretas alongadas e encaixadas.

— A cabra diz para ir.

— Baaa — disse Geoffrey. — Por que você não tenta me fazer ir?

Oliver avançou três passos. Do fundo da garganta ele cantou silenciosamente como o galo.

— O galo diz para ir. Porque está na hora.

— Acabou seu tempo, Azeite de Oliva — disse Geoffrey, recuando o punho.

Oliver segurou a pedra de Hades de forma que a grande sombra do pássaro aparecesse. Viu o pássaro elevar-se no ar, viu sua face, que parecia terra preta e cinza, verde como chamas prestes a se extinguirem.

— Está na hora de você ir — disse ele a Geoffrey quando o pássaro de sombra se inclinou.

Oliver estava completamente só, caindo sem parar, enquanto o onipresente rosto de Hades, em sua lenta rotação, ascendia rapidamente por ele. Não sem parar, pois ele havia parado de cair e o que vira fora o rosto imóvel da enfermeira da escola quando despertara, respirando com dificuldade, em razão da pequena garrafa que ela segurava sob o nariz dele. A pedra de Hades não estava mais em sua mão.

— Você está novamente conosco? — perguntou a enfermeira.

— O que aconteceu?

— Parece que você desfaleceu depois de seus esforços.

— Que esforços?

— Geoffrey disse que você estava lhe mostrando um golpe de judô.

— Onde Geoffrey está agora?

— Levaram-no ao hospital; vai precisar de alguns pontos na cabeça. O pátio de recreio não é lugar para a prática do judô. Alguém poderia ter-se ferido gravemente.

— Não faremos mais isso.

— Espero que não.

— Aqui está a sua pedra — disse Geoffrey, depois. — Quer saber de uma coisa... é engraçado. Quando você me bateu com ela, vi um rosto grande a meu redor. Era verde e preto e não parava de girar.

— Eu vi aquele rosto — disse Oliver.

— Onde? Quando?

— Na ilha de Paxos, no mês passado.

— Como pode ter visto?

— Não posso falar a respeito.

— Eu lhe darei uma fita do Iron Maiden em troca daquela pedra.

— Sinto muito, mas não.

— Ela está com meu sangue nela.

— Tenho outra pedra boa de Paxos, da praia. Essa eu lhe darei, mas você tem de parar de me chamar de Azeite de Oliva.

— Está bem!

O período de outono correu bem para Oliver; os outros meninos pareciam olhar para ele de maneira diferente da que olhavam antes. Havia uma peça teatral na escola sobre o rei Artur, e ele recebeu o papel de Merlin.

* * *

RUSSELL HOBAN é o autor de um dos melhores livros modernos para crianças, que trata da busca de um rato de mecanismo de relógio e seu filho por uma casa em que não precisassem mais de corda. Na realidade, essa é uma das quase 50 histórias que ele escreveu para leitores mais jovens, bem como vários romances de fantasia para adultos. Hoban é um norte-americano que se mudou para a Inglaterra depois da Segunda Guerra Mundial e trabalhou com publicidade e televisão antes de escrever e ilustrar os livros que fizeram sua reputação. Sua fascinação pelos poderes da magia tornou-se óbvia em uma história, na qual é concedido a uma verruga o desejo de ganhar um telescópio para ver as estrelas, e em uma outra, sobre criaturas falantes, especialmente um caranguejo de rosto assustador. Russell Hoban considera-se um mago com as palavras. Ele gosta de dizer ao leitor "meu próximo truque é impossível" e, então, o realiza da mesma maneira que mostrou em "O misterioso Oliver", conto que me faz lembrar o jovem feiticeiro do século XVII, mestre Oliver, que mencionei em *O mundo da magia*.

OS GUARDIÃES DO DESCOBRIDOR

Joan Aiken

Denzil Gilbert é o novo aluno na Candlemakers, uma escola antiga perto de Norwich. É magro e cheio de espinhas; além disso, sofre de estrabismo, o que significa que uma pessoa não pode dizer com certeza se ele está falando com ela ou com alguém atrás dela. Ele se vangloria muito e inventa histórias sobre as, assim chamadas, pessoas famosas da família dele. Por isso, não é de surpreender que a maioria das crianças não goste realmente de Denzil, embora isso não pareça aborrecê-lo muito. Entretanto, há uma coisa em que Denzil é bom: contar histórias de fantasmas. Depois do apagar das luzes, no dormitório, ele consegue deixar qualquer um de cabelos em pé com as histórias de magia e mistério que conta. Mas quando Denzil e os outros alunos fazem uma excursão a um pequeno museu de folclore em Strand-next-the-Sea, algo muito estranho acontece, com uma exibição conhecida como "O descobridor". O que todos querem saber é se aquilo tinha poderes sobrenaturais, como Denzil dizia, ou se é apenas outra de suas grandes histórias...

* * *

Lá pela primavera, sempre fazemos uma excursão escolar ao museu de Strand-next-the-Sea. Strand é a cidade mais próxima de nossa escola, Candlemakers, que não fica distante de uma aldeia chamada Far Green. Far Green quase não pode ser chamada de lugar: tem três casas e uma lagoa. Durante a Segunda

Guerra Mundial, a escola foi transferida de Londres para essa mansão vitoriana, velha, vermelha, desajeitada e cheia de correntes de ar, pensando que assim estariam livres dos bombardeios, porque os alemães nunca prestariam atenção nela. Na verdade, ela é tão difícil de se ver, que, freqüentemente, os pais em visita se perdem e acabam em Staithe Cross ou Watchett. A casa fica no centro de uma espécie de floresta em miniatura, como que isolada pelos olmos aglomerados a seu redor. Muito dos olmos adquiriram a doença holandesa e parecem velhos esqueletos sombrios, até que um arvoredo inteiro de sicômoros jovens apareceu entre eles.

Com exceção das árvores ao redor da escola, aquele é um lugar plano, ventoso. Supõe-se que em dias claros, olhando-se em uma direção, pode-se ver Norwich do pináculo da igreja de Far Green e, olhando-se em outra direção, em dias nublados, o pináculo de Losthope Minster, que desapareceu sob o mar na grande tempestade de 1609.

A primavera é sempre sombria. O vento sopra com violência ao longo do Mar do Norte e chove cinco dias em cada seis. Os campos de jogos, geralmente, estão debaixo d'água, e, então, só resta andar pelos campos, dia após tempestuoso e encharcado dia. Em meados da estação, embora Strand seja uma pequena cidade deserta e o museu se limite a três aposentos com quinquilharias colecionadas por um reverendo do século XIX que nada mais tinha para fazer em seu tempo livre, todo mundo tem prazer em ir lá. Pelo menos é um lugar fechado, coberto. Vamos para lá no ônibus escolar, e não deixa de ser uma pequena mudança. Entretanto, claro, depois de ter passado alguns anos na escola, conhece-se tão bem o que existe no museu quanto o conteúdo da própria escrivaninha.

Na época da qual estou falando, havia lá um menino novo chamado Denzil Gilbert. Era uma criatura magra, de olhos pálidos, rosto cheio de espinhas, com uma pele áspera como lixa e um leve estrabismo no olho esquerdo, de forma que nunca se sabia se ele estava falando conosco ou com alguém por cima de nosso ombro. Ninguém gostava muito dele, mas isso não parecia deixá-lo aborrecido. Ele vivia incrivelmente satisfeito consigo próprio e poderia falar eternamente sobre si mesmo com qualquer pessoa que estivesse disposta a escutar. Muitas das histórias que contava nada mais eram do que mentiras deslavadas: que o pai dele havia recebido o Prêmio Nobel de poesia e a avó era uma atriz famosa que fizera o papel de *lady* Macbeth com *sir* Henry Irving, que o avô era *lord chancellor* da Inglaterra e a família dele tinha vindo para a Inglaterra com os normandos. Qualquer pessoa que se desse o trabalho de verificar no *Quem é Quem* ou na enciclopédia descobriria que, na maior parte das vezes, as histórias não eram bem assim, exceto por um minúsculo grão de verdade em algum ponto do final. Em meados da estação ninguém mais prestava muita atenção a suas vanglórias.

 Denzil era o tipo de pessoa que, por nada ter de interessante nele mesmo, sempre procurava estar de posse de coisas bastante incomuns, para poder exibi-las e, assim, angariar um pouco de prestígio. Tinha um conjunto de moedas Maundy — um minúsculo *penny* prateado, uma moeda de dois centavos, uma de três e uma outra de quatro —, um chifre de metal para guardar pólvora, adornado com partículas de turquesa e coral vermelho, que, segundo ele, pertencera ao rei James I (embora, em minha opinião, se James I tivesse um chifre para guardar pólvora, seria um artefato de aparência bem mais elaborada do que o de Denzil). Tinha um fóssil que ele disse ter vindo de Marte e uma concha grande, por onde se supunha ser possível ouvir o bramir do Oceano Índico, além de um pequeno tinteiro em pedra-sabão que, de acordo com Denzil, havia pertencido a um velho poeta chinês chamado Li Po, e quem quer que o usasse poderia escrever poesia chinesa da mais alta categoria. Também possuía um punhal malaio, um pedaço de quartzo rosa, uma folha da árvore do lenço e muitos pedaços de mármore antigos e verdes.

As pessoas riam das histórias que Denzil contava sobre seus pertences, claro, mas estavam interessadas e habituadas a pedir para vê-los, assim como Denzil sempre tinha prazer em exibi-los. Em pouco tempo (sabe como são as coisas na escola, especialmente se uma pessoa é bastante impopular), diversas coisas desapareceram; em particular, o jogo de minúsculas moedas Maundy. Denzil ficou muito aborrecido com aquilo. As moedas haviam sido retiradas de uma caixinha prateada de rapé que ele guardava na cômoda de seu quarto.

É evidente que aquilo chegou aos ouvidos de Jasper, o diretor, que fez uma preleção após as orações, perguntando se alguém sabia onde elas estavam. Ninguém disse uma só palavra. Jasper estava muito zangado e, em parte, com Denzil. Lembrou-lhe de que o tampo de uma cômoda era um lugar estúpido para se guardar algo tão valioso e que, assim, ele estava lançando tentações injustas no caminho das pessoas. E, no final, foi declarada uma regra nova: todas as coisas de valor deveriam ser entregues a Sally Lunn, a supervisora. Dessa forma, Denzil teve de se separar de seu quartzo e do tinteiro, ainda que o tivessem deixado ficar com a concha e com o fóssil marciano, porque ninguém acreditava que fossem o que ele anunciara.

Foi uma situação embaraçosa e constrangedora que, como se pode imaginar, não contribuiu para tornar Denzil mais popular.

Entretanto, em uma coisa ele era bom: contar reveladoras histórias de fantasmas, quando a hora dos estudos já havia terminado e estávamos todos amontoados ao redor da estufa na sala de jantar ou, à noite, depois do apagar das luzes. Ele deixava todos de cabelo em pé com as histórias dos guerreiros dinamarqueses que se haviam afogado quando a maré os pegara no pântano de Saltwagon, depois que um menino da aldeia, deliberadamente, lhes indicara o caminho errado. Os encharcados dinamarqueses, dizia ele, erguem-se, respingando água, das suas sepulturas barrentas na última noite de maio e saem à procura daquele menino para se vingar; por isso, cuidado! E havia outra história interessante sobre a floresta afundada de Losthope e as terríveis coisas da floresta que saem deslizando, às vezes, nos ventos fortes de inverno, quando as ondas são tão enormes, subindo e descendo, que ainda podem ser vistos os tocos apodrecidos, fossilizados, das árvores. É o que dizem. E havia ainda a história sobre as gigantescas abelhas africanas, deslocando-se em direção ao norte ao longo da Europa, uma massa negra de força descomunal, matando tudo pelo caminho.

Mas nenhuma das histórias que Denzil Gilbert nos contou era mais estranha do que o que lhe aconteceu.

Naquele sábado, no café da manhã, Sally Lunn anunciou que iríamos ao museu de Strand-next-the-Sea após o almoço. Quem já havia ido lá umas quatro ou cinco vezes soltou o habitual suspiro de enfado. Denzil, ao contrário, parecia bastante interessado e entusiasmado. Biddy Frazer teve a ousadia de perguntar o motivo. Fiquei surpreso, porque geralmente ela era uma das primeiras pessoas a criticá-lo. Era escocesa, franca, uma monitora, e dizia que as histórias dele eram apenas tolices e bobagens.

Denzil informou:

— Meu pai nasceu em Strand-next-the-Sea. Nossa velha casa da família está lá.

— Então, por que você não é aluno externo?

O tom de voz de Biddy era pensativo. Obviamente, imaginava que seriam menos horas com Denzil todos os dias.

— Meu avô vendeu a casa. Sempre vivemos no exterior. Meu pai é professor de inglês na Universidade de Adis-Abeba.

Aquilo era verdade, uma das coisas que Denzil não tinha inventado.

Depois do almoço, o velho e chacoalhante ônibus azul aproximou-se lentamente do pátio coberto de cascalho diante do prédio principal da escola. Todos patinamos na chuva e subimos a bordo, com os habituais suspiros, resmungos e piadas grosseiras.

Ninguém quis se sentar junto com Denzil; então, ele acabou sentando-se ao lado de Tom Oakenshaw, o professor de inglês que poderia ser muito sarcástico, mas que ainda estava sendo bastante paciente com Denzil, uma vez que ele era aluno novo, e que se preparou para prestar atenção a suas histórias exageradas sem mostrar uma expressão muito óbvia de descrença.

O velho ônibus pôs-se a abrir caminho ao longo das estradas pantanosas, lançando torrentes de água para o alto, sob o imenso céu cinzento, úmido e ventoso. Eu estava sentado atrás de Denzil e de Oakie, e pude ouvir Denzil se vangloriar da família dele.

— Os Gilbert habitaram Strand-near-the-Sea desde o século XII.

— Não tenho certeza se Strand já existia no século XII — disse Oakie delicadamente. — Naquele tempo, o mar era mais distante, você sabe.

— Oh, bem, seja como for, desde aquela época minha família vivia por esses lados — corrigiu Denzil, numa resposta rápida. — Alguns saíram daqui para as Cruzadas. Um antepassado meu foi enterrado em Losthope Minster, *sir* Geoffroi de Guilbert; há uma foto de seu monumento em um livro chamado *Curiosidades Perdidas da Arquitetura Anglicana Oriental.*

— É mesmo? — disse Oakie. — Eu tenho esse livro lá na escola. Quando voltarmos, farei uma consulta sobre o seu antepassado.

Biddy, a meu lado, no assento atrás deles, reprimia as risadas e me cutucava, porque estava disposta a apostar que nada da história de Denzil era verdade e que Oakie logo o descobriria. Denzil, porém parecia bastante tranqüilo.

Naquele momento, chegamos à praça principal de Strand, um lugar sempre ventoso e desagradável. Uma das quatro ruas curtas e largas conduzia diretamente a uma fileira de dunas sempre em mutação, outra ia até o porto. Na terceira, havia algumas lojas e, na quarta, casas, a igreja e o museu.

— O museu primeiro — anunciou Oakie. — Depois vocês podem gastar a mesada e dar um passeio na praia, se não estiver chovendo muito.

Corremos curvados, de dois em dois, ao longo de rua Staithe em direção ao museu, um edifício georgiano de tijolos vermelhos chamado Acre House. Quando Denzil chegou em frente ao prédio, numa atitude dramática, exclamou:

— A casa de meus antepassados!

Quase todos riram silenciosamente e Oakie fez com que nos apressássemos a entrar.

Como eu disse, há três aposentos. Um está cheio de velhos utensílios agrícolas e de cozinha, arados, batedores de manteiga e calandras. As peças de metal estão enferrujadas e as de madeira, carcomidas, e, a menos que você seja um entusiasta de história, é bastante enfadonho.

No outro, há muitos pássaros empalhados, plantas locais crescendo em barricas e um modelo em escala da área circunvizinha (é o meu aposento preferido).

O terceiro é o das roupas e fantasias. Também há uma antiga casa de bonecas, enorme, e jornais do século XVIII espalhados. A maioria das meninas passa ali todo o tempo da visita.

Biddy afastou-se em direção ao quarto das fantasias, depois de sussurrar em meu ouvido que iria desfalecer em 10 minutos. Biddy é pálida e ruiva, e consegue provocar um desmaio pondo papel mata-borrão nos sapatos e se concentrando. Não faz isso com muita freqüência, caso contrário, o pessoal começaria a perceber a jogada. Dessa vez, argumentando já ter visto Acre House um número suficiente de vezes, disse que queria gastar o dinheiro que a mãe lhe enviara no aniversário. Se ela desmaiasse, supôs, talvez nos permitissem ir embora e tomar um chá no Polly's Plat, o único café que ficava aberto no inverno.

Denzil foi direto à sala das fantasias e eu perambulei por lá, mais ou menos uns cinco minutos, porque queria observar Biddy preparando o seu desmaio.

A velha senhorita Thorpe estava fazendo o seu trabalho. Ela é a curadora, parece uma lichia, de cor entre o marrom e o rosado, e enrugada. Deve ter lido aproximadamente um milhão de livros, porque é capaz de fazer uma eterna dissertação sobre qualquer objeto do museu.

— Essa é uma roupa de peregrino — explicava. — Podem-se ver as conchas ou vieiras no chapéu; elas indicam que quem a usava visitou o santuário de Santiago de Compostella. E as palmas mostram que ele também foi à Terra Santa. O gancho no bastão era para carregar a bolsa. Aqui temos a roupa de um expedicionário das Cruzadas. Ele usava uma cota de malha, uma veste branca para protegê-lo do sol quente e, como se pode ver, na veste há uma cruz vermelha. Essas são as roupas de *sir* Geoffroi de Guilbert, cuja família viveu em Gippesvicum, ou seja, Ipswich, e cujos descendentes construíram essa casa no século XVIII.

— Viu? — gritou Denzil, orgulhosamente, para Jane Hall, que estava perto dele. — Não disse que esta foi a casa de meus antepassados?

Diante do ocorrido, a senhorita Thorpe virou-se, muito interessada.

— E qual o seu nome, meu menino? — Quando ele disse que era Denzil Gilbert, ela ficou tão alegre quanto um polichinelo. — O filho do professor Robert Gilbert? Mas é esplêndido! É a primeira vez que um membro da família vem a esta casa.

Como você pode imaginar, Denzil ficou ali mesmo, radiante como o sol nascente. Pelo menos uma vez ficou comprovada a veracidade de uma de suas histórias e era evidente que durante um longo tempo ele não permitiria que esquecêssemos o fato.

Mas a senhorita Thorpe ainda não havia terminado.

— Como membro da família — prosseguiu — você pode exercer o privilégio de *filius donationis*; isso nunca aconteceu durante o tempo em que trabalho aqui. Que felicidade! Que coisa formidável!

Quando a senhorita Thorpe fica excitada, tende a usar o linguajar característico dos meninos de 1920.

— O que é *filius donationis*? — indagou o senhor Oakenshaw, quase tão interessado quanto a própria senhorita.

— Bem, quando a casa, incluindo diversos pertences, foi transformada em museu, uma das condições do acordo era que se um descendente do doador, *sir* Giles Gilbert...

— Meu avô — interrompeu Denzil, alegremente.

— ... se um descendente de *sir* Giles chegasse, teria permissão para mexer nas peças daquela caixa fechada ali.

Todas as cabeças se viraram, e todos os olhares se concentraram na caixa fechada, que não era muito grande, contendo diversos objetos foscos de dimensões reduzidas: correntes, fivelas, selos, moedas, elos e algumas pequenas colheres sem brilho.

Denzil não iria perder uma oportunidade daquelas, claro.
— Posso ver as coisas, por favor? — perguntou.
— Certamente que sim, meu menino. Espere um pouco enquanto vou buscar a chave.

Denzil olhou através do vidro, com ar terrivelmente presunçoso, enquanto todos os interessados se aglomeravam em volta para também dar uma olhada.

— Há algo escrito na colher, em latim — disse uma menina chamada Tansy Jones.

— Provavelmente, a versão latina para "Lembrança de Norwich"* — zombou Bill Humphrey.

— *Dona ex Norvicio* — sugeriu Jane.

— Não, não é! — protestou a senhorita Thorpe, voltando com a chave. Essas são colheres de prata romanas, descobertas no local de um templo a Fauno, o deus da floresta. Fauno, como talvez saibam, também é o deus britânico Vann e o deus grego Pã, as letras V, F e P são todas intercambiáveis. A senhorita Thorpe sentia-se bem à vontade agora.

— O que significam as palavras? — perguntou Tansy.

— Algo como "Regozijem-se nos bosques".

— Tenham um piquenique agradável — murmurou Bill.

— É evidente que, naquela época, todo esse país era coberto de florestas. O local do templo é onde se encontra sua escola. Estes são pequenos pedaços de vidro romano — disse a senhorita Thorpe, passando-os a Denzil, que tentou se mostrar interessado; mas era uma tarefa difícil. — E essas são antigas pontas de setas britânicas. E essa coisinha tem uma história curiosa, chamam-no de Descobridor.

---

* Uma vila na parte oriental da Inglaterra, a nordeste de Londres. A cidade foi saqueada pelos dinamarqueses no século XI e devastada pela peste negra em 1348. (N.T.)

Era uma pequena imagem em metal de um homenzinho atarracado, sorridente, cabeludo e barbudo, usando um boné pontudo. Os pés dele apontavam para trás.

— Por que Descobridor? — perguntou Denzil.

— Porque se supõe que ele ajude a encontrar coisas perdidas. É uma imagem do deus da floresta Fauno ou Vaun.

— Por que ele acharia coisas perdidas?

— Porque... imagino... porque freqüentemente perdem-se coisas nos bosques. No tempo dos romanos ou dos britânicos, provavelmente, seriam crianças, cães, porcos ou gado e acreditavam que, se você fizesse sacrifícios a Vaun, ele ajudaria a achar o que você havia perdido. Posteriormente, em vez dos sacrifícios, as pessoas começaram a fazer pequenas imagens como essa e doá-las ao templo. Esta foi desenterrada no século XVII por um fazendeiro e chamada de Descobridor porque as pessoas acreditavam que tinha o poder de achar coisas perdidas. Passou de mão em mão por todo o distrito e, no final, foi guardada por seu bisavô, *sir* Neville Gilbert — explicou a senhorita Thorpe a Denzil.

— Eu bem que gostaria que fosse minha — ele suspirou. — É exatamente do que preciso.

Aquele foi o momento que Biddy escolheu para encenar seu desmaio. Foi um desempenho muito artístico, tornando-se pálida como uma folha de papel, oscilando para lá e para cá e, depois, caindo no chão de madeira com um baque extraordinário.

— Oh, valha-me Deus! — exclamou a senhorita Thorpe, fechando apressadamente a caixa de vidro e enfiando a chave no bolso da jaqueta. Ela e Oakenshaw levantaram Biddy e a deitaram em um grande sofá antigo de couro no aposento da frente. Um minuto depois, ela abriu os olhos, olhava em volta como se estivesse confusa, dizendo:

— O que aconteceu? Onde estou?

— Continue deitada, querida, e lhe trarei um copo d'água — disse a senhorita Thorpe.

— Prefiro uma xícara de chá — disse Biddy.

— Por que não a levamos ao Polly's Plat? — sugeri.

Mas, irritantemente, Oakie não a deixaria ir ao café. Argumentando que ela estava muito tonta para caminhar, decidiu que deveria sentar-se tranqüilamente no ônibus, enquanto o restante de nós gastava a mesada. Escoltou Biddy até o ônibus e a deixou sob a responsabilidade do motorista, Gus Beadle, que nunca se interessava em sair e ficava a bordo, lendo o *Sporting Times*.

Biddy deu-me dinheiro para lhe comprar um sanduíche de hortelã, e eu fui a uma loja de doces. Denzil acompanhou-me. Ele ainda parecia tão feliz quanto um cachorro com dois rabos, suponho que devido a toda a atenção de que era alvo.

Peguei uns cereais e o sanduíche de hortelã de Biddy, então esperei no caixa, atrás de um senhor idoso que estava comprando um pacote de fumo para cachimbo e um pouco de balas de hortelã extra-forte. O senhor estava procurando algo em todos os seus bolsos e parecia aborrecido. Na verdade, estava tão pálido quanto Biddy.

— O que está acontecendo, meu senhor? — perguntou a jovem na caixa registradora.

— Perdi uma nota de cinco — ele balbuciou. — Oh, que tristeza, o que posso ter feito com a maldita nota? Não sei o que a minha velha vai dizer.

— Está debaixo de seu pé — informou Denzil, calmamente, enquanto o homem continuava a revistar-se, em vão.

Sem a menor dúvida, lá estava a nota. De algum modo, ele devia tê-la tirado do bolso sem notar e então pisara nela depois que caíra. Ele estava aliviado!

Pagou suas coisas, eu comprei as minhas e Denzil comprou *marshmallows*, aliás, umas coisas repugnantes. Suspeito que os tenha comprado porque ninguém mais gostava deles. Assim, ficaria com todos. Em seguida, voltamos ao ônibus. O chuvisco tinha piorado, transformando-se num aguaceiro constante, intensificado por um cortante vento do norte; certamente não era um bom dia para passear ao longo das dunas de areia.

Denzil e eu fomos os últimos a voltar ao ônibus. Entreguei a Biddy o sanduíche de hortelã. Ela estava sentada ao lado de Oakie, parecendo arrependida e tão pálida, que suas sardas tornaram-se intensas como manchas de ferrugem. Na verdade, comecei a questionar se não teria sido um desmaio real.

Gus Beadle ligou o motor, mas, antes que conseguisse partir, a porta do ônibus se abriu. O vento forte tinha soprado com uma tremenda velocidade, como costuma acontecer naquelas paragens: num minuto tudo está mortalmente calmo, cinco minutos depois, canos de chaminé e telhas estão voando estrada abaixo.

— Feche a porta, Bill, por favor — pediu Oakie.

Bill, que estava perto, fechou-a de um golpe, mas ela voltou a abrir. No final, Gus teve que mantê-la fechada, amarrando-a com um pedaço de corda, e Bill precisou segurá-la durante todo o caminho de volta. O próprio velho ônibus, de vez em quando, quase decolava da estrada. Era uma verdadeira força de intensidade 10.

Denzil estava sentado a meu lado. Ainda sorria maliciosamente; num certo momento, deu uma cutucada nas costelas e murmurou:

— O negócio é o seguinte! Vou lhe contar uma coisa.

Fingi não ouvir. Eu estava prestando atenção em Oakie, no assento da frente, conversando com Biddy e algumas outras meninas sobre o Descobridor.

— Há oito ou nove meses, um arqueólogo chamado Murray Parkin pediu-o emprestado ao museu. Esperava que pudesse ajudá-lo a achar um tesouro em um navio saxão como aquele de Sutton Hoo.

— E conseguiu?

— Não que eu tenha ouvido. A menos que tivesse sumido com o tesouro! Talvez não funcione se você o pedir emprestado. No século XVII, acreditava-se que ele tinha que ser dado, ou roubado.

— Talvez durante os últimos 300 anos seu poder tenha diminuído devido à falta de uso — sugeriu Jane Hall. — Como uma bateria de lanterna.

— Seja como for, não creio que pudesse acontecer. — Oakie levou-a bastante a sério. — Tenho a impressão de que seria exatamente o oposto. O poder se concentraria cada vez mais. Vaun, Fauno, era um deus da floresta, bastante selvagem, bastante forte. Qual você supõe deve ser a sensação de ser um deus e não ser adorado? De ser esquecido, ignorado, pelas pessoas durante centenas de anos?

— Não muito agradável, eu diria — falou Tansy.

— Você ficaria com raiva — disse Jane. — Principalmente se, quando as pessoas se lembrassem, tudo o que quisessem fosse que você encontrasse um cão terrier perdido.

Biddy estremeceu e disse em tom queixoso:

— Estou me sentindo mal, senhor Oakenshaw! Minha cabeça está doendo e estou sentindo muito frio.

— Provavelmente está ficando gripada — ele disse. — Tem de ir diretamente para a supervisora assim que voltarmos.

Começava a parecer um milagre que tivéssemos conseguido voltar. Os olmos e os sicômoros em volta do prédio da escola se sacudiam tanto, que era como se estivessem prestes a sair do chão, e, quando Bill desamarrou o pedaço de corda, a porta se abriu com tamanha violência, que bateu contra o lado do ônibus e rachou uma janela. Oakie e eu ajudamos Biddy. Ela estava tremendo e parecia verde em vez de branca. Aquela visão fez com que eu também me sentisse um pouco enjoado.

Chovia torrencialmente, de modo que todos nós corremos para dentro da escola. Mas não conseguimos manter as portas da frente fechadas. São duas grandes portas duplas, pesadas, de carvalho e com cintas de ferro, e o vento as abria como se fossem de papelão. Oakie e o velho Gus tiveram que fechá-las e trancá-las, e, mesmo assim, elas sacudiam e balançavam como se um dinossauro estivesse batendo nelas.

Sally Lunn acompanhou Biddy até a enfermaria.

— Não posso ir primeiro para o meu quarto e pegar um livro? — perguntou Biddy.

— Não, você vem comigo. Depois, um de seus amigos poderá trazer um livro para você — disse a supervisora.

O restante de nós entrou para o chá, que, aos sábados, é sempre chocolate e pãezinhos suíços.

Denzil deixou-se cair perto de mim.

— Ei! Olhe o que eu tenho! — disse ele, mostrando-me depressa algo que tinha na palma da mão.

Só dei uma olhada rápida e precipitada, mas aquilo se parecia notavelmente com o pequeno Descobridor preto.

— Jesus Cristo! — exclamei. — Você não está querendo dizer que furtou o...

— Ssssh! Não fale alto. Eu não furtei isto.

— Não ouvi você pedir à velha senhorita Thorpe.

— Eu o devolverei, um dia — disse ele, meio evasivo. — Depois que ele encontrar as minhas coisas perdidas. — Engoliu o resto de seu chá. — Vamos! Quer vê-lo trabalhar?

Eu realmente não queria. Sentia algo estranho a respeito daquela coisa toda. E o tempo não ajudava, pois estava muito mais escuro do que o normal àquela hora da tarde. O vento lá fora uivava sem parar, como uma serra de cadeia e, em todo o prédio, só se ouvia o barulho de portas batendo.

— O velho Jasper vai ficar raivoso como um cachorro se descobrir o que você fez — falei. — Roubando de um museu.

— Oh, não seja tão puritano! — disse Denzil veementemente. — Além disso, tenho direito sobre isto. Pertenceu a meu bisavô.

— E como sabemos de que modo chegou às mãos dele?

Denzil simplesmente saiu da grande sala de jantar e subiu as escadas, ocultando a pequena coisa preta na mão.

— Ele está me conduzindo — disse.

Muito de má vontade, fui atrás dele e o mesmo fizeram mais duas ou três outras pessoas que, de alguma forma, desconfiavam que algum negócio estranho estava em curso.

— Olhe — falei, gritando para me fazer ouvir acima do uivar do vento —, honestamente, acho que você não deveria fazer isso. Tem uma tendência a causar aborrecimentos. E ouviu o que Oakie disse no ônibus: se usa esse tipo de coisa, você está se abrindo a forças das quais é melhor manter distância. É como tocar um circuito elétrico. Você está se expondo a seu poder.

— Oh, bobagem — respondeu Denzil. — Você não quer que eu faça isso porque está assustado com o lugar onde provavelmente minhas coisas aparecerão. — Ao falar, deu um sorriso desagradável, olhando por cima do ombro. Como sempre, eu não tinha certeza se seus olhos estavam fixos em mim ou em outra pessoa. — Por que seria como você está falando? — perguntou, seguindo em frente. — Veja, ele quer subir mais.

Subiu o próximo lance de degraus, que conduzia aos dormitórios das meninas.

— Ei! Você não pode entrar nos quartos de outras pessoas — disse Tansy, que o seguia de perto. Denzil ignorou a observação. Entrou no grande quarto que Biddy Frazer compartilhava com

Jane e duas outras meninas. Não havia ninguém lá. Uma das janelas abriu-se com estrondo quando Denzil entrou e todas as cortinas deslocaram-se para os lados, como bandeiras. Uma chuva de cartões-postais e livros voou de cima das penteadeiras.

Lutei para fechar e trancar a janela. Tansy tentava arrumar os cartões e colocá-los de volta no lugar de onde tinham vindo.

Denzil havia caminhado diretamente para o canto que Biddy ocupava no quarto. Via-se uma fotografia da família dela pendurada na parede, acima da cama. Quando ele afastou o quadro da parede, um envelope grosso que havia sido escondido ali caiu. Em seu interior estavam as pequenas moedas Maundy de prata: a de um centavo, a de dois, a de três e a de quatro.

— Como imaginei! — disse ele com voz satisfeita.

— Sua grandessíssima besta! Você sabia que eles estavam lá! — exclamou Tansy. — Ou, melhor, você mesmo as colocou lá. Que truque sujo! Não acredito que Biddy as tenha levado.

— Oh, sim, ela levou — disse Denzil, regozijando-se. — E agora vou achar o resto de minhas coisas: o chifre de pólvora, o punhal malaio e os meus mármores verdes. — Olhou em volta para todos nós. Seu sorriso era muito desagradável. — Quem poderia imaginar que fosse Biddy quem havia levado as moedas, sendo monitora e tão boazinha, tentando se mostrar melhor do que os outros. O velho Jasper ficará surpreso quando souber!

— É melhor você falar com ele agora — reagiu Jane, muito agitada. — Para o caso de você estar suspeitando da pessoa errada.

— Eu lhe contarei tudo — disse Denzil. — Mas não agora.

— Por que não?

— O quê? E dar às pessoas que levaram as minhas outras coisas a oportunidade para repô-las? Nem pensar! — E sorriu novamente, um sorriso feio. Então ele olhou novamente para baixo, para a pequena coisa preta em sua mão. — Vaun, Vaun, pequeno deus dos bosques — ele cantou —, me ajude a encontrar meu chifre de pólvora, meu punhal malaio e meus mármores verdes.

Naquele momento, ouviu-se uma voz chamando:

— Denzil! Denzil Gilbert! Você está aí em cima?

— Ele está aqui em cima! — gritou Jane. — Quem quer falar com ele?

— Querem que desça.

Mais tarde, nenhum de nós chegaria a uma conclusão sobre que voz tínhamos ouvido. Jane pensou que fosse a de Jasper, eu pensei que fosse a do senhor Oakenshaw.

— Oh, maldição — reclamou Denzil. Enfiou o Descobridor no bolso, com as moedas Maundy. — Bem, continuarei a caçada em um minuto, é melhor que esperem aqui... se quiserem assistir. — Ele olhou escadas abaixo. — Só vou entrar ali — disse, penetrando em um lavatório ao lado da escadaria, um degrau acima. Ele fechou a porta e Tansy gritou:

— Rápido! Não seria melhor contarmos ao velho Jasper o que está acontecendo? Ele não gostará nada disso e, com certeza, também dirá que a culpa é nossa, mas se lhe contarmos, tirará o Descobridor de Denzil antes que...

Naquele momento, ouvimos Denzil, ainda dentro do banheiro, dar um grito extraordinário. Uma espécie de lamúria uivante, como se todo o seu fôlego estivesse sendo sugado para fora de seus pulmões. No mesmo instante, o vento forte abriu mais algumas portas e janelas. Todo o edifício parecia oscilar para lá e para cá, e alguns olmos caíram lá fora.

— O que está acontecendo, Denzil? — perguntei, sacudindo a maçaneta. — Você está bem? Mas nenhuma resposta veio de dentro do banheiro.

No final, Oakie e Gus Beadle tiveram de arrombar a porta. E esse foi o momento mais estranho de todos, pois Denzil não estava lá dentro. Aquele toalete tinha uma diminuta janela redonda, como uma escotilha de navio. Um gato bem-alimentado não conseguiria passar por ali. E eram cinco andares de altura. Mas Denzil não estava lá, e nunca mais o vimos.

Nove meses depois, quando ele foi considerado morto, realizaram uma cerimônia em sua memória.

Durante a cerimônia, eu estava ao lado da lápide erguida para o bi, tatara ou lá o que seja avô de Denzil, de maneira que tive bastante tempo para ler a frase nela escrita:

> *Escute o lamento do vento.*
> *Esteja atento a seu triste som.*
> *Ó Homem! Não tente encontrar*
> *Para que você mesmo não seja encontrado!*
>
> *Esta lápide foi erguida em memória de*
> *Sir Giles Gilbert,*
> *que faleceu repentinamente aos 65 anos de idade,*
> *em 27 de fevereiro de 1753.*

O Descobridor, encontrado no chão do lavatório, foi devolvido ao museu de Strand e novamente trancado pela senhorita Thorpe na caixa de vidro. O dinheiro Maundy não foi encontrado, mas as roupas de Denzil e outras coisas foram enviadas a seus pais. Os mármores verdes e o punhal malaio nunca apareceram. E eu enterrei o chifre de pólvora sob os olmos em uma noite ventosa. Parecia ser a melhor coisa a fazer com aquilo.

* * *

JOAN AIKEN é filha do famoso romancista norte-americano Conrad Aiken. Seu primeiro emprego foi na Rádio BBC, antes de começar a escrever romances para leitores mais jovens. *The Wolves of Willoughby Chase* (1962), apresentando a notável heroína Dido Twite, tornou-se sucesso imediato e, depois, foi transformada em filme. Twite retornou em diversos romances posteriores, incluindo *The Stolen Lake* (1971), no qual ela encontra o rei Artur. O público leitor de Aiken continuou a crescer devido a uma torrente de contos, muitos dos quais envolvendo magia de maneira realista. O *Times Educational Supplement* declarou recentemente sobre a autora: "Em sua melhor fase, Joan Aiken não tem igual nesse gênero", uma afirmação, creio, amplamente justificada por "Os Guardiães do Descobridor".

OS ENDIABRADOS

William Harvey

Atividades secretas, rituais especiais transmitidos de uma geração a outra de alunos são tradicionais em muitas escolas. Poucas têm "atividades" que envolvem experiências com magia ou tentativas de invocar forças ocultas, e essas são bastante assustadoras e até mesmo perigosas. O grande autor de histórias de fantasmas, M. R. James, há muitos anos escreveu sobre uma dessas em seu arrepiante conto "After Dark in the Playing Fields", e, em Hogwarts, o jogo é Quadribol, claro, executado com cabos de vassoura e com Harry Potter como apanhador de sua equipe, Gryffindor. Recentemente, surgiu um livro, Quidditch Through The Ages, *de Kennilworthy Whisp, no qual a Inglaterra vence a Copa do Mundo de Quadribol... embora no futuro, daqui a 100 anos! A atividade desempenhada nesta história por Burlingham e seus amigos é, no entanto, bem mais sinistra. Ocorre na Abadia de Whitchurch, uma antiga escola pública nas regiões orientais da Inglaterra. Correm boatos sobre procissões à meia-noite, cantos misteriosos e até mesmo sacrifícios de animais. O grupo secreto é conhecido como Os endiabrados e, segundo Harborough, um dos professores, que revela os fatos a dois velhos amigos de escola, o interesse dos rapazes é em magia negra. Os eventos que ele descreve, à primeira vista, parecem mais um pesadelo do passado, mas a verdade é que forças antigas e aqueles envolvidos nelas nem sempre se extinguem necessariamente...*

* * *

Era uma úmida noite de julho. Os três amigos estavam sentados ao redor do fogo de turfa na caverna de Harborough, cansados após uma longa caminhada ao longo dos pântanos. Scott, o siderúrgico, vinha fazendo discursos contra a educação moderna. Recentemente, o filho de seu sócio começara a trabalhar em um negócio para o qual precisava aprender muitas coisas, mas a empresa não tinha condições de lhe ensinar.

— Suponho — disse — que, desde a escola preparatória até a universidade, Wilkins deva ter gasto quase três mil libras. É demais! Meu garoto vai para a escola de nível secundário de Steelborough. Quando estiver com 16 anos, eu o mandarei para a Alemanha, a fim de aprender com os nossos concorrentes. Depois, ele vai ficar mais ou menos um ano no escritório e, mais tarde, se mostrar alguma capacidade, poderá ir para Oxford. Claro que ficará enferrujado e perderá a prática, mas poderá estudar à noite para os exames, como fazem os gerentes de minhas lojas com a sua história industrial e economia.

— As coisas não são tão ruins quanto você as apresenta — ponderou Freeman, o arquiteto. Acho que o problema com relação às escolas está em escolher a certa, uma vez que tantas são excelentes. Matriculei meu filho em uma daquelas antigas escolas de nível secundário do interior e que foram totalmente reformadas. O que um diretor esclarecido não consegue fazer quando recebe carta branca e não está enterrado vivo em concreto e tradição!

— Você provavelmente pensa — retrucou Scott — que tudo não passa de bobagens: nenhuma disciplina, um monte de conversa sobre autoconhecimento e educação para o trabalho.

— Nesse ponto você está errado. Eu diria que a disciplina é, digamos, demasiadamente severa. Outro dia, meu jovem sobrinho me contou que dois meninos foram expulsos por invadir um galinheiro em uma dessas escapadas, mas suponho que aconteceram mais coisas do que o olho pode ver. Por que está sorrindo, Harborough?

— Por causa de uma coisa que você falou sobre diretores e tradição. Eu estava pensando sobre tradições e jovens. Sujeitinhos esquisitos, reservados. Parece-me bastante possível que haja uma abundância de sabedoria oculta transmitida de uma geração a outra de meninos de escola, digna de ser investigada por um psicólogo ou antropólogo. Ainda na minha primeira escola, lembro-me de ter escrito alguns versos horríveis em meus livros. Constituíam uma verdadeira "praga" a quem os roubasse. Vi praticamente as mesmas palavras em antigos manuscritos monacais; do tempo em que os livros tinham valor. Eu os escrevi nas margens do *Via Latina*, de Abbot, e de *Aritmética*, de Lock. Ninguém iria querer roubar aqueles livros. Por que os garotos devem quebrar a cabeça em certa época do ano? A data não é determinada por lojistas, os pais não são consultados e, embora os santos tenham sido torturados até a morte, não encontrei nenhuma conexão entre estouro de cabeças e o calendário litúrgico. O assunto é decidido por uma tradição contínua, legada não de pai para filho, mas de jovem para jovem. Talvez isso não se aplique às rimas infantis, apesar de estarem cheias de bizarros fragmentos do folclore. Lembro-me de uma brincadeira com lenços amarrados e manuseados pelos dedos, acompanhando uns versos que começavam assim: "Padre Confessor, vim me confessar". Meu instrutor, com 80 anos de idade, era filho de um pároco da Igreja Superior Anglicana. Não sei o que aconteceria se o velho Tomlinson tivesse ouvido o último verso:

Padre Confessor, qual é a minha penitência?
Ir a Roma e, do Papa, beijar o dedão.
Padre Confessor, beijar o senhor é a minha preferência.
Bem, criança, faça-o, então.

— Qual a origem dessa pequena peça de versos nada artísticos? — perguntou Freeman. — É novidade para mim.

— Não sei — respondeu Harborough. — Jamais a vi em livros. Mas por trás dos movimentos dos lenços amarrados e das nossas risadinhas infantis, ocultava-se algo sinistro. Quase consigo ver a figura encapotada, deslizante, parecendo um gato, rastejando entre as páginas dos livros de George Borrow: ódio e terror disfarçados em libertinagem. Eu poderia lhes apresentar outros casos: os cânticos sagrados, por exemplo, que costumavam ser cantados por meninos e meninas como acompanhamento a uma dança, e que, de acordo com algumas pessoas, incorporam uma forma grosseira de adoração à natureza.

— E o que tudo isso significa? — perguntou Freeman. — Que existe uma tradição incorporada, ignorada pelo adulto comum, transmitida de uma geração de crianças a outra. Se você quiser um exemplo realmente bom, um exemplo realmente mau, seria mais correto dizer contarei a história dos endiabrados.

Ele esperou Freeman e Scott acabarem de encher os seus cachimbos e então começou.

— Quando cheguei de Oxford e antes de ser chamado para a Ordem dos Advogados, passei três anos miseráveis dando aula.

Scott riu.

— Não tenho inveja dos pobres garotos que fizeram provas com você — disse.

— Na verdade, eu tinha mais medo deles do que eles de mim. Consegui um emprego de professor assistente em uma das velhas escolas de nível secundário em Freeman, só que ela não havia sido reformada, e o diretor era um clérigo de total incompetência. Foi lá no leste. A cidade era mais morta do que viva. A única coisa que parecia aquecer os corações daquelas pessoas era um fogo de mexericos, sem chama, sem vigor, que todos se revezavam para manter aceso. Mas eu não podia me afastar da escola. Os prédios eram antigos, a capela havia sido uma vez o coro de uma igreja monástica. Havia um magnífico celeiro e algumas velhas pedras e bases de pilares no jardim do diretor. Nenhuma outra indicação de que durante séculos, naquele lugar, viveram monges, com exceção de um viveiro de peixes sem água.

"No final de junho de meu primeiro ano, eu cruzava o pátio de recreação, a caminho de minha residência temporária na High Street. Já era mais de meia-noite. Não havia um sopro de ar, e os campos de jogos estavam cobertos pela espessa neblina do rio. Havia algo meio misterioso naquela cena. Tudo tão quieto e silencioso. Era uma noite sufocante e, de repente, ouvi o som de cantos. Não sei de onde as vozes vinham nem quantas eram e, como não sou uma pessoa musical, não posso lhes dar qualquer idéia acerca da melodia. Era muito dissonante, com interrupções, e havia algo nela que só posso descrever como perturbadora. De qualquer maneira, eu não tinha vontade de investigar. Fiquei quieto, ouvindo, por uns dois ou três minutos e depois saí pelos portões da casa, percorrendo a deserta High Street. A janela de meu quarto por cima da tabacaria dava para uma alameda que levava até o rio. Pela janela aberta, eu ainda conseguia ouvir, ainda que bem fraca, a cantoria. Então, um cachorro começou a uivar e, quando parou, cerca de 15 minutos depois, a noite de junho estava novamente em silêncio. Na manhã seguinte, na sala dos professores, perguntei quem poderia ser o responsável pela cantoria.

"— São os endiabrados — disse o velho Moneypenny, o professor de ciências. — Eles geralmente aparecem nesta época.

"É claro que perguntei quem eram os endiabrados.

"— Os endiabrados — explicou Moneypenny — são cantores de hinos que não nasceram no tempo devido. São uns rapazes do vilarejo que, por razões que só eles mesmos sabem, desejam permanecer anônimos. São, provavelmente, jovens de coro com uma mágoa, que desejam se fazer de fantasmas. E, pelo amor de Deus, vamos esquecer esse assunto. Já discutimos tantas vezes esse caso dos endiabrados, que estou definitivamente cansado dele.

"Ele era um sujeito difícil de lidar e acreditei nele. Porém, mais tarde, naquela mesma semana, encontrei um dos professores mais jovens e lhe perguntei o significado daquilo tudo. Aparentemente, era um fato já comprovado que a cantoria acontecia naquela determinada época do ano. Era um ponto delicado para discutir com Moneypenny, porque, em certa ocasião, quando alguém sugerira que poderiam ser travessuras dos jovens da escola, ele se descontrolara completamente.

"— Mesmo assim — disse Atkinson — podem ser tanto os nossos rapazes quanto quaisquer outros. Se você estiver disposto, ano que vem tentaremos ir a fundo deste negócio.

"Concordei e encerramos o assunto. Na verdade, próximo ao aniversário, eu já havia me esquecido totalmente daquilo. Eu estava na hora de estudo com alunos de um nível mais baixo. Os garotos tinham estado invulgarmente agitados, estávamos a menos de um mês do final do período. Foi com um suspiro de alívio que me dirigi à sala de Atkinson, pouco depois das oito, para pedir um guarda-chuva emprestado, pois chovia bastante.

"— A propósito — disse ele —, hoje é a noite em que os endiabrados devem aparecer. O que faremos?

"Disse-lhe que, se ele pensava que eu iria passar as horas, entre aquele momento e a meia-noite, patrulhando os arredores da escola na chuva, estava muito enganado.

"– Essa também não é a minha idéia, de forma alguma. Não botaremos os pés lá fora. Vou acender a lareira, preparar uns grelhados no fogão e ali no armário há algumas garrafas de cerveja. Se ouvirmos os endiabrados, iremos silenciosamente até os dormitórios para ver se alguém está faltando. Caso afirmativo, poderemos esperar que voltem.

"Para encurtar a história, aceitei aquela sugestão. Eu tinha muitos ensaios sobre a Revolta dos Camponeses para corrigir, (garotos de 13 e 14 anos deveriam saber escrever ensaios sobre alguma coisa), e poderia fazê-lo tão bem junto com Atkinson quanto em minha pequena e melancólica sala.

"É maravilhoso como um fogo pode ser bem-vindo em um mês de junho encharcado. Esquecemos nosso verão perdido enquanto nos sentávamos ali, fumando, avivando as lembranças na incandescência das brasas.

"– Bem – disse Atkinson finalmente –, já é quase meia-noite. Se os endiabrados forem começar, não devem demorar muito. – Ele se ergueu da cadeira e afastou as cortinas. – Escute! – disse. Depois do pátio de recreação, na direção dos campos de jogos, vinha o som dos cantos. A música, se é que poderia ser chamada assim, não tinha melodia nem ritmo e era interrompida por pausas, também era encoberta pelo gotejar da chuva e o jorro da água dos canos das calhas. Por um momento, pensei ter visto o movimento de luzes, mas meus olhos devem ter sido confundidos pelos reflexos na vidraça da janela.

"– Vamos ver se algum dos nossos passarinhos fugiu – disse Atkinson. – Ele pegou uma lanterna elétrica e fomos até os dormitórios. Tudo estava como deveria estar. Todas as camas ocupadas, todos os meninos pareciam adormecidos. Quando voltamos ao quarto de Atkinson, já era meia-noite e quinze e a música havia cessado. Então, peguei emprestada uma capa e corri para casa sob a chuva.

"Aquela foi a última vez que ouvi os endiabrados, mas iria ouvi-los de novo. O segundo ato foi encenado em Scapa. Eu havia sido transferido para um navio-hospital, a fim de tirar uma radiografia por causa de um ombro deslocado, e, por um golpe de sorte, o catre a meu lado direito estava ocupado por um tenente da Reserva Naval da Marinha Real, um camarada chamado Holster, que havia freqüentado a velha escola de Edmed um ano ou dois antes de mim. Com ele, aprendi um pouco mais sobre os endiabrados. Aparentemente, eram rapazes que, por algum razão, mantinham uma tradição escolar. Holster pensou que eles saíam da escola pelos galhos da grande glicínia do lado de fora do dormitório B, após deixarem bonecos cuidadosamente arrumados em suas camas. Na noite de junho em que os endiabrados deveriam aparecer, permanecer acordado durante muito tempo não era considerada uma atitude adequada e também não era nada saudável fazer muitas perguntas, para que a identidade dos endiabrados continuasse sendo um mistério. Para o grande e rude Holster, nada havia de verdadeiramente misterioso naquilo. Era apenas uma brincadeiras de garotos de escola e nada mais. Uma atitude nada satisfatória, vocês devem concordar, e que deixa de levar a história adiante. Mas com o terceiro ato, a série de episódios começou a tomar forma. Tive a sorte de conhecer um dos endiabrados em carne e osso.

"Burlingham ficou, estruturalmente, muito abalado na guerra. Um psicanalista resolvera cuidar de seu caso, conseguindo uma recuperação aparentemente miraculosa. Então, há dois anos, ele havia tido uma recaída parcial e, quando nos encontramos na casa de *lady* Byfleet, ele estava indo à cidade três vezes por semana para receber tratamento especial de um praticante autodidata do extremo oeste, que parecia estar chegando à raiz do problema. Havia algo de extraordinariamente agradável naquele homem. Tinha um extravagante senso de humor que deve ter sido a sua salvação, associado a uma capacidade de intensa indignação que não se encontra com muita freqüência nos dias de hoje. Tivemos diversas conversas interessantes (parte de seu tratamento consistia em longos passeios pelos bosques, campos e trilhas, e ele estava bastante satisfeito por ter uma companhia), mas aquela de que eu naturalmente mais me lembro foi quando, em uma crítica contra os métodos educacionais ingleses, ele mencionou o nome do Dr. Edmed, "o diretor de uma abominável e pequena escola de nível secundário onde passei cinco dos mais miseráveis anos da minha vida.

"– Três a mais do que eu – respondi.

"– Bom Deus! – exclamou. – Imagine você ser um produto daquele lugar!

"– Fui um dos produtores – respondi. – Não me orgulho do fato. Geralmente, não o revelo.

"– Existem coisas demais não reveladas sobre aquele lugar – comentou Burlingham. Era a segunda vez que ele usava as mesmas palavras. O modo como pronunciara "aquele lugar" soava quase o equivalente a um abominável inferno. Conversamos algum tempo sobre a escola, a afetação de Edmed, o velho porteiro Jacobson, um homem cujo bom humor recaía do mesmo modo sobre o justo e o injusto, as caçadas aos ratos do celeiro nas últimas noites do período.

"– E agora – disse eu finalmente – fale-me sobre os endiabrados.

"Ele se virou para mim como um raio e desandou a rir, um riso esganiçado, nervoso que, lembrando-me de sua condição, fez com que eu lamentasse ter trazido o assunto à tona.

"— Abominavelmente, divertido! — disse ele. — Há 15 dias, o homem lá da cidade onde estou me tratando fez-me a mesma pergunta. Quebrei um juramento quando lhe contei, mas não vejo por que você também não possa saber. Não que haja alguma coisa para saber, pois tudo não passa de um ridículo pesadelo infantil sem rima ou motivo. Sabe de uma coisa, eu mesmo fui um dos endiabrados.

"A história que Burlingham me contou era curiosa e desconjuntada. Os endiabrados eram uma pequena sociedade de cinco membros que juraram solenemente manter segredo. Em determinada noite de junho, depois do aviso dado pelo líder, eles saíam dos dormitórios e se encontravam perto do olmo no jardim do velho Edmed. Faziam uma incursão no galinheiro do diretor e, após capturarem uma ave, retiravam-se para o celeiro, cortavam-lhe a garganta, depenavam-na, limpavam-na, em seguida a assavam em um braseiro, enquanto os ratos os observavam. O líder dos endiabrados fabricava bastões de incenso, acendia um deles nas brasas, e os outros quatro acendiam os seus, no dele.

"Então, todos se dirigiram em lenta procissão, cantando, até a casa de verão no canto do jardim do diretor. As palavras que entoavam eram totalmente sem sentido. Não eram em inglês nem em latim. Segundo Burlingham, elas lembravam o refrão das antigas rimas infantis:

Havia três irmãos sobre o mar,
Peri meri dixd domine.
Eles me mandaram três presentes,
Petrum partrum paradisi tempore
Peri meri dixi domine.

"— E nada mais? — perguntei.
"— Não — respondeu — nada mais além daquilo, mas...
"Esperei o mas...

"– Estávamos todos apavorados, terrivelmente apavorados. Era bastante diferente de uma escapada comum de garotos de escola, mas no medo também havia fascinação. Era como dragar uma piscina profunda para encontrar alguém que se afogou. Você não sabia quem era e queria saber quem iria aparecer.

"Fiz um monte de perguntas, mas ele não tinha mais nada de positivo para contar. Os endiabrados eram garotos das séries mais baixas e intermediárias e, com exceção do líder, seu tempo como membros da fraternidade estava limitado a dois anos. De acordo com Burlingham, um número considerável de garotos deve ter feito parte dos endiabrados, mas jamais falavam a respeito disso e ninguém, que ele soubesse, quebrara o juramento. O líder em sua época chamava-se Tancred, o jovem mais impopular na escola, apesar de ser o melhor atleta. Ele foi expulso depois de um acidente ocorrido na capela. Burlingham não sabia o motivo, estava na enfermaria quando acontecera, e os relatos que reuni variavam consideravelmente."

Harborough fez uma pausa para encher o cachimbo.

– O quarto ato virá logo em seguida – disse.

– Tudo isso é muito interessante – observou Scott –, mas receio que se o seu objetivo era gelar o nosso sangue, você não teve muito sucesso. E se espera preparar-nos uma surpresa no quarto ato, ficará decepcionado. – Freeman assentiu concordando.

– Scott que lia Edgar Wallace – começou ele. – Hoje em dia, já estamos familiarizados com todos esses truques. Black Mass é um vencedor, certo? Vou apostar o meu dinheiro nele. Continue, Harborough.

– Vocês não dão uma oportunidade a um companheiro, mas suponho que tenham razão. O desenrolar do quarto ato é na sala de estudo do reverendo Montague Cuttler, vigário de Saint Mary Parbeloe, anteriormente um professor sênior de matemática, mas, antes da época de Edmed, um pobre garoto, cego como um morcego e membro da Sociedade dos Antiquários. Ele nada sabia a respeito dos endiabrados nem poderia saber. Mas sabia muitas coisas sobre a história antiga da escola, quando aquilo ainda não era uma escola, mas um monastério. Durante as férias, ele costumava fazer umas pequenas escavações e descobriu o que acreditava ser a pedra que indicava o túmulo de Abbot Polegate. O homem, segundo parecia, tinha a má reputação de mexer com mistérios proibidos.

— Daí o nome endiabrados, suponho — disse Scott.

— Não tenho tanta certeza — respondeu Harborough. — Na minha opinião, é mais provável que seja derivado de *diabolos*. Mas, seja como for, do velho Cuttler consegui saber que foi sobre a pedra de Abbot que Edmed construíra a sua casa de verão. Isso não ilustra maravilhosamente a minha teoria? Admito que não existem *suspenses* nessa história. Nada existe realmente de sobrenatural. Apenas mostra o poder da tradição oral, quando você imagina uma forma adulterada de missa negra sobrevivendo dessa forma durante centenas de anos bem sob os narizes dos pedagogos.

— Também comprova — acrescentou Freeman — que temos de sofrer com diretores incompetentes. Agora, no estabelecimento de ensino sobre o qual lhes falava e onde matriculei o meu filho e gostaria de poder lhes mostrar suas oficinas e salas de arte, há um colega que é...

— Qual era mesmo o nome da escola? — interrompeu Harborough.

— Whitechurch Abbey.

— E há 15 dias, diz você, dois garotos foram expulsos por causa de uma incursão a um galinheiro?

— Sim.

— Bem, é o mesmo lugar sobre o qual eu estava falando. Os endiabrados estavam em ação.

— Quarto ato — disse Scott — e fecham-se as cortinas. Harborough, no final das contas você teve o seu *suspense*.

* * *

WILLIAM HARVEY é lembrado como autor popular de arrepiantes contos de fantasmas e de uma história de horror clássica, filmada e adaptada para a televisão, *The Beast with Five Fingers* (1928), na qual um homem é assombrado por uma simples mão sem corpo. Ele foi educado no Balliol College, em Oxford, e por alguns anos trabalhou no Fircroft College, perto de Birmingham. Durante a Primeira Guerra Mundial, Harvey alistou-se na Marinha e, em 1918, recebeu a medalha Albert por ter salvado a vida de outro marinheiro preso na destroçada e inundada casa de máquinas de um destróier prestes a se partir em dois. Sofreu terríveis ferimentos por sua bravura e, após a guerra, morou tranqüilamente na Suíça, escrevendo histórias que deixavam os leitores arrepiados. Admirador das suas obras, Maurice Richardson comentou sobre essa história a respeito de garotos ocultistas: "Ela me surpreende como uma pequena fantasia realmente original – *o mais impressionante, levando-se em conta suas possibilidades essenciais.*"

A MAGIA DE VOAR

Jacqueline Wilson

O mundo da magia está repleto de criaturas surpreendentes: feras tradicionais, como dragões que soltam fogo pelas ventas e enormes serpentes, bem como animais mais corriqueiros, incluindo gatos pretos, cães do inferno e sapos encantados que podem ou não se transformar em príncipes quando beijados. Nesta próxima história encontraremos, provavelmente, a mais comum de todas as criaturas mágicas, um sapo, e a pequena Rebecca, a amiga que o ajudará. A esta altura, Rebecca já sabe o que é bruxaria, porque seu pai lhe explicou. Entretanto, ela ficou um pouco perturbada com a história a respeito de um pequeno lago perto de sua casa onde, há muito tempo, mulheres suspeitas de bruxaria eram jogadas em suas águas profundas. O pai disse que, se flutuassem, eram culpadas por serem más; caso contrário, afogavam-se, é claro. O fato não parecia de forma alguma justo a Rebecca. Então, ela encontrou um enorme sapo que morava no lago das bruxas. Mas aquele não era um sapo comum: tinha centenas de anos, era capaz de falar e executar a mais assombrosa magia. Seu nome era Glubbslyme e foi grande amigo de uma bruxa do século XVII, também chamada Rebecca Cockgoldde, que havia sido torturada e afogada no mesmo lago. Nossa Rebecca ficará maravilhada com o sapo e pedirá para que ele lhe ensine magia. Especialmente, como voar...

* * *

— Você me ensina a voar? — Rebecca perguntou ao sapo.
Glubbslyme balançou as pernas e suspirou.
— Eu não me interesso por voar — disse. — Sofro de vertigem.
— O que é isso? — perguntou Rebecca, indagando a si mesma se aquilo poderia ser uma terrível doença do século XVII.
Mas era só tonteira.
— Só! — disse Glubbslyme, fechando os olhos. — Uma vez caí do cabo da vassoura, quando voávamos para assistir ao Grande Sabbat, e desci violenta e rapidamente como um falcão. Estava certo de que iria borrifar o chão com meu frio sangue, mas minha querida Rebecca deu um mergulho atrás de mim e salvou-me a tempo.
— Eu não vou deixar você cair, Glubbslyme, prometo. Por favor, eu daria qualquer coisa para poder voar. Por favor! Por favor!
Glubbslyme suspirou de forma irritada.
— Muito bem. Uma aula de vôo *bem* rápida. Primeiro, você precisará preparar um ungüento para voar. Minha Rebecca usava o mais forte ungüento possível, porque se aventurava a lugares amplos e distantes. Uma loção mais fraca será suficiente para os seus propósitos. Agora, os ingredientes. Claro que Rebecca os alterava segundo suas necessidades. Quando voamos sobre três municípios na noite de Halloween, ela usou uma base de gordura de ganso e adicionou garras de águia, olho de albatroz, sangue de morcego e sangue coagulado de um homem enforcado. Imagino que por aqui não existe uma forca, não é, criança?
— O que é uma forca?
— É o pilar no qual os malfeitores são pendurados.
— Hoje em dia não existem mais — explicou Rebecca, aliviada.
Glubbslyme estalou a língua.
— Bem, acho que poderemos preparar com águia, albatroz e morcego.

— Acho que isso também não será possível — respondeu Rebecca. — Estou certa de que não poderia capturar uma águia ou um albatroz e tenho medo de morcegos.

— Você não pode voar sem um ungüento aéreo — argumentou Glubbslyme, impaciente. Pela janela da cozinha, olhou atentamente para os pássaros na cerca. — E se tornarmos a coisa mais simples? Por gentileza, pegue seis pardais.

— Não vou arrancar olhos ou bicos ou unhas – disse Rebecca com firmeza. — Além do mais, serei denunciada à Sociedade Protetora dos Animais.

Ela fez com que funcionasse com duas penas de pardal, um zangão morto e a asa de uma das libélulas que serviam de petisco para Glubbslyme. Fez uma grossa pasta branca com sabão em pó (porque a marca era Ariel), picou as penas, o zangão e a asa em pequenos pedaços e os adicionou à mistura.

— Parece bastante repulsivo — ela disse. — Era um zangão realmente morto.

— Quem recebe esmola não tem direito de reclamar — ponderou Glubbslyme. — Agora traga seu cabo de vassoura e vamos nos ungir com esse ungüento de baixa qualidade.

Havia outro problema.

— Eu não tenho um cabo de vassoura — disse Rebecca.

— Não tem cabo de vassoura — disse Glubbslyme. — Posso perguntar como você varre o chão?

Rebecca foi ao armário e trouxe o aspirador de pó, a pá de lixo e a escova. Glubbslyme não compreendia o que era um aspirador de pó, de forma que ela o ligou para mostrar. Ele deu um grito e pulou para dentro da pia, buscando um lugar seguro.

— Está tudo bem, Glubbslyme, não há motivo para ter medo, prometo — tranqüilizou-o Rebecca, desligando o aspirador. — Eu também tinha medo, mas só quando era bebê.

— Não creio que você alguma vez tenha sido tão pequena que pudesse ser sugada para dentro daquele bico horrível — disse Glubbslyme, estremecendo. — Por gentileza, leve isso de volta para o armário. Também não precisaremos da escova. Poderia ser uma montaria adequada para alguém como eu, mas não suportaria um grande peso como o seu.

Rebecca sentiu-se ofendida. Talvez fosse um pouco mais rechonchuda do que Sarah e a velha e magra Mandy, mas não era realmente gorda.

— O que poderemos usar, então? — perguntou, jogando o aspirador e a escova dentro do armário.

Glubbslyme esquadrinhava lá no fundo.

— O que é aquele bastão colorido comprido lá no canto?

Rebecca percebeu que ele se referia ao guarda-chuva vermelho e amarelo do pai dela.

— Será suficiente — disse Glubbslyme. — Aplique o ungüento. Estamos prestes a aprender a voar.

Rebecca enfiou os dedos em seu desagradável ungüento de Ariel e passou um pouco nos braços e pernas. Tentou evitar os pequenos pedacinhos pretos caso fossem o zangão. O ungüento causava uma desagradável sensação de ranço. Esperava que não lhe causasse nenhuma erupção, uma vez que tinha a pele muito sensível.

— Em mim também — ordenou Glubbslyme.

Ela passou o ungüento no bizarro dorso verrugoso do sapo. Glubbslyme certamente não parecia ter uma pele sensível, mas, quando ela começou a esfregar a barriga dele, ele se dobrou numa louca gargalhada.

— Desista! — disse ele, ofegante. — Sou extremamente coceguento.

Rebecca também dava risadas em nervosa excitação. Glubbslyme disse-lhe para montar seu corcel. Rebecca montou o guarda-chuva, sentindo-se bastante tola. Lembrava-se de antigos jogos de cavalinho de pau e pensava se deveria dar ao guarda-chuva um encorajador estalo de língua.

— Não vai montar também? — perguntou a Glubbslyme.

— Não, a menos que seja absolutamente necessário — respondeu Glubbslyme. — Agora concentre-se, criança. O malhado vai subir em direção ao céu.

Rebecca desejou tão fortemente quanto podia, seus olhos apertados com esforço, quase fechados. Absolutamente nada aconteceu. Ela permaneceu com os pés sobre o não esfregado assoalho da cozinha, montando o guarda-chuva.

— Tente com mais força! Concentre-se — sugeriu Glubbslyme.

Rebecca tentou. Concentrou-se até o ponto em que pensou que seu cérebro iria estourar, mas ainda assim nada aconteceu. Glubbslyme sugeriu outra aplicação do ungüento. Então, ela esfregou até que seus braços e pernas ficassem revestidos de branco, aplicou mais no rosto, com leves pancadinhas, e até debaixo da camiseta. Sentiu-se horrivelmente engomada e pegajosa, mas não fazia a menor diferença.

— Parece que você não tem nem a mais rudimentar aptidão — resmungou Glubbslyme. — Terei mesmo de ir com você.

Ele pulou cautelosamente atrás dela. O guarda-chuva imediatamente estremeceu.

— Oh, piedade, meu estômago — gemeu Glubbslyme.

— Ele se mexeu, Glubbslyme! Senti que ele se moveu — Rebecca gritou excitada.

— Tenho medo que minha sopa também se mova — respondeu Glubbslyme. — Tem certeza de que quer voar?

— Quero, quero sim!

— Assim seja — Glubbslyme suspirou. — Dê o comando mágico.

Rebecca pronunciou rapidamente sete Glubbslymes enquanto os olhos dele revolviam uma, duas, três, quatro, cinco, seis, sete vezes. O guarda-chuva estremeceu novamente e, então, lançou-se violentamente para cima, fazendo com que Rebecca se desequilibrasse de tal forma, que ela fechou o guarda-chuva, esmagando dolorosamente Glubbslyme. Foi um segundo de confusa gritaria, enquanto estavam de fato sendo transportados pelo ar, para logo se chocarem contra o assoalho da cozinha. O guarda-chuva ficou quieto onde caiu. Glubbslyme não permaneceu quieto. Pulava, coaxando furiosamente, esfregando o braço dolorido e o galo na cabeça. Rebecca torceu o tornozelo e bateu com a cabeça na quina da mesa da cozinha, mas não ousava reclamar. Concentrava-se em acalmar Glubbslyme, o que não estava sendo nada fácil.

— Sua desajeitada obtusa, bobalhona — zombou.

— Eu sei e sinto muito, Glubbslyme, de verdade. Juro que não vou esmagá-lo da próxima vez. É que aconteceu tão de repente que me pegou de surpresa. Por favor, vamos de novo. Você senta na minha frente para ficar na parte segura.

— Não existe parte segura quando você está envolvida — respondeu Glubbslyme, mas pulou no guarda-chuva, assentando-se sobre ele, agachando-se no cabo. Rebecca seguiu-o e sentou-se no guarda-chuva, agarrando-o tão fortemente com as mãos quanto podia e, como medida de segurança, também com os joelhos. Recitou sete Glubbslymes. Glubbslyme, esgotado, revolveu os olhos uma, duas, três, quatro, cinco, seis, sete vezes. O guarda-chuva estremeceu, entrando em ação. Elevou-se no ar e, junto com ele, Rebecca e Glubbslyme. Alcançaram o nível da mesa da cozinha.

— Estamos conseguindo, estamos conseguindo! — gritou Rebecca. Estava tão excitada, que perdeu todo o bom senso e agitou as pernas amplamente, para convencer-se de que estava realmente fora do chão.

Não ficou fora do chão por muito tempo. O balançar de suas pernas fez com que o guarda-chuva se inclinasse lateralmente.

Bateu nas prateleiras da cozinha, derrubando a lata de biscoitos no chão e o impacto fê-lo girar e rodopiar. Rebecca e Glubbslyme também giraram, rodopiaram e rapidamente retornaram ao assoalho da cozinha. O guarda-chuva permaneceu rodando no ar por uns poucos segundos, como se não tivesse percebido que eles não mais estavam sobre ele, para, então, tombar e aterrissar após uma pancada contra o batente da porta do qual tirou uma grande lasca de tinta.

— Oh, ajude — pediu Rebecca, abatida.

Glubbslyme não disse absolutamente nada, por vários segundos. Estava deitado de costas, contorcendo-se.

— Glubbslyme? Você está bem, não está? — perguntou Rebecca, aflita.

— Estou passando dos limites de tudo que pode dar errado — reclamou Glubbslyme. Ele se levantou com esforço e limpou as migalhas de biscoito de seu corpo. Mordiscou, distraído, um pedaço e, então, começou a mastigar energicamente.

— Vamos abandonar imediatamente esta tolice de voar. Talvez você goste da idéia de dor e confusão e indignidade, mas eu não!

— Mas não posso desistir agora, não quando estou quase pegando o jeito — respondeu Rebecca.

— Você está "pegando o jeito" de cair, não de voar — observou Glubbslyme.

— Podemos tentar mais algumas vezes, por favor? Eu realmente consegui. Eu estava de verdade no ar.

Glubbslyme suspirou. Rebecca pegou alguns pedaços maiores de biscoito para persuadi-lo. Ela teria que varrer bem o chão da cozinha e ver se haveria alguma forma de colocar o pedaço de tinta de volta no batente da porta, mas não iria se preocupar com isso agora.

Não havia muito sentido em se preocupar. No vôo seguinte, ela derrubou, da mesma forma, a caixa de flocos de milho da prateleira e, em mais outro, atingiu em cheio a parede, de tal maneira que o guarda-chuva de seu pai lascou um grande pedaço do reboco. Aquilo realmente a deixou alarmada e ela tentou fazer um reparo temporário com o resto do ungüento de Ariel, que se mostrou de uma ineficácia absoluta.

— O que papai vai dizer? — ela murmurou, mas a sensação de voar havia sido tão maravilhosa, que logo ela deixou de se preocupar. Chegou à conclusão de que simplesmente não havia espaço suficiente na cozinha. Por isso, convenceu Glubbslyme a empoleirar-se no guarda-chuva no alto da escada.

Foi uma idéia sensata. Rebecca poderia impelir o guarda-chuva com as pernas e realmente dirigi-lo. Voaram desde o alto da escada até embaixo, ziguezagueando um pouco e aterrissando sobre uma pilha de coisas no saguão; apesar de tudo, foi um vôo correto.

— Não é fantástico!?! — exclamou Rebecca, pulando alvoroçada. — É extremamente melhor do que andar de bicicleta ou deslizar ladeira abaixo.

— Desista — gemeu Glubbslyme. — Não há necessidade de pular como uma bola numa xícara. Já estou me sentindo tonto o bastante sem seus loucos pulos para cima e para baixo.

— Oh, Glubbslyme, não é possível que você esteja se sentindo tonto se voamos só um pequeno trecho! Vamos lá, vamos de novo. E de novo e de novo e de novo.

— Você voa de novo e de novo. Eu vou ficar aqui deitado e fechar os meus olhos até que o mundo pare de rodar — murmurou Glubbslyme.

Rebecca pensava se poderia realmente fazê-lo sozinha. Parecia que agora havia realmente descoberto o jeito. Decidiu fazer uma tentativa. Sabiamente, não subiu até o topo da escada.

Montou no guarda-chuva e lançou-se no ar a três degraus do chão. Foi a mesmíssima coisa. Aterrissou rapidamente; na verdade, sobre os dois joelhos e o queixo. Permaneceu onde estava, com o traseiro para cima, pensando se seus dentes ainda estariam no lugar. Correu a língua sobre eles cuidadosamente. Todos pareciam ainda estar lá. Então, pensou se seu maxilar havia se deslocado, mas, quando se inclinou e sentou, verificou que podia movimentá-lo facilmente, embora estivesse bastante dolorido.

— Por que você está fazendo caretas tão terríveis? — perguntou Glubbslyme. — Está tendo um ataque?

— Não, claro que não! Estou como que colocando meu rosto de volta no lugar, porque bateu um pouquinho. Não posso absolutamente voar sem você, Glubbslyme.

— Sei disso — concordou Glubbslyme.

— Então você vai comigo? Só mais uma vez?

Glubbslyme concordou relutante. Voaram do alto da escada até embaixo. Exceto um encontrão com o corrimão, foi um vôo perfeito. Rebecca tentou outro mais uma vez. E outro. Agora, estava começando a conseguir dirigir adequadamente, e dessa vez até conseguiu um pouso decente, os pés primeiro.

— Eu consigo, eu consigo! — gritou, triunfante.

— Eu? — perguntou Glubbslyme.

— Nós! Você! Oh, Glubbslyme, não admira que o chamavam de grande. Você realmente é. Você é o sapo mais mágico de todos os tempos. Estou tão orgulhosa e feliz por você ser o meu grande amigo!

* * *

JACQUELINE WILSON foi definida pela revista *Time* como "a segunda autora infantil britânica favorita viva", depois de J.K. Rowling. Ela escreveu aproximadamente 70 livros e vendeu mais de quatro milhões de exemplares, sem falar nos inúmeros prêmios, incluindo o Children's Book Award, o Smarties Prize e o fato de ter sido indicada várias vezes para a medalha Carnegie. Nasceu em Somerset e iniciou sua carreira em revistas, em particular na *Jackie*, uma revista para jovens, que recebeu esse nome em sua homenagem. Ela lembra: "Minhas ambições eram ter os livros publicados, receber algumas críticas positivas e, talvez, ganhar um prêmio. Mas nunca, nunca pensei que eles se tornariam *bestsellers*". A habilidade de Wilson para escrever sobre meninas desembaraçadas, corajosas e com senso de humor em todo tipo de situação, desde um lar destruído até uma escova com velocidade sobrenatural, fez com que se tornasse uma grande favorita. Jacqueline Wilson visita escolas com regularidade: "É bom para a minha popularidade", afirma. Dá aulas de criação literária e diz que adora ler. Aparentemente, tem mais de 10.000 livros em sua própria biblioteca!

O ENIGMA CHINÊS

John Wyndham

Os dragões são, sem dúvida, as criaturas mais populares na história da magia. É possível encontrar contos a respeito de dragões desde a época de Merlin até os dias de hoje. Existem, supõe-se, diversas espécies ao redor do mundo, desde o tipo perigoso na Inglaterra e Europa, como o vencido por São Jorge, até o benevolente, mencionado há 3.000 anos ou mais na mitologia chinesa. Famosos dragões de ficção incluem o malvado Smaug, em O senhor dos anéis (1954), *de Tolkien, os belos e superiores em* Wizard of Earthsea, *de Ursula Le Guin, série das décadas de 1960-1970, e o grupo do grande e malévolo dragão com alguns pequenos dragões propensos a soluços no romance cômico* Discworld, Guards! Guards! (1989), *de Terry Pratchett. Eles também aparecem em grande número nos contos de Harry Potter, e Ron Weasley, o melhor amigo de Harry, é um dos grandes peritos nessa área. Quando, por exemplo, Harry diz que não existem mais dragões selvagens na Inglaterra, Ron insiste: "É claro que existem! Da espécie Common Welsh Green e Hebridean Black. Também são partes importantes da lenda de Hogwart: o lema da escola:* Draco Dormiens Nunquam Titillandus, *que significa Jamais Faça Cócegas em um Dragão Adormecido, e entre os livros didáticos escolares podemos citar* Espécies de dragões da Inglaterra *e* Do ovo ao inferno: um guia sobre como cuidar de dragões. *(Até perguntaram a J. K. Rowling com que se deve alimentar um bebê dragão e, na opinião dela, o melhor é uma mistura de sangue de galinha e conhaque!*) Nesta próxima história, Dafyyd envia um ovo estranho, da China, a seus pais no País de Gales. Ninguém em Llangolwgoch está muito certo do que aquilo pode ser, até que, na manhã seguinte, os pais encontram a casca rompida e uma criatura com aparência de lagarto, olhos vermelhos esbugalhados e uma cauda longa, verde-azulada, olhando para eles. Quando o bicho, repentinamente, lança dois jatos de fogo e uma nuvem de fumaça, eles têm, indubitavelmente, uma boa idéia...

* * *

O pacote, aguardando provocantemente no aparador, foi a primeira coisa que Hwyl notou quando chegou do trabalho.

— É de Dai? — perguntou à esposa.

— Sim, sem dúvida. Os selos são japoneses — respondeu ela.

Ele se aproximou para examiná-lo. Tinha o formato de uma pequena caixa de chapéu, talvez com 25 centímetros de altura. O endereço: Sr. e Sra. Hwyl Hughes, Ty Derwen, Llynllawn, Llangolwgcoch, Brecknockshire, S. Wales, cuidadosamente escrito em letras de fôrma, para que os estrangeiros o entendessem perfeitamente. A outra etiqueta, também com letras de fôrma, mas em vermelho, também era bastante clara. Dizia: OVOS! Frágil! Manusear com muito CUIDADO!

— Que estranho! Enviar ovos de tão longe — disse Hwyl. — Temos ovos em quantidade suficiente. Será que são de chocolate?

— Venha tomar seu chá, homem — disse-lhe Bronwen. — Passei o dia inteiro olhando para esse embrulho e, agora, posso esperar um pouco mais.

Hwyl sentou-se à mesa e começou a refeição. De tempos em tempos, entretanto, seus olhos se voltavam para o pacote.

— Se forem mesmo ovos, é preciso ser cuidadoso — observou. — Uma vez li em um livro que na China eles conservam ovos durante anos. Enterram-nos, como uma iguaria. Isso agora pode lhe parecer esquisito. Como são estranhos na China. Não é, de forma alguma, como aqui no País de Gales.

Bronwen deu-se por satisfeita, dizendo que, talvez, no Japão também não fosse como na China.

Ao final da refeição, depois de tudo limpo, o embrulho foi transferido para a mesa. Hwyl cortou os barbantes e retirou o papel marrom. No interior, havia uma pequena caixa de folha de flandres. Depois de retirada a fita adesiva que prendia a tampa, viu-se que estava cheia até a borda com serragem. A senhora Hughes pegou uma folha de jornal e, prudentemente, cobriu o tampo da mesa. Hwyl enfiou os dedos na serragem.

— Há alguma coisa aqui, com certeza — anunciou.

— Como você é estúpido! É claro que existe alguma coisa aí — disse Bronwen, afastando a mão dele com um tapa.

Ela derramou, cuidadosamente, um pouco da serragem sobre o jornal e tateou, ela mesma, dentro da caixa. O que quer que fosse, parecia muito grande para um ovo. Retirou mais um pouco de serragem e voltou a enfiar a mão. Dessa vez, encontrou um pedaço de papel. Puxou-o para fora, depositando-o sobre a mesa; uma carta com a letra de Dafydd. Então inseriu a mão mais uma vez, passou os dedos sob o objeto e retirou-o suavemente.

— Bem, sem a menor dúvida! Olhe só para isso! Já viu algo assim? — exclamou. — Ovos, ele havia dito, não é?

Ambos o observaram atentamente, atônitos, por alguns instantes.

— É tão grande. E estranho, também — disse Hwyl por fim.

— Que espécie de ave botaria um ovo desses? — Bronwen perguntou.

— Avestruz, talvez? — sugeriu Hwyl.

Mas Bronwen balançou a cabeça. Ela já havia visto um ovo de avestruz em um museu e lembrava-se muito bem de que pouco tinha em comum com aquilo. O ovo de avestruz era menor, com superfície fosca, de aspecto amarelado, levemente ondulada. Aquela superfície era lisa e brilhante e, de forma alguma, tinha aquela aparência morta: tinha um certo esplendor, um tipo nacarino de beleza.

— Poderia ser uma pérola? — arriscou em tom de voz denotando admiração.

— Que tolice a sua — retrucou o marido. — De uma ostra tão grande quanto a Prefeitura de Llangolwgcoch? Por acaso você imagina isso?

Ele enfiou mais uma vez a mão na caixa, mas "Ovos", assim parecia, fora modo de expressão: não havia outro, não havia espaço suficiente para mais um.

Bronwen colocou um pouco da serragem em uma de suas melhores tigelas de vegetais e depositou o ovo com todo o cuidado sobre ela. Então, ambos se sentaram para ler a carta do filho:

S. S. Tudor Maid,
Kobe.

Queridos mamãe e papai,

Espero que tenham ficado tão surpresos com o conteúdo quanto eu. É uma coisa de aspecto interessante e espero que os pássaros da China também sejam interessantes. Afinal, lá existem pandas. Encontramos uma pequena sampana, mais ou menos a 200 quilômetros da costa da China, com o mastro quebrado e que jamais deveria ter-se afastado tanto. Com exceção de dois, os outros tripulantes estavam mortos. Agora, todos estão mortos. Um deles, que ainda não estava morto, segurava essa coisa em forma de ovo, toda enrolada em um acolchoado, como se fosse um bebê, só que eu não sabia que era um ovo, nem naquele momento, nem depois. Um deles morreu logo que chegou a bordo, mas aquele outro ainda viveu mais dois dias, apesar de todo o meu esforço. Infelizmente, ninguém aqui falava chinês, porque ele era um bom sujeito, solitário, e eu sabia que ele era um caso perdido, infelizmente assim são as coisas. E, quando percebeu que estava quase no fim, ele me deu esse ovo e falou alguma coisa, com a voz muito fraca que, de qualquer forma, eu não teria conseguido entender. Tudo que pude fazer foi pegá-lo, segurá-lo cuidadosamente, como ele o fizera, e dizer-lhe que cuidaria dele, o que ele também não conseguiu compreender. Depois, falou mais alguma coisa, olhou muito preocupado e morreu, o pobre sujeito.

Isso é tudo! Sei que é um ovo porque, quando eu lhe levei ovo cozido para ele comer, ele me apontou os dois para me mostrar, mas ninguém a bordo sabe de que tipo é. Como eu lhe prometi que o manteria em segurança, estou enviando-o para vocês, para que o guardem para mim, já que neste navio não há lugar seguro. Espero que o ovo não rache na viagem.

Espero que o ovo os encontre da mesma forma como me deixa agora. Com muito amor a todos,

Dai.

— Bem, agora há algo de estranho — disse a senhora Hughes, quando terminou de ler. — E, de fato, parece um ovo; a forma dele — reconheceu. — Mas as cores não são. São parecidas. Como você vê que há óleo na estrada quando chove. Mas em minha vida jamais vi um ovo como esse. A cor é positivamente de ovo, mas não o brilho.

Hwyl continuou a olhar para o ovo, pensativamente.

— Sim, é bonito — concordou —, mas para que serve?

— Tem a sua finalidade, claro! — disse a esposa. — É uma confiança... e também sagrada. O pobre homem estava morrendo e nosso Dai deu-lhe a sua palavra. Agora, estou pensando em como o manteremos em segurança até ele voltar.

Ambos ficaram olhando por algum tempo para o ovo.

— A China é muito longe — observou Bronwen sombriamente.

No entanto, passaram-se vários dias antes que o ovo fosse retirado do aparador. O assunto rapidamente se espalhou pelo vale, e os visitantes se sentiriam menosprezados caso não conseguissem vê-lo. Bronwen percebeu que retirar e devolver o ovo continuamente a seu lugar seria mais perigoso do que deixá-lo em exibição.

Quase todos consideraram compensador vê-lo. Idris Bowen, que morava três casas adiante, estava praticamente sozinho em sua opinião divergente.

— Tem o formato de um ovo — reconheceu. — Mas deve ter cuidado, senhora Hughes. É um símbolo de fertilidade, creio eu, mas provavelmente foi roubado.

— Senhor Bowen — começou Bronwen, indignada.

— Oh, pelos homens daquele barco, senhora Hughes. Devem ser refugiados da China, compreende? Traidores do povo chinês. E fugindo com tudo o que conseguissem carregar, antes que o glorioso exército de trabalhadores e camponeses os pudesse pegar. É sempre a mesma coisa, como verá quando a revolução chegar ao País de Gales.

— Oh, meu caro, meu caro! Como o senhor é engraçado, senhor Bowen. Imagino o que a propaganda política é capaz de fazer. — disse Bronwen.

Idris Bowen franziu o cenho.

— Não sou engraçado, senhora Hughes. E também existe propaganda em uma situação honesta — respondeu ele, saindo com dignidade.

Até o final daquela semana, praticamente todos os habitantes do vilarejo tinham visto o ovo e ouvido a senhora Hughes responder que não sabia que espécie de criatura o botara e que já era tempo de guardá-lo em segurança até a volta de Dai. Eram poucos os lugares na casa onde ela poderia ter certeza de que ele descansaria sem ser perturbado, mas, pensando bem, o armário parecia tão bom quanto qualquer outro, de maneira que o colocou de volta no que restou de serragem na lata e o deixou ali.

Ficou lá durante um mês, fora das vistas e bastante esquecido até o dia em que Hwyl, ao retornar do trabalho, encontrou a esposa sentada à mesa, com uma expressão desconsolada no rosto e um curativo no dedo. Ela parecia aliviada por vê-lo.

— Está chocado — observou Bronwen.

A expressão estupefata de Hwyl era irritante para quem não tivera outro assunto na mente durante todo o dia.

— O ovo de Dai — explicou ela. — Estou dizendo que o ovo foi chocado.

— Bem, agora você tem alguma coisa! — disse Hwyl. — É uma bela franguinha?

— Não é galinha, de maneira alguma. É um monstro, sem dúvida, e está me mordendo. — Ela estendeu o dedo com a bandagem.

Explicou que naquela manhã havia ido até o armário para pegar uma toalha limpa e, quando enfiou a mão lá dentro, algo mordera dolorosamente o dedo dela. Inicialmente, pensou que poderia ser um rato que, de alguma forma, havia entrado, vindo do quintal. Depois, ela notou a tampa fora do lugar e a casca do ovo em pedaços.

— E como é? — perguntou Hwyl.

Bronwen admitiu que ainda não o vira bem; apenas de relance. Uma cauda longa, verde-azulada, saindo de trás de uma pilha de lençóis. Em seguida, o bicho olhou fixamente para ela do topo da pilha, com os olhos vermelhos. Visto isso, parecia-lhe que aquele era mais o tipo de trabalho que um homem deveria fazer, de modo que fechou a porta e foi fazer um curativo no dedo.

— Ele ainda está lá? — perguntou Hwyl. Ela concordou com um movimento de cabeça. — Então, vamos já dar uma olhada nele — disse ele, com ar decidido.

Já ia saindo do aposento quando pensou melhor e voltou para pegar um par de grossas luvas de trabalho. Bronwen não se ofereceu para acompanhá-lo.

Pouco tempo depois, ouviu-se o ruído de uma briga, uma ou duas exclamações; em seguida, o som de passos descendo as escadas. Huye entrou, fechando a porta por trás. Colocou sobre a mesa a criatura que carregava e que, por alguns segundos, ficou ali, agachada, sem se mover.

— Imagino que ele estivesse apavorado — observou Hwyl.

Quanto ao corpo, a criatura guardava uma certa semelhança com um lagarto. Um lagarto grande, com mais de 30 centímetros de comprimento. As escamas, no entanto, eram muito maiores, algumas torcidas para cima, erguidas aqui e ali, como barbatanas. A cabeça era bastante diferente da cabeça dos lagartos, sendo mais arredondada, a boca larga, amplas ventas e, acima de tudo, umas concavidades com um par de olhos vermelhos, esbugalhados. Perto da nuca, como se fosse uma espécie de juba, exibia uns apêndices curiosos, que pareciam fitas, sugerindo cachos de cabelos permanentemente aderidos. A cor era principalmente verde, com alguns traços de azul, de um brilho metálico, mas na cabeça e nas porções inferiores dos cachos apareciam brilhantes manchas vermelhas. Viam-se também pinceladas de vermelho na parte em que as pernas se uniam ao corpo e também nos pés, com os dedos terminando em aguçadas garras amarelas. Em sua totalidade, uma criatura surpreendente e vívida.

A criatura examinou Bronwen por um momento, deu uma olhada maligna para Hwyl e, depois, começou a correr sobre o tampo da mesa, procurando uma saída. Os Hughes a observaram por alguns instantes. Em seguida, comentaram entre si.

— Bem, é horrível, sem dúvida — observou Bronwen.

— Pode até ser horrível. Mas também é bonito, veja — disse Hwyl.

— Tem uma cara feia — respondeu Bronwen.

— Sim, concordo. Mas também tem cores bonitas, olhe. Magníficas, como tecnicolor, eu diria — acrescentou Hwyl.

A criatura, aparentemente, estava quase decidida a pular da mesa. Hwyl curvou-se para frente, segurando-a. Ela se retorceu, tentando virar a cabeça para mordê-lo, mas logo descobriu que estava sendo agarrada muito perto da nuca para consegui-lo. Fez uma pausa em seus esforços. Então, repentinamente, ela bufou. Dois jatos de fogo e uma nuvem de fumaça saíram de suas ventas. Hwyl, abruptamente, deixou-a cair, parcialmente pelo susto e mais ainda devido à surpresa. Bronwen deu um grito agudo e subiu apressadamente na cadeira.

A criatura parecia, ela mesma, um pouquinho atônita. Por alguns segundos, continuou a virar a cabeça e a balançar a cauda sinuosa, quase do mesmo tamanho do corpo. Então, correu pelo tapete até a lareira, aninhando-se em frente ao fogo.

— Maldição! Veja só aquilo! — exclamou Hwyl, um pouquinho nervoso. — Ele cuspiu fogo, acho eu. Gostaria de entender isso agora.

— Fogo, sem dúvida, e fumaça também — concordou Bronwen. — Foi chocante, e nada normal, de forma alguma.

Ela olhou indecisa para a criatura. O bicho instalou-se tão obviamente para uma soneca, que a mulher se arriscou a descer da cadeira, mas sem se descuidar da vigilância, pronta para pular de novo, caso ele se movesse.

– Jamais pensei que veria um desses. E também não tenho certeza se é correto tê-lo dentro de casa – disse.

– O que você está pensando que é? – perguntou Hwyl, intrigado.

– Ora, um dragão, sem dúvida – respondeu Bronwen.

Hwyl olhou fixamente para ela.

– Um dragão! – exclamou. – Isso é tolice. – E parou de falar. Olhou novamente para o animal e depois baixou a vista para o local onde a chama havia queimado levemente a sua luva. – Não, maldito! – exclamou. – Está certo. É um dragão, acredito.

Ambos pensaram no assunto, um pouco apreensivos.

– Fico feliz por não morar na China – observou Bronwen.

Aqueles que tiveram o privilégio de ver a criatura nos dois dias seguintes praticamente confirmaram a hipótese de que aquilo era mesmo um dragão. Fizeram-no, cutucando o animal com varetas através da tela de arame da jaula que Hwyl fez para ele, até obrigá-lo a lançar um irritado jato de fogo. Nem mesmo o senhor Jones, o capelão, duvidou de sua autenticidade, embora, em função de sua posição na comunidade, tivesse preferido não emitir julgamentos naquele momento.

No entanto, pouco tempo depois, Bronwen Hughes deu um fim à prática de cutucá-lo. O primeiro motivo é que se sentia responsável por seu bem-estar, em função do pedido de Dai. O segundo, é que ele estava começando a desenvolver uma irritante disposição e probabilidade de emitir chamas sem motivo. Quanto ao terceiro, apesar de o senhor Jones ainda não ter decidido se o dragão seria ou não uma das criaturas de Deus, ela sentiu que, nesse ínterim, ele merecia os mesmos direitos dos outros animais irracionais, de maneira que colocou na jaula um cartaz que dizia: FAVOR NÃO IMPORTUNAR, e, na maior parte do tempo, ficava por lá para ver se estava sendo respeitado.

Quase todos de Llynllawn e também alguns de Llangolwgcoch vieram para vê-lo. Por vezes, ficavam ali durante uma hora ou mais, com a esperança de vê-lo bufar. Caso isso acontecesse, retiravam-se satisfeitos por constatar que era realmente um dragão; mas, se ele mantivesse um comportamento contido, sem lançar chamas, iam embora e diziam aos amigos que não passava de um velho lagarto, apesar de grande.

Idris Bowen era uma exceção a ambas as categorias. Só na terceira visita ele teve o privilégio de vê-lo bufar, mas, mesmo assim, ainda não estava convencido.

– Sim, é incomum – admitiu –, mas não é um dragão. Vejam o dragão de Gales ou o dragão de São Jorge. Lançar chamas é um fato importante, posso garantir, mas um dragão também precisa ter asas ou não é um dragão.

Aquele era o tipo de contestação que se poderia esperar de Idris e, é claro, desconsiderar.

Entretanto, depois de mais ou menos 10 dias de tardes cheias de gente, o interesse arrefeceu. Após alguém ter visto o dragão e comentado sobre seu brilho, pouca coisa havia a acrescentar, a não ser mostrar satisfação por ele estar na casa dos Hughes e não na sua própria, e, também, curiosidade sobre o tamanho que o dragão finalmente ficaria. Na verdade, ele nada mais fazia além de ficar sentado e piscar, e, talvez, soltar um pequeno bafo de chamas. De maneira que, naquele momento, o lar dos Hughes voltou novamente a ser como antes.

Além disso, não mais perturbado por visitantes, o dragão mostrou uma disposição correspondente. Jamais bufava para Bronwen e raras vezes para Hwyl. A primeira sensação de antagonismo passou rapidamente e Bronwen se sentia cada vez mais apegada ao dragão. Alimentava-o, cuidava dele e descobriu que, com uma alimentação consistindo basicamente de carne de cavalo moída e biscoitos de cachorro, ele estava crescendo a uma velocidade impressionante. Na maior parte do tempo ela permitia que ele andasse em liberdade pelo aposento. Para acalmar os temores dos visitantes, explicava:

— Ele é amigável e demonstra isso de muitas maneiras, se não for perturbado. Também sinto pena dele, porque não é bom ser filho único e, pior ainda, órfão. E, veja bem, ele ainda é pior do que um órfão. Nada conhece de sua própria espécie, nem é provável que isso aconteça. Imagino que deve se sentir muito solitário.

Inevitavelmente, chegou a tarde em que Hwyl, olhando pensativamente para o dragão, observou:

— Filho, para fora! Você está ficando muito grande para essa casa, compreende?

Bronwen ficou surpresa por descobrir como se sentia pouco à vontade a respeito daquilo.

— Ele é muito bom e quieto — argumentou —, e inteligente também, pois tira a cauda do caminho, evitando que as pessoas tropecem. Também não suja a casa nem causa problemas. Sai sempre para o quintal nos momentos certos. Exato como um relógio.

— Está se comportando bem, não há dúvida — concordou Hwyl —, mas está crescendo muito depressa agora. Precisará de mais espaço, entende? Acho que ele ficaria bem-instalado em uma jaula bonita num lugar cercado no quintal.

A conveniência daquilo foi demonstrada uma semana depois, quando Bronwen chegou na sala e encontrou o canto de madeira parcialmente queimado, o carpete e o tapete em lenta combustão, sem chamas, e o dragão, confortavelmente aninhado na cadeira de balanço de Hwyl.

— Ele está bem-instalado e tem sorte por não ter queimado a nossa cama.

— Vamos, para fora — disse Hwyl ao dragão. — Muito bonito, queimar a casa de um homem, além de ser mal-agradecido. Deveria se envergonhar do que fez.

O homem da companhia de seguros que veio inspecionar os danos pensou a mesma coisa.

— A senhora deveria ter-nos avisado — disse ele a Bronwen. — Ele é um risco de incêndio.

Bronwen protestou, dizendo que a apólice não fazia menção a dragões.

— Não, claro! — reconheceu o homem. — Mas ele também não é um perigo normal. Vou consultar a matriz sobre o que fazer. No entanto, acho melhor colocá-lo para fora, antes que cause mais problemas e dê graças por não ter sido pior.

Então, alguns dias mais tarde, o dragão ocupava uma jaula ainda maior, construída com mantas de asbesto no quintal. Havia uma área cercada com tela de arame em frente da jaula, mas na maior parte do tempo Bronwen trancava o portão e deixava a porta traseira da casa aberta; assim ele podia ir e vir como lhe aprouvesse. De manhã, ele entrava e ajudava Bronwen, acendendo o fogo da cozinha, mas, fora isso, o bicho aprendera a não bufar dentro de casa. As únicas vezes em que perturbara alguém foram as ocasiões em que ateou fogo na própria cama de palha, à noite, fazendo com que os vizinhos se levantassem para ver se a casa estava pegando fogo. No dia seguinte, todos estavam um pouco irritados.

Hwyl mantinha um registro cuidadoso das despesas com a sua alimentação e esperava não estar gastando mais do que Dai estivesse disposto a pagar. Quanto ao mais, as suas únicas preocupações eram a dificuldade de encontrar uma forragem barata, não inflamável e a especulação sobre quanto o dragão provavelmente cresceria até a volta de Dai, para livrá-lo daquela responsabilidade. É bem possível que tudo corresse sem problemas, até aquilo acontecer, só para aborrecer, com Idris Bowen.

O problema que surgiu inesperadamente certa tarde foi, na verdade, causado por Idris. Hwyl havia terminado o jantar e estava pacificamente desfrutando o final do dia ao lado da porta quando Idris apareceu, trazendo seu cachorro em uma trela.

— Olá, Idris — saudou-o Hwyl, amigavelmente.

— Olá, Hwyl — respondeu Idris. — E então, como está aquele seu falso dragão?

— Você está dizendo que ele é falso? — repetiu Hwyl, indignado.

— Asas, um dragão precisa de asas para ser um dragão — insistiu Idris com firmeza.

— Que asas, que nada, rapaz! Então venha. Olhe para ele agora e, por favor, diga-me se não é um dragão.

Acompanhou Idris para dentro da casa, guiando-o ao longo dos cômodos até o quintal. O dragão, reclinado em sua área cercada de tela de arame, abriu um olho para eles e fechou-o em seguida.

Idris, que não o via desde a época em que estava praticamente recém-saído do ovo, ficou impressionado com o crescimento do dragão.

— Está bem grande agora — reconheceu. — Bonitas e agradáveis cores as dele, mas ainda não tem asas, de modo que não é um dragão.

— Então, o que é? — reclamou Hwyl. — Diga-me.

O que Idris teria respondido a essa difícil pergunta estava destinado a jamais ser conhecido, porque, naquele momento, o cachorro conseguiu arrancar a correia de couro das mãos do dono e avançou, latindo, até a tela de arame. O dragão acordou, assustado, de sua soneca. Sentou-se repentinamente e bufou, surpreso. Houve um ganido do cão, que saltou no ar e, então, começou a rodear várias vezes o quintal, uivando. Finalmente, Idris conseguiu encurralá-lo e pegá-lo. O pêlo de seu lado direito tinha sido queimado e estava com uma aparência bastante peculiar. Idris baixou as sobrancelhas.

— Você está procurando encrenca, não é? Pois encrenca você vai ter, por Deus! — disse.

Pousou o cachorro novamente no chão e começou a tirar o casaco.

Não ficou claro se ele estava se preparando e pretendia brigar com Hwyl ou com o dragão, mas foi impedido pela senhora Hughes, que veio investigar o motivo dos uivos.

— Ah, importunando o dragão! — exclamou. — Devia se envergonhar. O dragão é manso como um cordeiro, como as pessoas bem o sabem, e não gosta de ser importunado. Você é malvado, Idris, e brigar também não está certo. Saia daqui! — Idris começou a protestar, porém Bronwen sacudiu a cabeça e continuou. — Não estou prestando atenção a você. Um homem educado, corajoso, importunando um dragão indefeso. O dragão já não bufa há semanas. Por isso, vá embora! E sem demora.

Idris lançou um olhar ameaçador. Hesitou. Depois, vestiu novamente o casaco. Pegou o cão, segurando-o nos braços. Após um último olhar depreciador ao dragão, ele se virou.

— Vou processá-lo — avisou, ameaçador, quando partiu.

No entanto, nada mais se ouviu sobre processo algum. Aparentemente, Idris mudou de idéia ou foi aconselhado a não o fazer, pois tudo iria voltar à calma. Três semanas depois, era a noite da reunião do sindicato.

Foi uma reunião enfadonha, dedicada principalmente à divulgação de um certo número de resoluções sugeridas pela matriz, referente à conduta. Então, quase no final, quando aparentemente nada mais havia a discutir, apareceu Idris Bowen.

— Esperem! – disse o presidente àqueles que se aprontavam para sair e convidou Idris a falar.

Idris esperou até que as pessoas meio dentro, meio fora de seus sobretudos se aquietassem, e então:

— Companheiros — começou.

Houve um alvoroço imediato. Em meio à mistura de aprovações e gritos de "ordem" e "silêncio", o presidente bateu energicamente seu martelo até que a ordem foi restabelecida.

— Isso é tendencioso — censurou. — Por favor, nada de meias palavras e de maneiras impróprias.

Idris começou de novo.

— Colegas trabalhadores, sinto muito por ter que lhes falar sobre uma de minhas descobertas. É uma questão de deslealdade, estou dizendo: grave deslealdade para com bons amigos e com colegas trabalhadores. Entendem? — Fez uma pausa e continuou. — Todos vocês já sabem do dragão de Hwyl Hughes, não? Provavelmente, também já o viram pessoalmente. Eu mesmo já o vi e dizia que não era um dragão. Mas, agora, digo-lhes, eu estava errado! Errado, com certeza! É um dragão, sem a menor dúvida, embora não tenha asas.

"— Li na Enciclopédia da Biblioteca Pública Merthyr a respeito de dois tipos de dragão. O dragão europeu, que tem asas, e o oriental, que não tem. De modo que peço desculpas ao senhor Hughes e que sinto muito."

Uma certa impaciência que se tornava aparente na assistência foi dominada por uma alteração em seu tom de voz.

— Mas — prosseguiu —, mas também há outra coisa que li e que me deixou interiormente perturbado. Eu lhes contarei. Já olharam para as patas daquele dragão, não olharam? Elas têm garras, sim, e horríveis. E quantas são, pergunto a vocês? Digo-lhes que são cinco. Cinco em cada pata. – Fez uma pausa dramática e balançou a cabeça.

"– Isso é mau, com certeza. Porque, vejam bem, é um dragão chinês com cinco dedos nas patas. O dragão de cinco dedos não é um dragão republicano, não é um dragão do povo; o dragão de cinco dedos é um dragão imperial, compreendem? É um símbolo da opressão dos trabalhadores e camponeses chineses. É chocante pensar que, em nossa aldeia, estamos mantendo tal emblema. O que as pessoas livres da China dirão sobre Llynllawn quando ouvirem algo a esse respeito, pergunto? O que Mao Tse Tung, um líder glorioso do heróico povo chinês em sua magnífica luta pela paz, estará pensando de Gales do Sul e seu dragão imperialista?" – Ele estava pronto para continuar, quando a divergência de pontos de vista na assistência superou sua voz.

O presidente chamou novamente a assistência à ordem. Deu a Hwyl a oportunidade de responder e, depois que a situação foi resumidamente explicada, o dragão, por eleição de mãos erguidas, foi absolvido de implicações políticas por todos, com exceção da facção doutrinária de Idris, e com isso a reunião encerrou-se.

Ao chegar em casa, Hwyl contou a Bronwen o ocorrido.

– Não me surpreende – disse ela. – Jones, dos Correios, me disse que Idris andou enviando uns telegramas.

– Telegramas? – exclamou Hwyl.

– Isso mesmo. Perguntando ao *Daily Worker*, em Londres, qual a opinião do partido sobre dragões imperiais. Mas, até agora, não veio nenhuma resposta.

Alguns dias mais tarde, os Hughes foram despertados por fortes batidas na porta. Hwyl se dirigiu para a janela e viu Idris lá embaixo. Perguntou qual era o problema.

– Venha até aqui e lhe mostrarei – respondeu Idris.

Após pensar um pouco, Hwyl desceu. Idris seguiu caminhando à frente dele até os fundos da própria casa e apontou.

— Veja — disse.

Apenas uma dobradiça sustentava a porta do galinheiro de Idris. Os corpos de duas galinhas se encontravam no chão ali perto. Uma grande quantidade de penas voara para fora do cercado.

Hwyl olhou o galinheiro mais de perto. Diversos sulcos brancos, profundos, sobressaíam da madeira alcatroada. Em outros lugares, manchas mais escuras onde a madeira parecia ter sido queimada. Silenciosamente, Idris apontou para o chão. Havia marcas de garras afiadas, mas nenhuma impressão de uma pata inteira.

— Isso é mau. Será que são de raposas? — perguntou Hwyl.

Idris tremeu levemente.

— Raposas, diz você? Raposas, claro! O que mais poderia ser a não ser o seu dragão? E a polícia também o saberá.

Hwyl balançou a cabeça.

— Não — disse.

— Oh — respondeu Idris —, quer dizer que sou um mentiroso? Vou tirar as suas tripas, Hwyl Hughes, e bem quentes, e ainda ficarei satisfeito por fazê-lo.

— Você fala muito, rapaz — respondeu Hwyl. — Só que até agora o dragão ainda está preso em seu cercado, estou dizendo. Venha e veja você mesmo.

Voltaram à casa de Hwyl. O dragão estava na jaula, sem a menor dúvida, com a porta travada por uma cavilha. Além disso, como assinalou Hwyl, mesmo que ele tivesse saído durante a noite, não poderia ter chegado ao quintal de Idris sem deixar marcas e traços pelo caminho, e não se via nenhuma.

Finalmente, separaram-se em estado de armistício. Idris não estava, de forma alguma, convencido, mas não podia ignorar os fatos. Também não ficou impressionado com a sugestão de Hwyl, de que um brincalhão poderia ter produzido o efeito no galinheiro com um prego forte e um maçarico.

Hwyl subiu novamente, para terminar de se vestir.

— Interessante isso, sempre a mesma coisa — observou para Bronwen. — Idris não conseguiu ver, mas a cavilha estava queimada do lado de fora da jaula. Como poderia acontecer isso, gostaria de saber.

— O dragão bufou quatro vezes durante a noite, talvez cinco — disse Bronwen. — Também está rosnando e batendo naquela velha jaula. Nunca o vi assim antes.

— Ele é esquisito, mas jamais saiu de sua jaula, isso posso jurar — disse Hwyl, carrancudo.

Duas noites depois Hwyl foi despertado por Bronwen sacudindo seu ombro.

— Ouça — disse ela.

— Ele está bufando desnecessariamente — acrescentou.

Ouviram o estrondo de alguma coisa lançada com força e o som da voz de um vizinho praguejando. Hwyl, com relutância, decidiu que seria melhor levantar-se e investigar.

Tudo no cercado parecia normal, com exceção da presença de uma lata grande, evidentemente o objeto lançado. Entretanto, havia um forte cheiro de queimado e uma batida surda, reconhecível como as passadas pesadas do dragão, tentando apagar a forração novamente envolta em chamas. Hwyl foi até lá e abriu a porta. Com um ancinho, tirou a palha fumegante, pegou um pouco da fresca e jogou lá dentro.

— Você, fique quieto — ordenou ao dragão. — Mais uma dessas e tirarei a sua pele, lenta e dolorosamente. Vá para a cama e durma!

Hwyl voltou a sua cama, mas parecia ter apenas deitado a cabeça no travesseiro quando o dia raiou, e ali estava Idris, batendo novamente na porta da frente.

Idris parecia não falar coisa com coisa, mas Hwyl conseguiu entender que algo acontecera em sua casa, de maneira que se enfiou em um casaco e calças e desceu. Idris foi andando na frente, em direção à própria casa, e escancarou a porta do quintal com ares de prestidigitador. Hwyl ficou ali, olhando fixamente por alguns instantes, sem falar.

Em frente ao galinheiro de Idris, havia uma espécie de armadilha, toscamente construída com cantoneiras de ferro e tela de arame. Dentro dela, rodeado de penas de galinha, olhando para eles com olhos parecendo topázios vivos, sentava-se uma criatura totalmente vermelha.

— Eis um dragão para você — disse Idris. — Não tem as cores de um carrossel de parque de diversões. Aquele é um verdadeiro dragão, e também com asas adequadas, está vendo?

Hwyl, sem uma palavra, continuou a olhar para o dragão. Naquele momento, as asas estavam recolhidas e na jaula não havia espaço para a sua abertura. O vermelho, via agora, era mais escuro no dorso e mais claro embaixo, um efeito ominoso, como se ele estivesse sendo iluminado de baixo por um alto-forno. Parecia ser mais experiente do que seu próprio dragão e, no todo, uma aparência mais ameaçadora. Hwyl adiantou-se para examiná-lo mais de perto.

— Tome cuidado, rapaz — avisou Idris, pousando-lhe a mão no braço.

O dragão encolheu os lábios e bufou. Dois jatos de fogo com quase um metro de comprimento foram lançados de suas ventas. Era um bufo muito melhor do que o outro dragão alguma vez conseguira. O ar estava impregnado pelo odor intenso de penas queimadas.

— É um dragão espetacular — disse Idris mais uma vez. — Um verdadeiro dragão galês. Está zangado, vê, o que não é de admirar. Para ele, é chocante ver um dragão imperialista em seu país.

Ele veio para expulsar e também fazer carne moída de seu dragão piegas, de sala de visitas.

— É melhor que ele não tente — disse Hwyl, mostrando mais coragem nas palavras do que no íntimo.

— E outra coisa. Esse dragão é vermelho, como deve ser um verdadeiro dragão do povo, entende?

— Entendi. Entendi. Propaganda com dragões de novo, não é? Há dois mil anos o dragão galês foi vermelho, e também um lutador, garanto. Mas um lutador pelo País de Gales, e não um desses conversadores de luta pela paz. Se ele for um perfeito dragão vermelho galês, então não saiu de algum tipo de ovo posto por seu tio Joe; e sou grato por isso, na minha opinião — disse-lhe Hwyl. — E, mais uma coisa — acrescentou após um momento de reflexão —, é esse que está roubando suas galinhas, não o meu.

— Ah, ele que fique com as velhas galinhas e satisfeito — respondeu Idris. — Ele chegou aqui para expulsar um dragão imperialista estrangeiro do território que lhe pertence por direito, uma atitude apropriada. Também não queremos nenhum dos seus dragões de dupla personalidade em Llynllawn ou Gales do Sul.

— Vá para o inferno, homem — disse Hwyl. — Meu dragão tem um temperamento tranqüilo, não perturba ninguém nem é ladrão de galinhas. Se houver algum outro problema, chamarei a polícia para você e seu dragão por perturbarem a paz. Estou avisando. E adeus.

Olhou mais uma vez, rapidamente, para os olhos de aparência zangada, cor de topázio, do dragão vermelho e depois se afastou, em direção a sua própria casa.

Naquela noite, quando Hwyl se preparava para sentar à mesa e jantar, ouviu-se uma batida na porta da frente. Bronwen foi atender e voltou.

— Ivor Thomas e Dafydd Ellis querem falar com você. É alguma coisa do sindicato — disse ela.

Hwyl foi falar com eles. Tiveram uma longa e envolvente conversa sobre dívidas que não teriam sido totalmente pagas. Hwyl tinha certeza de que nada devia, mas eles não se convenceram. A discussão continuou durante algum tempo, até que, com balançar de cabeças e relutância, Ivor Thomas e Dafydd Ellis concordaram em ir embora. Hwyl voltou à copa. Bronwen esperava, em pé, perto da mesa.

— Eles levaram o dragão — disse, em tom de voz monótono.

Hwyl olhou-a. Repentinamente, compreendeu o motivo pelo qual o haviam retido na porta da frente com argumentos sem sentido. Foi até a janela e olhou para fora. A grade traseira havia sido derrubada e uma multidão de homens carregando a jaula do dragão já estava uns 100 metros à frente. Voltando-se, viu Bronwen resolutamente encostada na porta dos fundos.

— Estavam nos roubando e você não gritou — falou ele acusadoramente.

— Eles o teriam nocauteado e levariam o dragão de qualquer jeito — explicou ela. — É coisa de Idris Bowen e sua turma.

— O que farão com ele? — perguntou.

— Uma luta de dragões — respondeu. — Estavam fazendo apostas. Cinco contra um no dragão galês e pareciam muito confiantes.

Hwyl balançou a cabeça.

— Nem é de admirar. Não é justo. Aquele dragão galês tem asas, de forma que pode fazer ataques aéreos. Isso não é esportivo, é vergonhoso.

Pela janela, olhou mais uma vez para fora. Mais homens juntavam-se ao grupo que carregava a carga pelo terreno de sucata, em direção ao monte de lixo. Ele suspirou.

— Sinto muito por nosso dragão. Acho que será trucidado. Mas vou lá ver. Para evitar que os truques de Idris tornem a luta suja, ou melhor, mais suja ainda.

Bronwen hesitou.

— Você não vai brigar. Promete? — perguntou ela.

— Não sou tolo, garota, de brigar com 50 homens ou mais. Por favor, reconheça que tenho miolos.

Ela lhe deixou o caminho livre, permitindo que abrisse a porta. Então, pegou um lenço de cabeça e foi atrás dele, amarrando-o, enquanto andava.

A multidão reunida em um pedaço de terreno plano perto da base da pilha de sucata já consistia em mais de 100 homens, e outros mais corriam para se juntar. Diversos autodenominados organizadores mantinham as pessoas afastadas, para deixar um espaço oval livre. Em uma das extremidades estava a jaula onde o dragão vermelho se agachava, apertado, com uma aparência mal-encarada. Na outra, foi pousada a jaula de asbesto, e seus carregadores se afastaram. Idris notou a chegada de Hwyl e Bronwen.

— Quanto vão apostar no seu dragão? — perguntou, com um sorriso sarcástico.

Bronwen disse, antes que Hwyl pudesse responder:

— Isso é perverso e você deveria ter vergonha, Idris Bowen Prenda as asas de seu dragão para que essa seja uma luta justa e então veremos. — E arrastou Hwyl dali.

As apostas na área oval continuaram, sempre favorecendo o dragão galês. Naquele momento, Idris entrou na área aberta e ergueu as mãos, pedindo silêncio.

— Esta noite haverá esporte para vocês. Atrações supercolossais, como dizem nos filmes, e provavelmente, nunca mais. Então façam as suas apostas agora. Quando as autoridades inglesas ouvirem falar a respeito, não haverá mais lutas de dragões, da mesma forma que não há mais brigas de galo.

O espaço encheu-se com o som das vaias, junto com o das risadas daqueles que sabiam uma ou duas coisas desconhecidas pelas autoridades inglesas. Idris continuou:

— Agora, ao campeonato de dragões. Ao alcance de minha visão, o dragão vermelho de Gales, em sua terra natal. Um dragão do povo. Mais do que uma coincidência, a cor do dragão galês... — O som de sua voz perdeu-se por alguns momentos em meio a gritos antagônicos. Idris continuou: — À esquerda, o decadente dragão dos exploradores imperialistas do sofredor povo chinês que, em sua gloriosa luta pela paz sob a heróica liderança...

O restante da fala também foi abafado pelas vaias e aplausos que só pararam quando ele chamou os atendentes das extremidades da área oval e se retirou.

Em uma das extremidades, dois homens segurando uma vara com um gancho puxaram o dispositivo que prendia o dragão vermelho e recuaram rapidamente. Na ponta mais distante, um homem retirou a cavilha da porta de asbesto, abriu-a, afastou-se, da mesma forma que os outros, da área de perigo.

O dragão vermelho olhou em volta, indeciso. Tentou abrir as asas. Notando que seria possível, empinou-se nas patas traseiras, apoiando-se na cauda, e sacudiu-as com energia, como que esticando as dobras.

O outro dragão saiu a passos lentos da jaula, avançou um pouco e ficou ali, piscando. Contra o fundo do terreno de sucata e do monte de lixo, parecia mais exótico do que o normal. Abriu-se num amplo bocejo, com uma espetacular exibição de caninos, revirou os olhos para lá e para cá, e depois bateu os olhos no dragão vermelho.

Simultaneamente, o dragão vermelho notou o outro. Parou de bater as asas e pousou nas quatro patas. Os dois ficaram olhando um para o outro. Um silêncio envolvia a multidão. Ambos os dragões continuaram imóveis, à exceção de um suave movimento dos últimos centímetros de cauda.

O dragão oriental virou a cabeça um pouco de lado. Bufou levemente, murchando algumas ervas.

O dragão vermelho ficou rígido. Repentinamente, assumiu uma posição defensiva, uma das patas dianteiras erguidas, as garras estendidas, asas abertas. Bufou vigorosamente, vaporizou uma poça d'água e desapareceu momentaneamente em uma nuvem de vapor. Da multidão veio um murmúrio esperançoso.

O dragão vermelho começou a andar devagar, circulando ao redor do outro e, de vez em quando, batendo levemente as asas.

A multidão observava atentamente. O mesmo fazia o outro dragão. Ele não se movia de sua posição, mas virava-se, à proporção que o dragão vermelho circulava, mantendo a cabeça e o olhar fixo naquela direção.

Com o círculo quase completo, o dragão vermelho parou. Abriu amplamente as asas e soltou um urro do fundo da garganta. Ao mesmo tempo, lançou dois jatos de fogo e arrotou uma pequena nuvem de fumaça negra. A parte da multidão mais próxima dele recuou, apreensiva.

Neste momento de tensão, Bronwen começou repentinamente a rir. Hwyl sacudiu-a pelo braço.

— Fique quieta! Isso não tem nada de engraçado — censurou, mas ela não parou de imediato.

Durante um momento, o dragão oriental nada fez. Parecia estar meditando sobre o assunto. Então, virou-se rapidamente e começou a correr. Da multidão, atrás dele, partiram gritos de zombaria, os que estavam na frente balançavam os braços para espantá-lo de volta. Ele seguiu em frente, de vez em quando soltando curtos jatos de chamas pelas ventas. As pessoas hesitavam, mas depois abriam caminho. Alguns saíram em sua perseguição com varas, mas logo desistiram. A velocidade dele era o dobro da velocidade dos homens.

Com um urro, o dragão vermelho alçou vôo e cruzou o campo, cuspindo fogo como um avião bombardeiro. A multidão dispersou-se mais uma vez, rapidamente, tropeçando ao abrir caminho.

O dragão que saiu correndo desapareceu pelo outro lado da base do monte de lixo, com o outro dragão planando logo acima. Gritos de desapontamento brotaram da multidão e uma boa parte da mesma o seguiu para assistir a sua morte.

Após um ou dois minutos o dragão fugitivo reapareceu. Andava compassadamente, subindo a encosta da montanha, com o dragão vermelho ainda voando um pouco atrás. Todos continuaram a observar, enquanto ele abria caminho, subindo cada vez mais, até que, finalmente, desapareceu por cima do pico. Durante um instante, o dragão voador ainda parecia uma silhueta negra acima da linha do horizonte; então, com uma última baforada de chamas, também desapareceu, iniciando-se as discussões sobre os pagamentos.

Idris afastou-se das disputas, indo em direção aos Hughes.

— Quer dizer que seu dragão imperialista é um covarde. Nenhum bufo significativo, nenhuma mordida — disse ele.

Bronwen olhou para ele e sorriu.

— Você é tão tolo, Idris Bowen, com sua cabeça cheia de propaganda e lutas. Existem outras coisas além de lutar, até mesmo para dragões. O seu dragão estava fazendo uma exibição tão magnífica, tão bonita, oh, sim, como um pavão, imagino. Bastante semelhante à dos rapazes em suas roupas domingueiras, na principal avenida de Llangolwgcoch, todos prontos para matar, mas ninguém disposto a lutar. — Idris olhou fixamente para ela. — E quanto a nosso dragão — continuoù — bem, aquele também não é um truque novo. Eu mesma já fiz um pouco daquilo. Lançou um olhar de esguelha para Hwyl.

Idris começou a entender.

— Mas, mas, você sempre estava chamando o dragão de *ele* — protestou.

— Ah, sim, é verdade! Porém, como se pode saber, em se tratando de dragões? — perguntou ela.

Ela se virou, olhando para a montanha.

— Provavelmente, o dragão vermelho se sentiu muito solitário nestes dois mil anos; então, agora, ele não está se importando com a sua política. Tem outras coisas em que pensar, entende? E imagino que será interessante, sem dúvida, ter, em pouco tempo, um monte de bebês dragões no País de Gales.

* * *

JOHN WYNDHAM aprendeu tudo sobre dragões com seus pais galeses. Muitas de suas histórias revelam seu interesse pelo folclore e pelas tradições daquele país. No entanto, seus primeiros contos eram principalmente histórias de ficção científica sobre planetas distantes, como Marte e Vênus, escritos para revistas americanas. Em 1951, ele publicou um romance aterrorizante sobre uma invasão alienígena na Terra, *The Day of the Triffids,* que se tornou um *bestseller* e mais tarde foi transformado em filme. Outros romances inovadores contribuíram para garantir a sua fama. Na década de 1960, John Wyndham foi um dos autores mais lidos e, durante anos, seus livros famosos apareciam constantemente em planos de aulas das escolas.

O DESEJO

Roald Dahl

A transfiguração é outro dos grandes truques dos magos. Empregando a magia, eles conseguem alterar completamente a estrutura e aparência de alguma coisa. Um sapo pode se tornar um homem, uma pedra pode se transformar em um pássaro, uma barra de ferro pode virar uma cobra. Os magos também têm o poder de alterar padrões e imagens em quadros vivos. Um famoso exemplo dessa habilidade para metamorfosear coisas pelo poder da vontade pode ser visto no livro A espada e a pedra, *de T. H. White, em que Merlin transforma seu jovem discípulo, Arthur, em diversos animais. Na história anterior, lemos tudo sobre dragões, e nesta que se segue é a vez das serpentes — serpentes transfiguradas trazidas à vida pelo poder da mente. O menino da história é fascinado por serpentes de todas as formas, tamanhos e cores, que finalmente o conduzem a um jogo perigoso. Ele não tem nome, poderia ser James ou Charlie, ou até mesmo Harry, mas, como para qualquer menino (e muitas meninas quanto a esse assunto), a magia lhe desperta a curiosidade. As coisas secretas sugeridas pelos objetos do cotidiano e também quadrados místicos e buracos profundos, negros poderiam ser portais de entrada para mundos estranhos. Então passe cuidadosamente com ele pelas próximas poucas páginas e certifique-se de não sofrer o mesmo destino.*

* * *

Sob a palma de uma das mãos, o menino se conscientizou da crosta de um velho corte no joelho. Curvou-se para a frente a fim de examiná-la de perto. Uma crosta sempre foi uma coisa fascinante, significava um desafio especial ao qual ele jamais conseguia resistir.

Sim, pensou, vou tirá-la, mesmo que não esteja preparada, mesmo que o meio ainda esteja preso, mesmo que doa como não sei o quê.

Com a unha, ele começou a explorar cuidadosamente ao redor das bordas da crosta. Enfiou a unha por baixo dela e, quando a ergueu um pouco, ela repentinamente se soltou, toda a crosta marrom, endurecida, soltou-se maravilhosamente, aparecendo um círculo interessante, pequeno, de suave pele vermelha.

Lindo! Muito lindo, sem dúvida. Esfregou o círculo e não sentiu dor. Pegou a crosta, pousou-a sobre a coxa e deu-lhe um peteleco, fazendo-a voar e aterrissar na beira do tapete, o enorme tapete vermelho, preto e amarelo que se estendia por todo o comprimento do saguão, desde as escadas onde ele estava sentado até a distante porta de entrada. Um tapete gigantesco. Maior do que uma quadra de tênis. Muito maior. Tinha-lhe grande consideração, pousando os olhos sobre ele com um terno prazer. Nunca o havia realmente observado antes, mas agora, de repente, as cores pareciam se tornar misteriosamente mais vivas e saltar na direção dele de modo fascinante.

Entendo, disse a si mesmo, eu sei como é. As partes vermelhas são amontoados incandescentes de carvão. O que preciso fazer é o seguinte: tenho de andar ao longo de todo o seu comprimento até a porta da frente sem as tocar. Se tocá-las serei queimado. Na verdade, serei totalmente queimado. E as partes pretas do tapete...

Sim, as partes pretas são serpentes, serpentes venenosas, víboras, em sua maioria, e cobras, grossas como troncos de árvores, redondas no meio, e se eu tocar alguma delas, serei mordido e morrerei antes da hora do chá. Se eu conseguir passar em segurança, sem ser queimado ou mordido, ganharei um cachorrinho amanhã, como presente de aniversário.

Ele ficou de pé e subiu mais alto nas escadas, para obter melhor visão daquele vasto tapete de cores e morte. Seria possível? Havia amarelo suficiente? Amarelo era a única cor sobre a qual se tinha permissão para andar. Seria possível? Aquela não era uma jornada para ser empreendida levianamente, pois os riscos eram muito grandes. O rosto do menino – com uma franja de cabelo dourado quase branco, dois grandes olhos azuis, um queixo pequeno, pontudo – estava pousado no corrimão, de onde ele observava atentamente. O amarelo era um pouco fino na maioria das partes e havia um ou dois espaços amplos, mas parecia percorrer todo o comprimento até a outra extremidade. Para alguém que ontem cruzara triunfalmente todo o caminho de tijolos, desde os estábulos até o quiosque, sem tocar as fendas, o problema do tapete não deveria ser muito difícil. Com exceção das serpentes. O simples pensamento sobre as serpentes enviou uma leve corrente elétrica de medo, como alfinetes, ao longo de suas panturrilhas e sob as solas dos pés.

Desceu lentamente as escadas e avançou até a borda do tapete. Estendeu um pé calçado com pequenas sandálias, pousando-o cuidadosamente sobre uma parte amarela. Então, ergueu o outro pé. O espaço ali era apenas o suficiente para que ele ficasse em pé com os dois pés juntos. Isso! Havia começado! Seu amplo rosto oval, talvez um pouco mais branco do que antes, mostrava curiosa intenção, com os braços lateralmente estendidos para ajudar no equilíbrio. Deu mais um passo, erguendo o pé bem alto sobre uma mancha preta, mirando cuidadosamente com o dedo grande do pé um estreito canal amarelo do outro lado. Quando completou o segundo passo, fez uma pausa para descansar, ficando em pé, quieto e rígido. O estreito canal amarelo corria continuamente por pelo menos cinco metros, e o menino avançou com vivacidade ao longo do mesmo, passo a passo, como se estivesse andando sobre um cabo esticado. Onde o tapete, finalmente, se torceu lateralmente, ele precisou dar outro passo largo, desta vez sobre uma mistura de estilo imperfeito de preto e vermelho. A meio caminho, começou a vacilar. Sacudiu os braços com selvageria, como um moinho, para manter o equilíbrio, conseguindo passar com segurança até o outro lado, onde descansou outra vez. Agora, respirava com bastante dificuldade e tão tenso, que ficou o tempo todo nas pontas dos pés, braços estendidos, punhos cerrados. Estava em uma grande e segura ilha de amarelo. Havia muito espaço nela. Não havia possibilidade de cair, de modo que permaneceu ali descansando, hesitando, esperando, desejando poder ficar eternamente ali, naquela grande e segura ilha amarela. Contudo, o medo de não ganhar o cachorrinho incentivou-o a continuar.

Passo a passo, seguiu em frente, entre cada passo fazia uma pausa para decidir exatamente onde pousaria o pé da próxima vez. Em uma das vezes, ele pôde escolher os caminhos, pela esquerda ou pela direita; então, escolheu a esquerda porque, embora parecesse mais difícil, naquela direção não havia muitas manchas pretas. O preto era o que mais o deixava nervoso. Olhou rapidamente por sobre o ombro para ver o quanto já havia percorrido. Mais ou menos metade do caminho, constatou. Agora, não havia mais volta. Estava no meio, não podia voltar nem pular para o lado, porque a distância era muito grande e porque, quando olhou para todo aquele vermelho e todo aquele preto que ainda havia pela frente, sentiu o conhecido e repentino surto doentio de pânico no peito, como na Páscoa passada, naquela tarde em que se perdera, sozinho, na região mais escura da Floresta Piper.

Deu mais um passo, colocando o pé cuidadosamente sobre o único pequeno pedaço de amarelo ao alcance. Dessa vez, a ponta do dedo do pé chegou a mais ou menos um centímetro de uma área preta. Não estava tocando o preto, conseguia ver que não estava tocando, podia ver a estreita linha de amarelo entre a ponta da sandália e o preto, mas a serpente se agitou, como se estivesse sentindo a proximidade dele, erguendo a cabeça e olhando fixamente para aquele pé com olhos grandes e redondos, atenta para ver se ele a iria tocar.

— *Não estou tocando você! Não deve me picar! Sabe que não a estou tocando!*

Outra serpente deslizou sem ruído até ficar ao lado da primeira, ergueu a cabeça, duas cabeças agora, dois pares de olhos fixos em seu pé, olhando para uma pequena área descoberta, logo abaixo da correia da sandália, por onde a pele aparecia. A criança elevou-se nas pontas dos pés e ficou ali, paralisada de terror. Vários minutos se passaram antes que tivesse coragem para se mover novamente.

O passo seguinte teria de ser realmente grande. Havia um rio profundo, coleante, de preto que corria bem delineado pela largura do tapete, e por causa dessa posição ele era obrigado a cruzá-lo na parte mais larga. Primeiro, pensou em pulá-lo, mas decidiu que não tinha certeza de pousar com precisão na estreita faixa de amarelo do outro lado. Respirou fundo, ergueu um dos pés e, centímetro a centímetro, esticou a perna para a frente, bem, bem longe e, depois, para baixo e para baixo, até que, finalmente, a ponta da sandália havia passado para o outro lado e pousava com segurança na beira do amarelo. Ele se curvou para a frente, transferindo o peso para o pé dianteiro e tentou trazer o pé que ainda estava atrás. Retesou, puxou e sacudiu o corpo, mas as pernas estavam demasiadamente afastadas e ele não conseguiu. Tentou voltar, mas também não foi capaz. Com as pernas abertas em direções opostas, ele estava definitivamente impedido de prosseguir. Olhou para baixo e viu lá embaixo aquele profundo e coleante rio de preto. Partes dele começaram a se agitar, a se desenrolar, a deslizar e a luzir com um brilho oleoso e ameaçador. Ele oscilou, sacudiu freneticamente os braços para manter o equilíbrio, mas aquilo parecia piorar ainda mais a situação. Começava a cair. A cair para a direita, lentamente em princípio, depois mais rápido, mais rápido e, no último instante, instintivamente, estendeu uma das mãos para interromper a queda, mas o que viu a seguir foi sua mão nua entrar bem no meio da grande e brilhante massa de preto, soltando um penetrante grito de terror quando a tocou.

Lá fora, sob a luz do sol, bem distante da casa, a mãe procurava o filho.

* * *

ROALD DAHL é um dos autores com maior índice de vendas de histórias infantis do mundo. Entretanto, como ele mesmo admitiu, não gostava muito da escola, era um pouco inconveniente e os professores não gostavam dele, por ser tão imprevisível. "Não tenho dúvidas", escreveu um dos seus professores de inglês, "de que jamais conheci outra pessoa que com tanta persistência escreve palavras com significado exatamente oposto ao pretendido." Durante a Segunda Guerra Mundial, Dahl foi piloto da RAF (Força Aérea britânica) e sofreu uma queda terrível que lhe causou uma fratura do crânio. Mas, como ele disse posteriormente: "Enormes choques na cabeça costumam dar um pouco de magia." E usou a sua vívida imaginação para escrever livros na área da fantasia para leitores mais jovens. O sucesso desses livros resultou na fundação da Roald Dahl Children's Gallery (Galeria Infantil Roald Dahl), em Aylesbury, não muito distante de onde ele morava. Os visitantes podem achar tudo de que precisam sobre magos na biblioteca Matilda, bem como divertimentos e surpresas inesperadas. As ilusões na galeria são tão boas quanto as descritas nesta história, mas quem quer que vá lá deve sempre se lembrar do aviso de Roald Dahl: "Quem não acredita em magia jamais a encontrará."

O MENINO INVISÍVEL

Ray Bradbury

Quem não gostaria de ter o poder da invisibilidade? Os magos alegam ter descoberto o segredo há muitos séculos. Charlie, o herói da próxima história, quer o poder de conseguir andar por qualquer lugar sem ser visto. É uma criança superdotada, cujos pais a abandonaram, de modo que fugiu para morar com a tia que vive em uma velha e isolada choupana. Acontece que ela é uma bruxa e sabe muitas coisas sobre magia. Ela emprega todo tipo de ingredientes estranhos em seus encantamentos, como sapos mumificados e morcegos esfolados. Também gosta muito de Charlie e quer lhe ensinar os segredos de sua arte: como fazer com que os animais parem nas trilhas, como desencantar um bode e até mesmo como se tornar à prova de balas. O problema é que a magia da velha senhora nem sempre funciona...

* * *

Ela pegou a grande concha de ferro e o sapo mumificado, esmagou-o até transformá-lo em pó. Conversou com o pó, enquanto o moía rapidamente com o punho duro como pedra. Seus grandes e redondos olhos cinza moviam-se rapidamente na choupana. Cada vez que olhava, uma cabeça na pequena janela se encolhia, como se ela tivesse disparado uma arma.

— Charlie — gritou a Velha Senhora. — Saia daí! Estou preparando um feitiço de lagarto para destravar aquela porta enferrujada! Saia daí porque não farei a terra tremer, as árvores pegarem fogo ou o sol se pôr ao meio-dia!

O único som era o da morna luz da montanha nas altas árvores de terebintina, um esquilo com penacho chilreando por todos os cantos em um tronco caído e forrado de verde, as formigas se movendo em uma linha marrom, perfeita, aos pés descalços, cobertos por veias azuis, da Velha Senhora.

— Você está passando fome aí dentro há dois dias, maldição! — falou, com voz ofegante, batendo com a concha contra uma pedra achatada, fazendo com que a ampla sacola cinza de feitiços balançasse em sua cintura.

— Saia daí agora! — Ela jogou uma pitada de pó dentro da fechadura. — Tudo bem, vou pegar você! — falou, respirando com dificuldade. Girou a maçaneta com a mão cor de noz, primeiro para um lado e depois para outro. — Oh, Senhor — entoou — abra totalmente esta porta!

Como nada acontecesse, acrescentou outra porção e prendeu a respiração. A saia longa, azul, desmazelada, farfalhou quando ela examinou dentro de sua sacola de escuridão, procurando algum monstro com escamas, algum amuleto melhor do que o sapo que matara há meses para uma ocasião de crise como aquela.

Ouviu a respiração de Charlie contra a porta. No início da semana, os pais dele tinham ido se divertir em alguma cidade de Ozark e não o levaram, de modo que ele percorreu quase dez quilômetros até a Velha Senhora em busca de companhia. Ele não se importava com os modos daquela que era uma espécie de tia ou prima.

Então, há dois dias, a Velha Senhora, tendo se habituado à presença do garoto, resolveu mantê-lo como companhia conveniente. Espetou sua fina omoplata, retirou três gotas de sangue, lançou-as sobre o ombro direito, subiu em um banquinho baixo, e, no mesmo instante, fechou o punho esquerdo, virando em direção a Charlie e gritando:

— Meu filho, você é meu filho, por toda a eternidade!

Charlie, saltando como uma lebre assustada, enfiou-se nos arbustos, em direção a sua própria casa.

Mas a Velha Senhora, deslizando como um lagarto listrado, encurralou-o em um beco sem saída e Charlie se entocou naquela velha cabana de ermitão, de onde não queria sair, apesar de ela ter rogado pragas contra a porta, janela ou nós de madeira, com o punho fechado pintado de âmbar ou dominado seus fogos rituais, explicando-lhe que, com certeza, agora ele era seu filho, sem dúvida.

— Charlie, você *está aí*? — perguntou, abrindo furos nas tábuas da porta com seus olhos pequenos, brilhantes e enganosos.

— Estou aqui — respondeu ele finalmente, muito cansado.

Talvez ele caísse dali de dentro a qualquer momento. Ela lutou mais uma vez com a fechadura, esperançosa. Possivelmente, uma quantidade um pouco excessiva de pó de sapo travara a fechadura. Ela sempre pecava por falta ou por excesso em seus milagres, refletiu, irritada, jamais os fazia *com exatidão*. Com todos os demônios!

— Charlie, eu só quero alguém com quem conversar à noite, alguém com quem aquecer as mãos na lareira. Alguém que apanhe gravetos para mim pela manhã e que apague as fagulhas que saltam das primeiras ervas queimadas! Não estou usando de nenhuma artimanha com você, filho, só desejo a sua companhia. — Estalou os lábios. — Vou lhe dizer uma coisa, Charles, saia daí e lhe *ensinarei* umas coisas!

— Que coisas? — perguntou ele, com desconfiança.

— Como comprar barato e vender caro. Pegue uma doninha, corte a cabeça dela e carregue-a no bolso traseiro. Pronto!

— Horrível — disse Charlie.

Ela se apressou.

— Vou lhe ensinar como se tornar à prova de balas, assim, se alguém atirar em você, nada lhe acontecerá. — Como Charlie se mantivesse em silêncio, ela lhe transmitiu o segredo em um sussurro alvoroçado. — Cave e costure uma orelha de rato na sexta-feira, durante a lua cheia, e use-a em torno do pescoço em um pedaço de seda branca.

— Você está *maluca* — respondeu Charlie.

— Ensino como fazer parar de sangrar, com que os animais não se mexam, ou cavalos cegos voltem a ver, todas essas coisas eu lhe ensinarei! Ensinarei como curar uma vaca inchada e desencantar um bode. Mostrarei como se tornar invisível!

— Oh! — respondeu Charlie.

O coração da Velha Senhora batia como um pandeiro do Exército da Salvação. A maçaneta girou do outro lado.

— Você — disse Charlie — está zombando de mim.

— Não, não estou — exclamou a Velha Senhora. — Oh, Charlie, ora, farei com que você seja como uma janela, que se possa ver através de você. Nossa, criança, você ficará surpreso!

— Invisível de verdade?

— Invisível de verdade!

— E não vai tentar me agarrar se eu sair?

— Não tocarei um fio de seus cabelos, filho.

— Bem — falou ele, com relutância, arrastando as palavras —, está certo.

A porta se abriu. Charlie ficou ali, descalço, cabeça baixa, queixo contra o peito.

— Torne-me invisível — disse.

— Primeiro, temos de pegar um morcego — respondeu a Velha Senhora. — Comece a procurar!

Ela lhe deu um pedaço de carne-seca para matar a fome e o ficou observando, enquanto ele subia em uma árvore. Subia cada vez mais alto e era bom tê-lo ali, depois de todos aqueles anos sozinha, sem ninguém para dizer bom-dia, a não ser excrementos de passarinho e trilhas prateadas de lesmas.

Em poucos instantes, um morcego com a asa quebrada descia flutuando, vindo da árvore. A Velha Senhora o agarrou, debatendo-se excitado e guinchando, entre seus dentes brancos como porcelana, e Charlie desceu atrás dele, agarrando-se firmemente com as mãos, berrando.

Naquela noite, com a lua beliscando os pontos mais elevados dos pinheiros, a Velha Senhora retirou uma longa agulha de prata de debaixo da sua ampla roupa azul. Ruminando sua excitação e secreta antecipação, ela observou o morcego morto e segurou a fria agulha com toda a firmeza.

Há muito tempo, ela compreendera que seus milagres, apesar de todas as transpirações, sais e enxofres, estavam falhando. Mas sempre sonhou que algum dia os milagres começariam a funcionar, desabrochariam em flores carmesins e estrelas prateadas, para provar que Deus a perdoara por seu corpo rosado e pensamentos rosados e seu corpo quente e seus pensamentos quentes de jovem senhorita. Contudo, até aquele momento Deus ainda não se havia manifestado e não lhe dissera uma só palavra, mas ninguém sabia disso, exceto a Velha Senhora.

– Pronto? – ela perguntou a Charlie, agachado, joelhos cruzados, pernas envolvidas pelos longos braços cheios de espinhas, boca aberta, dentes à mostra.

– Pronto – sussurrou, tremendo.

– Pronto! – ela enfiou a agulha profundamente no olho direito do morcego. – Assim!

– Oh! – gritou Charlie, escondendo o rosto.

– Agora, embrulho o feitiço em tecido de algodão e aqui está, ponha-o no bolso, guarde-o lá, morcego e tudo. Vamos!

Ele guardou o feitiço no bolso.

— Charlie! — ela gritou medrosamente. — Charlie, onde você está? Não consigo *vê-lo*, criança!

— Aqui! — Ele pulou, de modo que a luz percorreu seu corpo em faixas vermelhas. — Estou aqui, Velha Senhora! — Ele olhava freneticamente para os braços, as pernas, o tronco e os dedos dos pés. — Estou aqui!

Os olhos dela pareciam estar vendo milhares de vaga-lumes cruzando uns com os outros no agitado ar noturno.

— Charlie, oh, você foi *depressa*! Tão rápido quanto um beija-flor! Oh, Charlie, *volte* para mim!

— Mas eu estou *aqui*! — reclamou ele.

— Onde?

— Perto da lareira, da lareira! E eu consigo me ver, não estou invisível, de forma alguma!

A Velha Senhora se agitou em seus quadris curvados.

— Claro que *você* consegue *se ver*! Todas as pessoas invisíveis se vêem. Caso contrário, como poderiam comer, andar ou ir a lugares? Charlie, toque-me. Toque-me, assim *sentirei* você.

Meio receoso, ele estendeu uma das mãos.

Ela fingiu estremecer, alarmada, ao toque.

— *Ah*!

— Quer dizer que não consegue *me encontrar*? De verdade? — perguntou ele.

— Nem o menor pedacinho de você!

Ela encontrou uma árvore na qual fixou o olhar. Olhou para lá com olhos brilhantes, cuidando para não se virar na direção dele.

— Puxa, consegui *mesmo* fazer uma magia *dessa vez*! — Suspirou com admiração. — Iuhu! A invisibilidade mais rápida que *já* fiz! Charlie, Charlie, como se *sente*?

— Como água de riacho. Todo agitado.

— Isso passará.

Então, depois de uma pausa, acrescentou: — Bem, e o que você vai fazer agora, Charlie, uma vez que está invisível?

Todos os tipos de coisas dispararam pela cabeça dele, ela podia imaginar. Aventureiros levantaram-se e dançaram como fogo do inferno em seus olhos e a boca, caída, falou o que significava ser um menino que se imaginava como os ventos das montanhas.

— Vou passar correndo pelos campos de trigo, subir em montanhas de neve, roubar galinhas brancas das fazendas. Vou chutar porcos rosados, quando não estiverem olhando. Beliscarei as pernas de meninas bonitas, quando elas estiverem dormindo, vou esticar as suas ligas nas salas de aula.

Charlie olhou para a Velha Senhora, e pelos brilhantes cantos dos olhos ela viu algo de perverso naquele rosto.

— E farei outras coisas, farei sim, farei — disse ele.

— Não tente nada comigo — avisou a Velha Senhora. — Sou delicada como gelo de primavera e não suporto toques. Outra coisa: e quanto a seus pais?

— Meus pais?

— Não pode voltar para casa desse jeito. Vai deixá-los aterrorizados. Sua mãe vai desmaiar como uma árvore abatida. Acha que eles o querem em casa para tropeçar em você e sua mãe ter de chamá-lo de três em três minutos, mesmo que você esteja no mesmo aposento, perto do cotovelo dela?

Charlie não havia pensado naquilo. Ele como que se acalmou, sussurrou um "Puxa vida!" e apalpou cuidadosamente seus longos ossos.

— Você se sentirá profundamente solitário. Pessoas olhando através de você do mesmo jeito que através de um copo de água, pessoas empurrando-o para o lado, porque não conseguem imaginar que você está no caminho. E mulheres, Charlie, *mulheres...*

Ele engoliu em seco.

— O que tem as mulheres?

— Nenhuma mulher olhará para você uma segunda vez. E nenhuma mulher quer ser beijada pela boca de um rapaz que nem mesmo consegue *sentir*!

Charlie enterrou pensativamente o dedo do pé descalço na terra. Fez beiço.

— Bem, continuarei invisível de qualquer maneira, por causa de um feitiço. Vou me divertir um pouco. Só preciso ter muito cuidado, é tudo. Evitarei ficar em frente de carroças, de cavalos e de meu pai. Papai atira ao menor ruído. — Charlie piscou. — Puxa, comigo invisível, algum dia ele poderá me encher de chumbo grosso, pensando que sou um esquilo no pátio perto da porta de entrada. Oh...

A Velha Senhora concordou com um movimento de cabeça para a árvore.

— É provável.

— Bem — decidiu ele lentamente — continuarei invisível por esta noite e amanhã você poderá fazer com que eu volte ao normal de novo, Velha Senhora.

— Esse parece ser o eterno insatisfeito, sempre querendo ser o que não pode ser — comentou a Velha Senhora com uma abelha em um cepo.

— O que quer dizer com isso? — perguntou Charlie.

— Ora — explicou — foi um trabalho realmente de difícil preparação. Vai levar um pouco de *tempo* para desbotar. Como uma camada de tinta desbota, garoto.

— Você! — gritou ele. — Você fez isso! Agora me traga de volta, torne-me visível!

— Fique quieto — ordenou ela. — Isso vai sumir, uma das mãos ou um pé de cada vez.

— Como será quando eu andar pelas colinas com apenas uma das mãos aparecendo?

— Como um passarinho com cinco asas pulando nas pedras e arbustos.
— Ou um pé aparecendo!
— Como um pequeno coelho cor-de-rosa pulando no mato.
— Ou minha cabeça flutuando!
— Como um balão cabeludo no carnaval!
— Quanto tempo até eu voltar *todo* — perguntou ele.
Ela considerou que poderia muito bem demorar um ano inteiro.
Ele suspirou. Começou a soluçar e morder os lábios e cerrar os punhos.
— Você me enfeitiçou, você fez isso, você fez essa coisa comigo. Agora, não poderei ir para minha casa!
Ela fechou e abriu rapidamente os olhos.
— Mas você pode *ficar* aqui, criança, ficar comigo de verdade, com todo o conforto, e eu o manterei bem-alimentado e saudável.
— Você fez isso de propósito — respondeu rispidamente —, sua bruxa velha! Você quer é me prender aqui! — E saiu em disparada pelos arbustos.
— Charlie, volte!
Nenhuma resposta se ouviu, a não ser o ruído de seus passos na relva escura e macia e seu choro sufocante que rapidamente se desvaneceu.
Ela esperou e depois acendeu uma pequena fogueira.
— Ele voltará — sussurrou. E pensando consigo mesma, disse: — Agora, terei companhia por toda a primavera e até o final do verão. Então, quando me cansar dele e quiser silêncio, mando-o de volta para casa.

Charlie voltou silenciosamente ao cinzento raiar do dia, deslizando por cima da orla relvada até onde a Velha Senhora se encontrava esparramada como uma vareta descorada diante de cinzas dispersas.

Sentou-se sobre uma das pedras do riacho e ficou olhando para ela.

Ela não se atreveu a olhar naquela direção ou mais além. Ele não fizera qualquer barulho. Então, como ela poderia saber que ele estava por ali? De forma alguma.

Ele ficou ali sentado, com as marcas das lágrimas no rosto.

Fingindo estar acordando, embora não tivesse pregado olho durante a noite toda, a Velha Senhora se levantou, resmungando e bocejando, fez um giro completo, observando o cenário da manhã.

– Charlie? – Seus olhos passaram dos pinheiros ao chão, ao céu, às colinas distantes. Pronunciou inúmeras vezes o nome dele e sentiu como se o seu olhar estivesse exatamente sobre ele, mas parou. – Charlie? Oh, Charlie! – gritou e ouviu os ecos repetindo exatamente a mesma coisa.

Sentado, ele começou a sorrir ironicamente, repentinamente se conscientizando de que, apesar de sua presença ali perto, ela se sentia sozinha. Talvez ele estivesse sentindo o desabrochar de um poder secreto, talvez se sentisse seguro do mundo, com certeza estava *satisfeito* com a sua invisibilidade.

Ela exclamou em voz alta:

– Onde aquele garoto *pode* estar? Se pelo menos fizesse um leve ruído apenas, eu seria capaz de dizer onde ele está e, talvez, o fritasse como café da manhã.

Preparou as refeições da manhã, irritada com o contínuo silêncio dele. Fritou toicinho defumado em uma vareta de nogueira.

– Este cheiro chamará a atenção do nariz de Charlie – murmurou.

Enquanto ela estava de costas, o menino furtou todo o toicinho, devorando-o com prazer.

Ela se virou rapidamente, berrando:

— Meu Deus! — Examinou a clareira, desconfiada. — Charlie, é *você?*

Charlie limpou os lábios com os punhos.

Ela andou rapidamente até a clareira, como se estivesse tentando localizá-lo. Finalmente, agindo com esperteza, fingindo-se de cega, dirigiu-se diretamente na direção dele, tateando o ar.

— Charlie, onde *está* você?

Rápido como um raio, ele escapou, movendo-se, com um meneio do corpo.

Ela precisou usar de toda a sua força de vontade para não persegui-lo, pois não se pode perseguir meninos invisíveis, de modo que se sentou, olhar carrancudo, falando apressadamente, e tentou fritar mais toicinho. A cada tira fresca que cortava, ele roubava, ainda chiando do fogo, e corria para longe. Finalmente, com o rosto ardendo, gritou:

— Eu sei onde você *está!* Está bem *aí!* Estou ouvindo você correr! — Apontou para um dos lados dele, sem muita precisão. Ele correu de novo. — Agora você está ali! — exclamou. — Ali e ali! — disse, apontando para todos os lugares em que ele estivera naqueles cinco minutos. — Ouço quando você esmaga uma folha de grama, bate em uma flor, quebra um ramo. Tenho ouvidos muito sutis, delicados como rosas. Conseguem até ouvir o movimento das estrelas!

Silenciosamente, ele correu entre os pinheiros, a voz respondendo:

— Não consegue me ouvir quando estou sentado em uma rocha. Vou me *sentar!*

Durante todo o dia, ele ficou sentado sobre uma rocha, como em um observatório, ao vento, imóvel, sugando a língua.

A Velha Senhora catou lenha nos recônditos do bosque, sentindo os olhos do garoto fixos na nuca. Desejava poder balbuciar: "Oh, consigo vê-lo, consigo vê-lo! Você está bem aí! Estava apenas brincando sobre essa história de garotos invisíveis!" Porém, engoliu em seco, mantendo-se calada.

Na manhã seguinte, ele fez coisas odiosas. Começou a pular por trás das árvores. Fez caretas, cara de sapo, cara de aranha, espremeu os lábios com os dedos, esbugalhou os olhos, puxou as narinas para cima, para que se pudesse olhar lá dentro e ver o cérebro pensando.

A Velha Senhora fingiu ter-se assustado com um gaio e caiu de joelhos.

Ele se moveu como que para estrangulá-la.

Ela tremeu um pouco.

Ele se movimentou de novo, como se fosse dar-lhe uma canelada e cuspir no rosto dela.

Ela acompanhou todos aqueles movimentos sem um piscar de olhos ou mover de lábios.

Ele mostrou a língua, fazendo ruídos estranhos, desagradáveis. Abanou as orelhas, e, então, ela sentiu vontade de rir e, finalmente, riu mesmo, mas sem demora lançou ao ar a explicação, dizendo:

— Sentei sobre uma salamandra! Puxa, como ela se mexe!

Lá pelo meio-dia toda a loucura atingiu um pico terrível, pois, naquela hora exata, Charlie desceu o vale correndo, totalmente despido!

A Velha Senhora quase desmaiou com o susto! Charlie! Quase gritou.

Charlie subiu correndo, nu, por um lado da colina e desceu, nu, pelo outro, despido como o dia, despido como a lua, pelado como o sol ou um pinto recém-nascido, os pés pouco visíveis movendo-se freneticamente como as asas de um apressado beija-flor.

A Velha Senhora ficou com a língua travada na boca. O que poderia dizer? Charlie vista-se! Que *vergonha!* Pare com isso!

Seria capaz? Oh, Charlie, Charlie, Deus! O que poderia dizer naquele momento? *Ótimo!*

Lá em cima, sobre a grande rocha, ela testemunhou os pulos de sua dança, para cima e para baixo, nu como no dia do seu nascimento, batendo com as mãos nos joelhos, contraindo e distendendo o branco abdômen, como se estivesse enchendo e esvaziando um balão.

Fechou fortemente os olhos e rezou. Três horas depois, ela suplicou:

— Charlie, Charlie, venha cá! Há algo que preciso lhe *contar!* Ele veio, como uma folha caída, novamente vestido, graças a Deus. — Charlie — começou ela, olhando para os pinheiros —, estou vendo o dedão de seu pé direito. Está *ali.*

— Consegue ver mesmo? — perguntou.

— Sim — ela confirmou melancolicamente. — Está ali, como um sapo caloso na grama. E lá, bem ali, também está a sua orelha esquerda flutuando no ar como uma borboleta rosada.

Charlie começou a dançar.

— Estou voltando, estou voltando!

A Velha Senhora confirmou, com um movimento de cabeça.

— E lá vem o tornozelo!

— Devolva-me meus dois pés! — ordenou Charlie.

— Você já os tem.

— E quanto a minhas mãos?

— Vejo uma delas rastejando pelo seu joelho, como um pernilongo.

— E a outra?

— Também está se mexendo.

— Tenho corpo?

— Voltando muito bem à forma.

— Preciso de minha cabeça para voltar para casa, Velha Senhora.

Voltar para casa, pensou ela, esgotada.

— Não! — disse, teimosa e irritada. — Não, você não tem cabeça. Nenhuma cabeça — gritou. Deixou aquela parte por último. — Nenhuma cabeça, nenhuma cabeça — insistiu.

— Nenhuma cabeça? — ele choramingou.

— Sim, oh, meu Deus, sim, sim, sua maldita cabeça voltou! — falou com rispidez, desistindo. — Agora, devolva-me o morcego com a agulha no olho.

Ele o jogou para ela.

— Haaaa-yoooo! — o urro dele percorreu todo o vale, e, muito tempo depois de ele ter corrido de volta para casa, ela ainda ouvia seus ecos.

Então, ela juntou os gravetos, profundamente exausta, e voltou para a cabana, suspirando, conversando. Charlie seguiu-a por todo o caminho, agora *realmente* invisível, de modo que não podia ser visto, apenas ouvido, como um cone de pinheiro caindo, o fluxo de um profundo rio subterrâneo ou um esquilo trepando em um galho. Perto da fogueira ao crepúsculo, sentavam-se ela e Charlie, tão invisível, que não podia comer o toicinho que lhe era oferecido, de maneira que ela mesma o comeu. Depois, ela preparou alguns feitiços e adormeceu com Charlie, feito de varetas, trapos e seixos, mas ainda morno, seu verdadeiro filho, descansando, tranqüilo, em seus braços maternos, acalentadores... e conversaram sobre coisas douradas com vozes sonolentas, até que a alvorada fez o fogo definhar, lentamente, lentamente...

* * *

RAY BRADBURY escreveu algumas das mais imaginativas histórias de fantasia sobre a infância, muitas delas baseadas em sua própria criação na zona rural no meio-oeste norte-americano. Embora, em 1934, tenha sido levado com a família para Los Angeles, ele jamais esqueceu as alegrias da infância, e o personagem central em muitas de suas histórias é um menino chamado Douglas, bastante parecido com o próprio autor. Uma das primeiras grandes criações de Bradbury foi uma série de histórias sobre uma família composta por seres sobrenaturais que viviam juntos em um lar comum. Outro livro seu reuniu muitas histórias de Douglas, seguido por um aterrorizante romance do futuro, vaticinando uma época em que todos os livros seriam queimados para evitar a circulação de idéias, e um suspense sobrenatural, no qual dois adolescentes ficam presos nas barracas de um parque de diversões.

MEU NOME É DOLLY

William F. Nolan

Muito embora os mago_ de um modo geral, não utilizem sua magia para prejudicar as pessoas, eles têm sido sempre rápidos em agir a favor de crianças vítimas de maus-tratos. Alguns, talvez, tragam consigo recordações de suas próprias infâncias e dos rigores que tiveram de passar para se tornar magos. Adotados e filhos de mãe solteira, em particular, sofreram nas mãos de novos adultos que entraram em suas vidas. Veja Harry Potter, por exemplo, tendo sido criado pelo tio Válter e pela tia Petúnia que sempre lhe infligiram tempos difíceis desde a morte dos pais de Harry. Tio Válter é uma personagem bastante repulsiva mas, talvez, não tão detestável quanto o senhor Brubaker, personagem da próxima história. Ele literalmente aterroriza a órfã Dorothy. Ruiva e sardenta, Dolly, como é conhecida pelos amigos, foi adotada pelos Brubakers. Durante algum tempo, enquanto a senhora Brubaker era viva, as coisas iam bem, porém, após a súbita morte dela o velho começou a tratar Dolly de forma realmente desagradável. Então, Dorothy vai visitar a velha Meg, uma bruxa que mora num barco-casa, na esperança de que ela lance um feitiço no malvado senhor Brubaker. Para sua surpresa, o que lhe é dado para ajudá-la é uma boneca, uma réplica de sua própria imagem...

* * *

SEGUNDA-FEIRA – Hoje me encontrei com a bruxa, o que é um bom ponto para começar este diário (tive de procurar como se escreve isso. Primeiro, escrevi diária, mas isso é o que se paga por dia a alguém por algum serviço, e aqui o pagamento será com sangue, o que é bem diferente.).

Deixe-me contar-lhe sobre Meg. Ela talvez tenha uns mil anos (uma bruxa pode viver para sempre, certo?). Ela é retorcida como a casca de um carvalho, quero dizer, sua pele, e tem olhos realmente grandes. É como olhar para o interior de profundas e escuras cavernas sem saber o que existe por lá. Seu nariz é curvo e ela tem dentes afiados como os de um gato. Quando sorri, alguns estão faltando. Seu cabelo é rebelde e embolado, e ela cheira mal. Acho que não toma banho há muito tempo. Usa um vestido preto comprido, um pouquinho esburacado. Provavelmente, pelos ratos. Ela mora em um velho e abandonado barco-casa, que não é mais usado no lago, cheio de teias de aranha e de gordos ratos cinza. A velha Meg parece não se importar com isso.

Meu nome é Dolly. Abreviação de Dorothy, como no livro *O mágico de Oz*. Ninguém nunca me chama de Dorothy. Ainda sou uma criança, não muito alta, sou ruiva e tenho sardas! (Para falar a verdade, *odeio* sardas! Quando era muito pequena, tentei esfregá-las até desaparecerem, mas não consegui. Estão cravadas como acontece com as tatuagens.)

A razão pela qual fui ao lago visitar a velha Meg foi o ódio que sinto por meu pai. Bem, ele não é realmente meu pai, pois fui adotada e não conheço o meu verdadeiro pai. Talvez ele seja um bom homem, bem diferente do senhor Brubaker, que me adotou. A senhora Brubaker morreu de uma gripe, no inverno passado, e foi quando o senhor Brubaker começou a me molestar (eu procurei a palavra molestar e é exatamente a correta para o que ele está sempre tentando fazer comigo).

Quando não permito, ele fica realmente furioso e me bate. Corro para fora de casa, até ele ficar calmo novamente. Então, ele se torna muito amável e me oferece biscoitos com pedaços de chocolate, que são os meus favoritos. Ele quer que eu goste dele, de forma que possa me molestar depois. Na semana passada, ouvi falar da bruxa que vive junto ao lago. Uma amiga na escola me falou dela. Algumas crianças costumavam ir até lá e atirar pedras nela, até que ela lançou um feitiço em Lucy Akins. Lucy fugiu e ninguém mais a viu desde então. Provavelmente, está morta. Agora os garotos deixam a velha Meg em paz. Pensei que talvez Meg pudesse lançar um feitiço sobre o senhor Brubaker por cinco dólares (economizei essa quantia). Foi por isso que fui vê-la. Ela disse que não era possível, porque não podia lançar feitiços em pessoas a menos que pudesse vê-las de perto e olhar em seus olhos como fizera com Lucy Akins.

O lago é escuro e fétido, e grandes bolhas de gás emergem dele. O barco-casa é frio e úmido, e os ratos me assustaram, mas a velha Meg era a única forma que eu conhecia de me vingar do senhor Brubaker. Ela guardou meus cinco dólares e me disse que em poucos dias iria à cidade e que procuraria alguma coisa para ser usada contra o senhor Brubaker. Prometi retornar na sexta-feira, após o horário da escola.

Teremos o sangue dele, prometeu-me.

SEXTA-FEIRA, À NOITE – Fui ver a velha Meg novamente e ela me entregou uma boneca para levar para casa. A boneca era realmente grande, tão alta quanto eu, com sardas e cabelo ruivo como o meu. Ela tem um bonito vestido rosa e pequenos chinelos pretos com laços vermelhos. Seus olhos abrem e fecham e, nas costas, ela possui uma grande chave de metal para dar corda. Quando a giramos, ela abre seus grandes e escuros olhos e diz: *Alô, meu nome é Dolly*. Igual ao meu. Perguntei a Meg onde ela havia encontrado Dolly e ela respondeu que tinha sido na loja de brinquedos do senhor Carter. Engraçado é que eu já estive lá muitas vezes e nunca vi uma boneca como essa por cinco dólares. "Leve-a para casa", disse Meg, "e ela será sua amiga." Eu estava realmente animada e saí correndo, puxando Dolly atrás de mim. Ela tem uma caixa com rodas; então, coloca-se a boneca lá dentro e puxa-se pela calçada.

Ela é grande demais para ser carregada.

SEGUNDA-FEIRA – O senhor Brubaker não gosta de Dolly. Diz que ela é uma estranha maldição. Estas foram as palavras dele: estranha maldição. Ela é a minha nova amiga e eu não me importo com o que ele diz a respeito dela. Ele não me deixou levá-la para a escola.

SÁBADO – Hoje, levei um pouco do cabelo do senhor Brubaker para a velha Meg. Ela me pediu que cortasse um pouquinho, à noite, enquanto ele dormia. Foi difícil cortar sem o acordar, mas consegui um pouco e dei a ela. Quis que eu levasse Dolly e eu a levei. Meg disse que Dolly seria a sua agente. Esta é a palavra: agente (tento usar todas as palavras da forma certa).

Dolly abriu seus profundos olhos escuros e viu o senhor Brubaker. A velha Meg disse que era tudo de que precisava. Ela enrolou dois fios de cabelo do senhor Brubaker em volta da grande chave de metal nas costas de Dolly e disse para eu não dar corda até domingo à tarde, quando o senhor Brubaker estaria em casa assistindo à programação de esportes. Ele sempre faz isso aos domingos. Então, eu disse: ok!

DOMINGO À NOITE – Essa tarde, como sempre, o senhor Brubaker estava assistindo a um jogo na televisão. Coloquei Dolly bem em frente a ele e fiz exatamente o que a velha Meg pediu para fazer. Dei corda, depois tirei a grande chave das costas da boneca e a coloquei em sua mão direita. A chave era comprida e afiada. Dolly abriu os olhos e disse: *Alô, meu nome é Dolly* e, em seguida, cravou a chave no peito do senhor Brubaker. Havia muito sangue (eu disse a você que haveria).

O senhor Brubaker pegou Dolly e atirou-a no fogo em frente. Quero dizer, foi assim que ela caiu, de frente, na beira do fogo (é inverno agora e realmente faz frio em casa sem fogo). Depois que fez isso, ele caiu e não levantou mais. Estava morto, e, então, chamei o doutor Thompson.

A polícia veio com o doutor Thompson e resgatou Dolly do fogo. Então contei a eles o que acontecera. O bonito cabelo ruivo de Dolly estava quase todo queimado. O lado esquerdo de seu rosto sofrera graves queimaduras e a tinta havia descascado e empolado totalmente. Um de seus braços queimou e soltou-se. O vestido rosa estava, agora, da cor de carvão, com grandes buracos produzidos pelo fogo. O policial que a resgatou disse que uma boneca de brinquedo não poderia matar ninguém e que eu é que deveria ter cravado a chave no peito do senhor Brubaker e jogado a culpa em Dolly. Eles me levaram para um lar para crianças más.

Não contei a ninguém sobre a velha Meg.

TERÇA-FEIRA – Muito tempo passou. Agora, meu cabelo está realmente bonito, e meu rosto, quase curado. A senhora que dirige esta casa diz que o lado esquerdo de meu rosto sempre apresentará grandes cicatrizes, mas que eu tive sorte de não perder meu olho esquerdo. Com um braço só, é difícil comer e brincar com as outras crianças, mas está tudo bem, porque ainda posso ouvir os gritos do senhor Brubaker e ver todo o sangue saindo de seu peito, e isso é ótimo.

Gostaria de poder agradecer à velha Meg. Eu me esqueci, mas você deve sempre agradecer às pessoas que lhe fazem bem.

* * *

WILLIAM F. NOLAN é um grande amigo de Ray Bradbury, o autor do conto anterior, e ambos compartilham um interesse no folclore e nas tradições da infância. Ex-ator de comerciais e piloto de corridas de automóveis, Nolan é agora famoso pelo romance *Logan's Run* (1967), sobre um mundo futuro no qual quem quer que atinja a idade de 21 anos é sentenciado à morte para evitar a superpopulação. Essa arrepiante trama na qual dois jovens, um homem e uma mulher, rebelam-se contra a ameaça de morte, fugindo para escapar de seu destino, foi filmada, inspirou uma série de TV e deu origem a duas seqüências: *Logan's World* (1977) e *Logan's Search* (1980). Nolan também escreveu inúmeros contos no gênero da fantasia que, como "Meu nome é Dolly", foram objeto de consideráveis elogios. Essa história foi escolhida pelo "*The Year's Best Fantasy*", em 1988.

ALGO PARA LER

Philip Pullman

A história da magia foi colocada em papel há muitos anos em livros como The Wizard Unvisored, *que mencionei em* O mundo da magia. *No entanto, independentemente de tais volumes, existiram muitos trabalhos de ficção, como* The Necronomicon, *um livro de magia negra, criado por H. P. Lovecraft e mencionado em vários de seus contos.* The Book of Gramarye *evidenciou-se no livro* The Dark is Rising (1973), *de Susan Cooper, e todos aqueles títulos mágicos como* Necrotelecomnicon (*aka* Liber Paginarum Fulvarum), *escrito por Achmed the Mad, que podem ser encontrados entre os 90.000 volumes na biblioteca da Unseen University nos romances* Discworld, *de Terry Pratchett. Também Hogwarts possui uma biblioteca compilada de A-Z com títulos maravilhosos desde* A History of Magic, *de Bathilda Bagshot, até o* Standard Book of Spells (Grade 1), *de Miranda Goshawk,* The Dark Forces: A Guide to Self-Protection, *de Quentin Trimble, e o muito consultado clássico* Magical Theory, *de Adelbert Waffling. Annabel, a menina da próxima história, é obcecada por livros. Só se sente realmente em casa na biblioteca da escola. Na verdade, para ela, livros são mais reais do que pessoas. Quando vai às aulas de dança, todas as suas inclinações dizem-lhe para ler um livro em vez de perder tempo com os meninos. Mas a magia das palavras está para ganhar um novo significado para Annabel, quando ela escapuliu da agitada confusão da pista de dança...*

* * *

Annabel perambulava pelo corredor escuro que leva à biblioteca da escola, tocando levemente o papel de parede. Havia um remendo junto à porta da secretaria, no lugar onde estava rasgado; ela devia deslizar a mão sobre ele sem tocar o reboco descoberto, ou teria de voltar e começar novamente. Um dia foi obrigada a fazer isso nada menos do que quatro vezes e, em conseqüência, chegou atrasada à aula de ciências e teve de limpar os insetos pregados nos alfinetes.

Ela parou no saguão, onde o barulho da discoteca da escola estava mais fraco, e leu todos os avisos pela décima quinta vez, antes de olhar através das portas de vidro. Estava quase escuro Os vestígios do dia produziam no céu uma coloração avermelhada acima dos telhados das casas das redondezas. Mais no alto, flutuavam pequenas e sólidas nuvens cor de limão, manteiga e damasco contra um fundo azul-marinho. Annabel lá permaneceu, olhando, com uma das mãos no vidro, como uma professora vigiando o *playground*.

Repentinamente, percebeu um grupo de meninos em volta de uma motocicleta no portão da escola. Não reconheceu o que estava com capacete, mas os outros pertenciam a sua turma. Abriu a porta e chamou:

— Vocês aí! Deveriam estar aqui dentro!

Eles desviaram o olhar e não responderam, porém o garoto com o capacete disse uma palavra grosseira e os outros riram. Ela balançou a cabeça. Garotos como esses deveriam ser punidos, mas ninguém parecia querer puni-los. Voltou-se e perambulou pela vitrina dos troféus. Nada mudara desde 1973, nenhum nome novo acrescentado às embaçadas taças de prata e às placas. Era uma relíquia dos dias em que aquela era uma escola elementar. Às vezes, Annabel ansiava por voltar àqueles tempos, ser uma aluna, ver seu nome inscrito na placa de Edith Butler por declamação dramática, por exemplo. Mas são tempos idos.

Podia ver seu reflexo no vidro. Ficou de pé um pouco mais ereta e puxou o vestido para baixo, esticando-o. Estava muito curto. Havia dito a eles que estava muito curto. Era verde-escuro com uma gola branca de babados que já estava, pensou, soltando atrás. Por que a haviam obrigado a ir? Seu gosto, eles sabiam, era por música clássica. Nenhum menino quereria dançar com ela, e não tinha nenhum amigo especial para conversar, isto é, supondo-se que fosse possível conversar em meio a uma música tão alta. A experiência seria purgatória, diria ela com veemência.

Pouco depois, saiu do saguão próximo à sala de reunião e tentou a porta da biblioteca. Mesmo sabendo que estaria fechada, sentiu uma onda de amargo desapontamento. Era o único lugar da escola onde se sentia em casa, e estava trancado... E o pior: lá estava o último romance de Iris Murdoch na prateleira de novas aquisições. Annabel havia lido todos os outros; às vezes, sentia como se Iris Murdoch escrevesse para ela. Ansiava por colocar suas mãos nesse novo volume, mas o direito à escolha era dos alunos avançados. Como se quisessem lê-lo! Ela podia vê-lo daqui, torturantemente perto.

Annabel lia muito, como se fosse uma doença. Quando não tinha um livro por perto, seus olhos tremulavam, impacientes, procurando algo impresso ao redor e, quando encontravam, dirigia-se àquilo com a mente intensamente concentrada, como um viciado em drogas se dirige ao letal pó branco. Sempre leu: era essa a medida de sua vida. Quando tinha cinco anos, leu

Dr. Seuss; aos sete passou para Dick King-Smith e Helen Cresswell; aos 10, estava lendo Diana Wynne-Jones e Susan Cooper; e agora, aos 14, lia livros para adultos. Lia? Devorava, melhor dizendo, como aqueles estranhos peixes de águas profundas, com uma boca enorme que arrasta um corpinho pequeno como uma tira.

Qualquer um que a observasse pensaria que, na verdade, desejava consumir os livros fisicamente. Tinha um prazer particular, exultante e feroz, em abrir um livro novo, ouvir o estalido da encadernação, cheirar o papel, folhear as páginas, tirar lentamente a sobrecapa. Enquanto lia, suas mãos nunca estavam paradas: seus dedos moviam-se para trás e para a frente, sentindo a suavidade do papel, e exploravam também os mistérios da cavidade da lombada. Brochuras eram boas, mas quebravam facilmente. Cobiçava livros de capa dura.

Sim, ela era diferente dos outros, mas o que importava? Os outros eram sombras. Os livros é que eram reais. Os pais tinham a idéia fixa de que ela deveria sair mais, para fazer amigos e conversar com as pessoas; por isso fizeram com que ela fosse à discoteca com a finalidade de promover seu desenvolvimento social. E lá estava ela, zanzando pela escola vazia, enquanto a horrível música martelava ao fundo. Se ao menos tivesse um livro, poderia sentar-se sossegada em algum lugar e ler. Se tivesse um livro não atrapalharia ninguém. Não incomodaria ninguém. Por que a aborrecem com suas discotecas e desenvolvimento social? Quem precisa de desenvolvimento social quando se tem algo para ler? Seria bem-feito para eles, se ela se matasse e os assombrasse. Se fosse um fantasma, poderia ler o quanto quisesse.

Alguém correu gritando pelo corredor, Annabel suspirou. Então, franziu os lábios em sinal de pesar e balançou a cabeça. Avistou a própria imagem refletida na porta da biblioteca e tentou repetir a expressão, mas não havia luminosidade bastante para ver com clareza.

Que horas seriam? Olhou de perto o relógio de ouro em seu magro pulso. Era um objeto de família, pertencera a sua tia-avó, que publicara um livro sobre as reminiscências de sua vida na África Oriental. Annabel orgulhava-se muito dele. Sob a fraca luz que vinha do final do corredor, pôde ver que ele mostrava 8h30min. Isso queria dizer – ela contou nos dedos – 8h41min, pois o havia acertado exatamente às seis e ele atrasava um minuto a cada quinze. Séculos até a discoteca terminar. Onde mais poderia ir? Tudo estava trancado. Suspirando, tocou novamente a porta da biblioteca e, como não havia nada mais a fazer, dirigiu-se para o ginásio, onde acontecia a festa. O barulho da música, se é que pode ser chamada de música, soava brutalmente, conforme se aproximava. Respirou profundamente, empurrou a porta do ginásio e entrou.

O barulho era estarrecedor, assim como o calor. Luzes coloridas piscavam ao ritmo da música, mas à exceção delas, todo o lugar estava escuro. Parecia um subúrbio do inferno, pensou Annabel, habitado por espíritos selvagens que pulavam para cima e para baixo. Tinha de ser o inferno. Observou ao redor resignadamente. Lá estava o professor de educação física, senhor Carter, dançando energicamente ou fazendo *street dancing*; como supunha que chamavam essa dança. E não era a senhorita Andrews lá adiante? Ela usava um vestido bastante revelador e muito mais maquiagem do que o normal; contudo, era a professora de inglês. Annabel dirigiu-se a ela automaticamente.

– Oi, Annabel! – gritou a senhorita Andrews. – Não pensei que viesse.

Annabel fez uma careta e disse:

– Isso é como o segundo livro do *Paraíso Perdido*.

– O quê? Não consigo ouvir!

— Eu disse que isso é como o segundo livro do *Paraíso Perdido*!
— É? Por que não está dançando?

Annabel encolheu os ombros, desanimada. Achava que a professora talvez não a tivesse ouvido corretamente. Então, um dos garotos mais velhos deu umas batidinhas no ombro da senhorita Andrews e fez um movimento com a cabeça em direção à pista de dança. Ela sacudiu a cabeça afirmativamente e juntou-se a ele. Annabel sentiu-se traída.

Alguém gritou em seu ouvido, causando-lhe um sobressalto:
— Quer dançar? — e o grito se repetiu.

Ela se voltou e olhou. Era um garoto de sua turma chamado Tim; bastante decente, medíocre, levemente rechonchudo e que não lia muito.

Por que a estaria convidando para dançar? Estaria querendo ridicularizá-la? Não poderia haver outra razão.

Torceu o lábio e respondeu:
— Para quê?

Ele ficou perplexo. Permaneceu ali, olhando desconcertado.
— Bem... só achei que poderia perguntar — respondeu. — Só isso.
— Ah, só isso. Entendi. Acha que eu gostaria de dançar com você? Tocá-lo, quem sabe? Retorcendo e contorcendo-me e grunhindo? Acha que eu gostaria de parecer aquelas pessoas? Não, obrigada. Prefiro morrer.

Ele ficou sem resposta. Finalmente, piscou os olhos e afastou-se. Ela deveria ter-se sentido triunfante, mas outra coisa veio a sua mente, fazendo com que se entusiasmasse com censurável prazer.

Ela se lembrou de onde havia deixado um livro!

Não era um romance. Na verdade, era um manual sobre como colecionar e polir pedras semipreciosas, mas era algo para ler. Ela havia pegado na biblioteca, na terça-feira à tarde, antes dos jogos, e colocado em sua mochila de educação física, que ainda estava pendurada no cabide. Saiu imediatamente do ginásio, respirando rápido, e dirigiu-se ao vestiário.

Estava escuro, mas encontrou o cabide facilmente. Remexeu a toalha que cheirava a umidade e os pegajosos tênis até que os dedos encontraram a preciosa lombada do livro. Ela o puxou e o apertou contra o peito. E agora, onde poderia sentar e ler sem ser perturbada?

O luar lá fora era seguramente claro o bastante para ler. E não estava frio. Poderia ir para a piscina, ninguém teria mesmo vontade de ir para lá.

Agarrando o livro, correu pelos corredores em direção à porta da frente e escapou quieta como uma sombra pela parte lateral da escola. Havia uma cerca viva em volta da piscina e uma luz alta na parede da escola, caso a luz da lua não fosse suficiente. Era perfeito. Até mesmo a cerca viva parecia ótima: como um labirinto num jardim, com uma piscina secreta, escondida, banhada pelo majestoso luar, onde poderia sentar e ler para sempre...

Procurou a porta com as mãos, uma peça com dois metros de altura, feita de sólidas e polidas almofadas de cedro, e quase bateu o pé, em total desalento, quando a encontrou trancada. Contudo, estava por demais determinada para desistir. Jogou o livro sobre a porta, o que tornaria impossível retroceder, pulou até a parte superior da porta, agarrou-a, arrastou-se e pulou pesadamente para o outro lado.

Ofegando com prazer, procurou com as mãos o sapato que saíra de seu pé, empurrou para trás o cabelo que estava caído sobre o rosto e levantou-se, com o livro a salvo na mão. Seu vestido estava amarrotado e ela o puxou para baixo distraidamente. Estava sozinha, e a lua brilhava. Tudo estava prateado, à exceção da reluzente e negra água da piscina. Até mesmo a fosca pavimentação em quadrados parecia suave, gasta, como se fossem antigas pedras e não concreto.

E ninguém por ali, só ela! O que era o melhor de tudo.

Volveu lentamente, imaginando um longo vestido de seda esvoaçando livremente conforme se movia. Levantou o braço esquerdo para ver como o relógio de ouro capturava o luar e pensou como o braço parecia esbelto, até gracioso...

Entretanto, estava mais interessada no livro do que nas fantasias a respeito de sua própria aparência. Chutando os sapatos para fora dos pés, sentou-se à beira da piscina e, animada, colocou-os na fria água, observando o reflexo da lua agitando-se como geléia e, pouco a pouco, integrando-se numa só coisa. Assim que o reflexo voltou a ser novamente um todo, ela abriu o livro. Se o segurasse razoavelmente perto, seria possível decifrar as palavras. Olhos bem abertos, cabeça curvada, começou a ler. Após um momento, ouviu um farfalhar na folhagem da cerca viva. A voz de uma menina soava discreta e alguém dava risadinhas.

Annabel ficou completamente imóvel. Estava furiosa: sabia o que estavam planejando. Em vez de responder, curvou-se mais perto do livro e encolheu os ombros. Como se atreviam?

— Annabel! — disse a mesma voz. Vinha de algum lugar próximo. Annabel não tomou conhecimento. Houve uma troca de cochichos e outra risadinha. — Annabel! — insistiu a garota.

Annabel pôs as mãos sobre os ouvidos.

— Ah, deixe-a, Linda — ela ouviu claramente outra voz; de um menino.

— Não! Não quero que ela se intrometa. Ela pode ir para outro lugar.

Annabel reconheceu a voz, tendo já ouvido o nome. Linda era uma menina de sua turma: bonita, popular e quase analfabeta, tanto quanto Annabel poderia dizer. Annabel pressionou mais suas mãos, curvou-se para mais perto, olhou de modo penetrante o livro, mais atentamente do que nunca.

A folhagem da cerca viva farfalhou novamente e as duas figuras apareceram, o garoto com mais relutância do que a menina. Linda passou da grama para a borda pavimentada da piscina e dirigiu-se a Annabel, parando a mais ou menos um metro de distância.

Annabel fingiu não perceber.

— Annabel, desaparece — disse a garota. — Vai pra outro lugar. Nós *estava* aqui antes.

Annabel não pôde resistir.

— Nós estávamos aqui antes — corrigiu. — Estou surpresa por ouvi-la ainda cometendo esse erro. Em todo caso, estou ocupada lendo. Nem posso imaginar que esteja interrompendo.

— Ah, não se preocupe, Linda — murmurou o menino, e, então, Annabel o reconheceu também. Chamava-se Ian, e ela havia percebido que muitas garotas o achavam atraente. — Ela não vai ouvir. Deixe-a em paz.

— Não, não vou deixar — disse Linda. — Nós viemos aqui pra tratar da nossa vida. Ela só veio para atrapalhar. Ela pode ir e ler seu livro em qualquer lugar, não pode? Por que quer ficar aqui e atrapalhar?

— Não estou atrapalhando — disse Annabel.

— Se eu acho que você está atrapalhando, é porque *está* atrapalhando.

— Pergunto-me se você pensou sobre o que estava fazendo, antes de chegar aqui — disse Annabel. — Se eu fosse você, voltaria para a discoteca e me comportaria. Não sei o que seus pais...

— *Não acredito!* — bufou Linda. Aborrecida, aproximou-se do ombro de Annabel. Annabel podia sentir seu perfume e o cheiro quente de sua carne, e franziu o nariz antes de retornar ao livro.

Ian hesitou, triste. Linda deu uma forte joelhada em Annabel.

— Anda, vai embora! Tudo que quer é ler; então, vai ler em outro lugar! Ninguém chamou você aqui! Some!

Annabel olhou para ela friamente. Os olhos de Linda brilhavam, seu peito movia-se, acompanhando a rápida respiração; a pele de seus braços nus brilhava, lustrosa, sob o luar.

— Certamente não — disse Annabel. — Tenho todo o direito de ficar aqui.

— *Tenho todo o direito de ficar aqui!* — zombou Linda, imitando a voz exata de Annabel.

— Ela não vai sair, Linda — disse Ian.

Annabel não se moveu um centímetro. O reflexo da lua ainda estava intacto sobre a água, as mãos ainda seguravam o livro sobre o colo.

Linda, porém, tinha outros planos. Cutucou novamente Annabel com o joelho, mais forte dessa vez, e o movimento fez com que os pés de Annabel se agitassem na água. As ondulações lentamente se moveram em direção ao reflexo da lua.

— Não suporto você — disse Linda. — Você é uma esnobe.

— Não sou — respondeu Annabel. — Um esnobe é uma pessoa que imita aqueles que estão num nível social superior ao seu. Não é, absolutamente, o que você pensa. Se você procurar no dicionário...

— Por que você não pode falar como todos os outros? Sua vaca estúpida! Vai sair daqui ou não?

— Eu me recuso. Para falar a verdade, se você não voltar para a discoteca imediatamente, eu vou contar...

Antes que pudesse dizer mais alguma coisa, Linda abaixou-se e arrancou-lhe o livro das mãos.

— O que está *fazendo?* — gritou Annabel e começou a se levantar, mas Linda tinha arremessado o livro na piscina. Ele voou como um pássaro ferido, atingiu a água e flutuou silenciosamente a poucos metros da borda.

— Oh! É um livro da *biblioteca!* — disse Annabel furiosamente. — Não é nem *meu!*

Ela se ajoelhou na borda e curvou-se, esticando-se para tentar remar a água em sua direção. Linda virou-se em completa irritação.

— Ian! — gritou Annabel. — Você tem de ajudar! Está longe demais para eu alcançar... Onde eles guardam a vara de bambu? Vá pegar! Rápido!

Ele não se moveu. Annabel inclinou-se um pouco mais para a frente. O livro estava balançando ligeiramente sobre a água e flutuando para mais longe. Ela se levantou, dirigindo-se para Linda num frenesi de raiva e pânico. Agarrou o ombro de Linda e sacudiu-o com força.

— Pegue aquele livro! Vá e tire-o da água! Como ousa tratar uma obra literária dessa forma, sua inculta! Sua analfabeta selvagem!

Linda, alarmada e encolerizada, virou-se e empurrou a mão de Annabel de seu ombro. Então, Annabel a golpeou. O som do tapa ecoou com estrépito acima da água. Perplexa, sem fôlego, Linda perdeu totalmente o controle e tentou revidar, mas Annabel a agarrou pelos cabelos e tentou forçá-la a entrar na piscina. Houve um momento de luta e alguém gritou; então, Annabel perdeu o equilíbrio e, com um grito, caiu na piscina.

E afundou imediatamente. Natação não era um de seus pontos fortes, mas sabia que o corpo humano tendia a flutuar, poderia apenas supor que o vestido verde era o que a estava puxando para baixo.

Tocou o fundo da piscina duas ou três vezes até que começou a subir novamente. Em algum momento, sentiu o livro flutuante com a ponta dos dedos, mas não conseguiu segurá-lo e, então, estava novamente na superfície. A água não estava muito fria.

Abriu os olhos para ver o que considerou divertido: Ian e Linda, ajoelhados lado a lado, olhando atentamente para dentro da água com expressão de culpa. Teve a impressão de que tinha passado mais tempo do que imaginava.

Só então é que ela tomou consciência de que estava morta. Bem, não seria bem-feito para eles?

Não havia dúvida alguma. Saiu da piscina e ficou de pé ao lado deles, arrepiada, pois seu corpo flutuava desajeitadamente. Ian colocou seus braços em torno de Linda; então, mudou de idéia e resolveu estender os braços em direção ao corpo.

— Não foi minha culpa, Ian! — disse Linda. — Você viu! Ela tentou me empurrar... Oh, isso é horrível! O que vamos fazer?

— Ela caiu — respondeu Ian de forma tola. — Você não empurrou... O melhor é eu tirá-la daí, o que você acha? Meu Deus! Olha, é melhor chamar o senhor Carter. Vá e conte a ele enquanto eu... não sei. Rápido, vá!

— Como é que eu vou... — Linda gesticulava impotente à beira da piscina.

— Meu Deus! Eu não sei! Do mesmo jeito que veio! Vá!

Linda correu para a cerca viva, metendo-se cegamente no meio dela, enquanto Ian remava com as mãos na água, tentando fazer com que o corpo de Annabel flutuasse em direção a ele.

— Acho que a vara de bambu está ali, perto da bomba — disse Annabel, mas Ian não tomou conhecimento. — Se você agarrar a barra de minha saia, poderá me puxar mais para perto. Era inútil. Ele não podia ouvi-la de forma alguma. — Acho que ele não vai flutuar por muito tempo — disse Annabel mais alto. — Provavelmente meus pulmões já estão cheios de água, o que aumentará a gravidade específica do corpo. É melhor ser rápido antes que afunde. Não estou em posição de ajudar no momento. E foi inteiramente sua culpa, de vocês dois.

Não era diferente estar morta. Eles ainda não tinham percebido. Sentiu-se desolada, o que também não era novidade. Você pode até ter pensado que seria muito interessante estar morto, ao menos em princípio, mas era pior do que estar vivo. Ela já nem queria muito o livro.

Ian desistiu de tentar trazê-la flutuando para perto dele, e ficou de pé, indeciso, na borda da piscina. Não olhou para o corpo. Annabel achou que ele parecia aterrorizado.

Então ela começou a perceber o que significava. Era como a sensação de voltar a um limbo adormecido. Estava morta. Aniquilada para sempre. Seu futuro havia sido apagado: os livros que iria escrever, sua carreira como escritora... jamais tudo isso se realizaria. Começou a chorar.

Ouviu-se um som de passos apressados e de alguém atrapalhado com o cadeado. Então, o portão se abriu com estrépito. O senhor Carter entrou, afobado, e lançou um olhar para a piscina e para Ian.

— Você não fez *nada?* — perguntou.

Mergulhou direto, espirrando água exatamente onde Annabel estava de pé. Subiu à tona, ofegante, ao lado do corpo e levantou a cabeça dela. Depois, ergueu-a pelas costas, puxando-a para a beira da piscina.

— Vou levantá-la — disse a Ian. — Você a segura e puxa para fora. Role o corpo pela borda. Ande, mexa-se!

Ian apressou-se em fazer o que ele disse. Annabel pairava perto deles, irritada com a sua falta de jeito. Dava a impressão de que faziam aquilo de propósito, para que parecesse ridícula; deixaram o delgado corpo pender deselegantemente pela borda da piscina, jorrando água pelo nariz e pela boca, enquanto o encharcado vestido verde escuro mantinha as pernas juntas. Ian puxou por um braço.

— Pelo amor de Deus, menino, segure direito! — disse o senhor Carter, ofegando de frio. — Você vai deslocar o ombro dela! Levante-a suavemente...

Annabel sentiu as lágrimas novamente. Olhou emocionada para a pobre coisa molhada estatelada no concreto e viu o senhor Carter ajoelhar-se ao lado dela, pegar-lhe a cabeça nas mãos e beijá-la. Começou a soluçar e foi embora. Havia uma multidão se reunindo no portão: bocas abertas, cruéis olhos arregalados. Não podia suportar.

Voltou para a escola e sentou-se no saguão. A música da discoteca ainda soava no ginásio, e era evidente que a maior parte dos jovens não tinha a menor idéia de que algo incomum havia acontecido. Annabel não sabia o que fazer. O que se faz quando se está morto? Aonde se vai?

Sentiu-se amargamente frustrada. Queria explicar de quem era a culpa, mas ninguém ouviria. Ela observava as coisas acontecendo: o senhor Carter carregou o corpo para dentro e o deitou no departamento médico; a senhorita Andrews ligou para os pais; a polícia chegou e depois a ambulância; todas as crianças foram mandadas para casa, à exceção de Ian e Linda; pediram que esperassem na sala do diretor. Annabel não queria ficar perto deles e, então, foi para o departamento médico, para junto de seu corpo.

Nunca fora um corpo atraente e agora estava grotesco. Um olho aberto, o outro meio fechado; a boca aberta e molhada; pernas e braços rígidos e deselegantes, como os de uma marionete. Como ousam deixá-lo desse jeito? Devem ter feito de propósito. Quando ouviu a mãe e o pai chegarem, ela saiu da sala. Seria por demais desagradável.

Então, foi até o ginásio, onde as luzes ainda estavam acesas, e olhou para a mesa de controle da discoteca. Era um equipamento complicado que haviam alugado para aquela noite, com dois toca-discos, um microfone e toda sorte de chaves. Os discos estavam esparramados sobre outra mesa e Annabel foi até lá para ler as etiquetas. Ficou bastante desapontada com a pouca informação que continham, pois tinha a impressão de que capas de disco fossem cobertas de informações. Talvez isso se aplicasse somente aos clássicos.

Finalmente, o diretor chegou e falou com os pais dela. Annabel observou à distância. Ainda não havia elaborado o que deveria fazer. Era um enigma.

Quando todos foram embora, e com bastante desconsideração apagaram as luzes, ela retornou ao saguão. Passou a mão sobre o papel de parede, procurando o remendo sobre a parte rasgada junto à porta da secretaria, mas não pôde senti-lo: por duas vezes não o sentiu e teve de voltar.

Então, percebeu algo realmente muito curioso.

Ela conseguia enfiar a mão através da parede. Sob a fraca luz no vidro em frente ao saguão, parecia que ela estava encostada na parede com um coto de braço. Que esquisito!

Após tentar cautelosamente uma ou duas vezes, aproximou-se um pouco mais e tentou passar através da parede. Sem a menor dificuldade, encontrava-se dentro da secretaria. Estava escuro, mas ainda conseguia ver claramente; talvez nunca seja completamente escuro quando se está morto.

Repetiu diversas vezes. Era realmente extraordinário e, ainda assim, perfeitamente natural. Puxa! Poderia ir a qualquer lugar...

Poderia entrar na biblioteca! Finalmente encontraria algo para ler!

Virou-se e correu alegremente pelo corredor. A biblioteca inteirinha para ela, e ninguém para dizer que fosse para algum outro lugar ou parar de ler ou fazer o dever de casa ou conversar com alguém! Quase que valia a pena estar morta.

Passou pela porta da biblioteca e parou por um momento com um trêmulo suspiro de satisfação, exultante como um gato que dominou um rato. Todos aqueles mundos lá dispostos nas prateleiras, todos dela! Por onde deveria começar?

O novo livro de Iris Murdoch.

Umedecendo os lábios, Annabel caminhou em direção ao livro com voracidade, tentou apanhá-lo, e a mão passou por ele.

Aquilo era constrangedor. Tentou novamente e outra vez não conseguiu. O que havia com ela?

Tremendo, tentou tocar o livro e sua mão passou direto por ele.

Então, subitamente, a verdade tornou-se evidente. Jamais seria capaz de pegá-lo. Jamais seria capaz de abri-lo. Desesperada, tentou outro livro com o mesmo resultado. Correu para outra estante não querendo acreditar no que estava acontecendo. Estante após estante, foi mergulhando os braços, rosto, todo o corpo, na tentativa de encontrar algo sólido na etérea aparência dos livros que a rodeavam. Chegou até a mordê-los, tentando pegá-los desta forma, mas as mãos, dentes e braços não encontravam absolutamente nada, nada além de um espaço vazio. Finalmente, tremendo, permaneceu imóvel, em estado de horror.

Todos os livros no mundo estavam fechados. Centenas, milhares, milhões de livros; todos fechados e assim permaneceriam para todo o sempre. Jamais sentiria aquela arrebatada alegria de segurar um livro, cheirá-lo, deslizar os dedos pelas páginas, apertar o rosto contra ele. Jamais poderia ler...

A menos que ficasse de pé atrás de alguém e lesse sobre seu ombro.

Porém, quando pensou no tipo de livros que escolhiam... e como liam vagarosa e hesitantemente, e o quanto estavam ansiosos para parar de ler e jogar o livro na mesa... às avessas...

Oh, seria *purgatorial*!

Não havia dito isso antes, referindo-se à discoteca? Mas aquilo era pior do que a discoteca. O purgatório era bastante ruim, mas isso era o inferno. E agora sabia exatamente o significado de inferno. Significava ter todos os livros do mundo, para sempre, e nada para ler.

* * *

PHILIP PULLMAN foi professor em três escolas de nível médio em Oxford durante os anos 70 e início dos 80. Nesse período, ganhou uma competição, promovida por uma editora, com seu primeiro romance. Subseqüentemente, escreveu várias histórias populares no gênero da fantasia dirigidas ao público jovem, mas foi com o primeiro volume da série *His Dark Materials*, *Northern Lights*, que adquiriu fama internacional como escritor para todas as idades e foi premiado com o Carnegie Award em 1996. Inspirado no *Paraíso Perdido*, de Milton, o livro apresenta Lyra Silvertongue, de 12 anos de idade, que vive num mundo mágico no qual todo indivíduo possui seu próprio *daemon** que as forças do mal estão sempre tentando afastar por *intercision*.** Os espectros, fantasmas, anjos e bruxas que aparecem nesse livro inovador e retornam no segundo volume, *The Subtle Knife* (1997), são certamente únicos na ficção contemporânea.

---

* *Daemon* é um espírito animal que assume múltiplas formas e acompanha uma criança, dando-lhe conforto.
** *Intercision* é uma operação para separar o *daemon* da criança.

O CENTÉSIMO SONHO DE CAROL ONEIR

Diana Wynne Jones

Todos os magos sentiram orgulho de sua habilidade para prever o futuro, ler os sinais e interpretar sonhos. De todos os magos que foram particularmente bons nesse aspecto, podemos citar Merlin, Michael Scott e Roger Bacon. Na ficção, entre os magos de Discworld que se vangloriam dessas habilidades, incluem-se o Arquiastrônomo de Krull, o jovem Igneous Cutwell e Granny Weatherwax, "A Maior Feiticeira de Discworld". Em Harry Potter e a pedra filosofal, *claro, o professor McGonagall mostra uma surpreendente previsão quando comenta sobre o jovem futuro mago: "Ele será famoso, uma lenda... todas as crianças de nosso mundo saberão seu nome." Um número enorme de pessoas também conhece Carol Oneir, o personagem central desta última história. Ela é incrivelmente inteligente e desde os sete anos tem sido capaz de controlar os próprios sonhos. Aquilo a tornou famosa como a autora de uma infinidade de livros e revistas de histórias em quadrinhos. Então, quando Carol estava prestes a ter seu centésimo sonho... nada acontece. É uma crise que pode significar o fim de sua carreira, mas o pai teve a brilhante idéia de entrar em contato com um dos seus velhos amigos da escola, o mago Chrestomanci. Ele é um mago com nove vidas que vive em mundo bem próximo ao nosso, onde a magia é tão comum quanto a música e o lugar está cheio de pessoas que a praticam, como bruxas, feiticeiras, feiticeiros e magos. Como sua magia é muito mais forte do que a deles, Chrestomanci muitas vezes precisa intervir nos assuntos alheios.*

Sendo assim, quem melhor para resolver o mistério de Carol Oneir ter perdido o poder de sonhar...

* * *

Carol Oneir era a mais jovem e melhor autora de livros de sonhos do mundo. Os jornais a chamavam de Gênio Infantil. Sua fotografia aparecia regularmente em todos os jornais diários e revistas mensais, quer sentada sozinha, com olhar expressivo, em uma poltrona, quer amorosamente recostada em sua mamãe.

A mamãe tinha muito orgulho de Carol. O mesmo se pode dizer de seus editores, Sonhos Mágicos Ltda. Eles comercializavam seu produto em grandes jarros de gênios, pintados de azul brilhante, amarrados com uma fita de cetim cor de cereja, mas também era possível comprar o *Travesseiro de ônibus de Carol Oneir*, rosa choque e em formato de coração, a *Revista de histórias em quadrinhos de Carol Oneir*, a *Fita de chapéu dos sonhos de Carol Oneir*, o *Bracelete amuleto de Carol Oneir* e mais uns 50 subprodutos.

Aos sete anos de idade, Carol descobriu que era uma daquelas pessoas afortunadas com capacidade para controlar o que sonhava e depois soltar o sonho na mente, para que um mago competente pudesse liberá-lo e engarrafá-lo para a satisfação de outras pessoas. Carol adorava sonhar. Ela já havia produzido nada menos do que 99 sonhos. Amava toda a atenção de que era alvo e todas as coisas dispendiosas que a mamãe lhe podia comprar. De modo que, para ela, foi um choque terrível quando, uma noite, preparando-se para dormir e começar a sonhar seu centésimo sonho, nada aconteceu.

Também foi um choque terrível para a mamãe, que acabara de pedir um café da manhã com champanha para comemorar o *Centenário de Sonhos de Carol*. A Sonhos Mágicos Ltda. estava tão perturbada quanto a mamãe. O simpático senhor Ploys levantou no meio da noite e veio para Surrey no primeiro trem da madrugada. Ele tranqüilizou mamãe e tranqüilizou Carol também, persuadindo-a a deitar e tentar sonhar novamente. Carol, porém, ainda não conseguia sonhar. Tentou todos os dias na semana seguinte, mas nada de sonhos, nem mesmo daquele tipo que as pessoas comuns têm.

A única pessoa que recebeu a notícia sem se abalar foi papai. Logo que começou a crise, ele foi pescar. O senhor Ploys e mamãe levaram Carol aos melhores médicos, caso ela estivesse excessivamente cansada ou doente. Não estava. Então, mamãe levou Carol até a Harley Street para uma consulta com Herman Mindelbaum, o famoso mago da mente. O senhor Mindelbaum também não conseguiu descobrir o que havia de errado. Ele disse que a mente de Carol estava em perfeitas condições e que, considerando os fatos, a autoconfiança da menina estava surpreendentemente elevada.

No carro, voltando para casa, mamãe chorava e Carol soluçava. O senhor Ploys falou freneticamente:

— O que quer que aconteça, não podemos permitir que uma *alusão* a esse assunto chegue aos jornais!

Já era muito tarde. No dia seguinte, todos os jornais mostravam manchetes do tipo *Carol Oneir consulta especialista em mente* e *Esgotaram-se os sonhos de Carol Oneir?* Mamãe explodiu outra vez em lágrimas e Carol não conseguiu tomar o café da manhã.

Mais tarde, naquele dia, papai voltou para casa depois da pesca e encontrou repórteres sentados em fileiras nos degraus da frente. Educadamente, abriu caminho com a sua vara de pescar, dizendo:

— Não há motivo para toda essa agitação. Minha filha está apenas muito cansada e a estamos levando à Suíça para um descanso. — Quando ele finalmente conseguiu entrar, exclamou: — Estamos com sorte. Consegui providenciar para que Carol seja examinada por um perito.

— Não seja tolo, querido. Já fizemos uma consulta com o senhor Mindelbaum ontem — soluçou mamãe.

— Sei disso, querida. Eu disse um perito, não um especialista — respondeu papai. — Veja, eu freqüentei a escola com Chrestomanci, há muito tempo, quando nós dois éramos mais jovens do que Carol. Na verdade, ele perdeu sua primeira vida porque eu o atingi bem na cabeça com um bastão de críquete. Agora, claro, sendo um mago com nove vidas, ele é muito mais importante do que Carol. Tive um bocado de dificuldade para encontrá-lo e receei que ele não fosse querer se lembrar de mim, mas não foi o que aconteceu. Disse que veria Carol. O problema é que ele está de férias no Sul da França e não deseja o recanto cheio de jornalistas...

— Eu cuidarei disso tudo — gritou o senhor Ploys alegremente. — Chrestomanci! Senhor Oneir, estou admirado. Não tenho palavras!

Dois dias mais tarde, Carol, seus pais e o senhor Ploys subiram a bordo de um trem-dormitório de primeira classe em Calais, do Expresso Oriente Suíço. Os repórteres também subiram a bordo, em dormitórios de segunda classe e lugares de terceira classe, junto com repórteres franceses e alemães de pé nos corredores. O trem superlotado chacoalhava ao longo da França até que, no meio da noite, chegou a Strasbourg, onde sempre ocorrem muitas manobras de trens. O vagão-dormitório, com Carol e os pais adormecidos lá dentro, foi manobrado e engatado na traseira do Riviera Golden Arrow e o Oriente Suíço seguiu para Zurich sem ela.

O senhor Ploys continuou no primeiro trem em direção à Suíça. Ele explicou a Carol que, embora ele fosse realmente um mago dos sonhos, tinha capacidade suficiente para manter os repórteres pensando que Carol ainda estava no trem.

– Se Chrestomanci deseja privacidade, permitir que um desses repórteres chegasse perto dele poderia custar o meu emprego – disse o senhor Ploys.

Quando os repórteres descobriram o engano, Carol e os pais já haviam chegado ao recanto na costa de Teignes, na Riviera Francesa. Lá, papai, não sem antes dar uma ou duas olhadas desejosas ao cassino, desempacotou suas varas e foi pescar. Mamãe e Carol pegaram uma carruagem puxada a cavalos até a vila privativa, na colina, onde Chrestomanci estava hospedado.

Vestiram suas melhores roupas para o encontro. Nenhuma das duas conheceu antes alguém que fosse mais importante do que Carol. A menina vestia uma roupa de cetim azul pregueado, da mesma cor que seus jarros de gênio, com nada mais nada menos do que três anáguas bordadas à mão. Usava botas de abotoar da mesma cor e, no cabelo, cuidadosamente encaracolado, uma fita azul. Também carregava uma sombrinha de cetim azul. Além disso, usava seu pingente de diamantes, em forma de coração, o broche com o nome CAROL em diamantes, os dois braceletes de safira e todas as seis pulseiras de ouro. O fecho da bolsa de cetim azul era de diamante, com o formato de dois C. Mamãe estava ainda mais fantástica, em um vestido parisiense cor de cereja, chapéu rosa e todas as suas esmeraldas.

Foram levadas a um terraço por uma senhora bastante simples que, como mamãe sussurrou no ouvido de Carol por trás de sua fã, estava realmente bem-vestida demais para uma serviçal. Carol sentiu ciúme da admiração de mamãe.

Eram tantas as escadaris até o terraço que, quando chegaram lá, ela estava afogueada demais para falar. Deixou mamãe comentar sobre a vista maravilhosa. Dali, podiam ser vistos o mar e a praia e observadas as ruas de Teignes. Como disse mamãe, o cassino parecia encantador e o campo de golfe muito quieto. Por outro lado, a vila tinha sua piscina privativa. Estava cheia de crianças espadanando água, gritando e, na opinião de Carol, como que estragavam a paisagem.

Chrestomanci lia, sentado em uma espreguiçadeira. Ergueu os olhos e piscou um pouco quando chegaram. Então pareceu lembrar-se de quem se tratava e levantou-se educadamente para cumprimentá-las. Vestia uma roupa de seda natural, maravilhosamente bem-talhada. Ao primeiro olhar, Carol notou que deveria ter custado pelo menos o mesmo que o vestido parisiense de mamãe. Porém, o primeiro pensamento de Carol, ao ver Chrestomanci, foi: Nossa! Ele é duas vezes mais bonito do que Francis! Rapidamente, interrompeu e dominou aquela seqüência de pensamentos, pois eram daqueles que jamais compartilhara com mamãe. Mas significava que ela menosprezava Chrestomanci por ele ser de estatura tão elevada, ter o cabelo tão escuro e olhos negros brilhantes. Sabia que ele não poderia ajudar mais do que o senhor Mindelbaum, e o senhor Mindelbaum fizera com que se lembrasse de Melville.

Enquanto isso, mamãe segurava a mão de Chrestomanci entre as suas e dizia:

— Oh, senhor! É uma atitude tão bonita de sua parte, interromper suas férias por nossa causa! Nem mesmo o senhor Mindelbaum conseguiu descobrir o que está bloqueando os sonhos...

— De forma alguma — respondeu Chrestomanci, de certo modo, lutando para libertar a própria mão. — Para ser franco, fiquei intrigado com um caso que nem Mindelbaum conseguiu resolver. — Ele fez um sinal para a senhora que as trouxera até o terraço. — Millie, acha que pode acompanhar a senhora... é... O'Dear lá para baixo enquanto converso com Carol?

— Não há necessidade disso, senhor — disse mamãe, sorrindo. — Sempre vou a todos os lugares com minha querida. Carol sabe que ficarei aqui sentada, quieta, sem interromper.

— Não é de admirar que Mindelbaum não tenha chegado a lugar algum — murmurou Chrestomanci.

Então — Carol, que se orgulhava de ser muito observadora, nunca teve certeza de como aconteceu —, mamãe, repentinamente, não estava mais no terraço. A própria Carol estava sentada em uma espreguiçadeira, olhando para Chrestomanci na sua própria espreguiçadeira, ouvindo a voz da mamãe flutuando de algum lugar lá embaixo.

— Jamais permito que Carol vá sozinha a algum lugar. Ela é a minha ovelhinha...

Chrestomanci reclinou-se confortavelmente e cruzou as elegantes pernas.

— Agora — começou — seja gentil e me conte exatamente o que faz quando produz um sonho.

Aquilo era uma coisa que Carol já fizera centenas de vezes. Sorriu graciosamente e começou:

— Primeiro, vem uma sensação em minha cabeça, significando que um sonho está para acontecer. Os sonhos vêm quando querem, entende, e não há como pará-los ou ignorá-los. Então, aviso à mamãe, subimos ao meu quarto, onde ela me ajuda a me instalar na cama especial que o senhor Ploys fez para mim. Depois, mamãe deixa a "máquina dos sonhos" girando e sai silenciosamente. Aquele zumbido suave do giro me faz cair no sono e o sonho me leva...

Chrestomanci não fez anotações, como o senhor Mindelbaum ou os repórteres. Nem movimentos afirmativos de cabeça para incentivá-la como o fez o senhor Mindelbaum. Simplesmente, fixou vagamente o olhar em direção ao mar. Carol pensou que o mínimo que ele poderia fazer era pedir que aquelas crianças na piscina ficassem quietas. Os gritos e o espadanar eram tão altos, que ela quase tinha que gritar. Carol pensou que ele estava sendo bastante desatencioso, mas continuou.

— Aprendi a não ter medo e a ir onde os sonhos me levavam. É como uma viagem de exploração...

— Quando acontece isso? — interrompeu Chrestomanci, de um modo informal. — Esses sonhos acontecem à noite?

— Podem ocorrer a qualquer momento — explicou Carol. — Se um sonho está pronto, posso ir para a minha cama e dormir durante o dia.

— O que é bastante conveniente — murmurou Chrestomanci. — Assim você pode erguer a mão durante uma aula monótona e dizer: "Por favor, pode me dar licença para eu ir para casa e sonhar?" Eles permitem que você vá para casa?

— Pensei já ter explicado — disse Carol, esforçando-se para manter a dignidade — que mamãe organiza as aulas para mim em casa, para que eu possa sonhar a qualquer momento que sentir necessidade. É como uma viagem de exploração, algumas vezes em cavernas subterrâneas, outras vezes em palácios nas nuvens...

— Entendo! E durante quanto tempo você sonha? Seis horas? Dez minutos? — interrompeu Chrestomanci mais uma vez.

— Mais ou menos meia hora — respondeu Carol. Algumas vezes nas nuvens, ou talvez nos mares do sul. Nunca sei aonde irei ou quem encontrarei em minha jornada...

— Você completa um sonho inteiro em meia hora? — interrompeu Chrestomanci de novo.

— Claro que não! Alguns de meus sonhos duram mais de três horas — respondeu Carol. — Quanto às pessoas que encontro, elas são estranhas e maravilhosas...

— Quer dizer que você sonha em períodos de meia hora — disse Chrestomanci. — E suponho que você precisa continuar o sonho do ponto exato onde o deixou ao final da meia hora anterior.

— Obviamente — disse Carol. — Eu consigo *controlar* meus sonhos. E faço o melhor que posso nesses espaços de meia hora. Gostaria de que parasse de me interromper quando estou me esforçando para lhe dizer!

Chrestomanci desviou o rosto do mar e olhou para ela. Parecia surpreso.

— Minha querida senhorita, você não está se esforçando para me contar coisas. Também leio jornais, como deve saber. Você está me contando exatamente as mesmas coisas sem importância que contou ao *The Times*, ao *Croydon Gazette* e ao *People's Monthly*, e, sem dúvida, também ao pobre Mindelbaum. Diz que seus sonhos vêm sem que sejam convidados, mas que todos os dias tem um durante meia hora e que jamais sabe aonde vai ou o que acontecerá, mas que consegue controlá-los perfeitamente. Tudo isso não pode ser verdade, não é?

Carol deslizou as pulseiras para cima e para baixo pelo braço e tentou manter a calma. Era algo difícil, com o sol tão quente e com tanto barulho vindo da piscina. Pensou seriamente em rebaixar Melville e transformar Chrestomanci no vilão do próximo sonho, até que se lembrou de que poderia *não* haver um próximo sonho, a não ser que Chrestomanci a ajudasse.

— Não estou entendendo — disse ela.

— Falemos então de seus sonhos — propôs Chrestomanci. Ele apontou para os degraus do terraço, para a água maravilhosamente azul da piscina. — Ali você pode ver Janet, minha tutelada. É a jovem loura que os outros estão empurrando do trampolim. Ela adora seus sonhos. Tem todos os 99, embora eu receie que Julia e os jovens os estejam menosprezando. Dizem que são tolamente sentimentais e todos exatamente a mesma coisa.

Carol, naturalmente, sentiu-se profundamente ferida por alguém considerar seus sonhos tolamente sentimentais, mas preferiu não se manifestar. Sorriu graciosamente para o grande espadanar, que era tudo o que conseguia ver de Janet.

— Janet espera conhecê-la mais tarde — disse Chrestomanci. O sorriso de Carol ampliou-se. Gostava de conhecer admiradores. — Quando ouvi que vocês estavam vindo — disse Chrestomanci —, peguei emprestado com Janet o mais recente, *Travesseiro de ônibus*. — O sorriso de Carol estreitou-se um pouco. Chrestomanci não parecia de forma alguma o tipo de pessoa que gostaria de seus sonhos.

— Até que gostei dele — confessou Chrestomanci. O sorriso de Carol ampliou-se. Ótimo! — Mas, sabe, Julia e os jovens têm razão — continuou Chrestomanci —, seus finais felizes são mesmo tolamente sentimentais e estão sempre acontecendo as mesmas coisas. — Ante tal observação, dessa vez o sorriso de Carol estreitou-se inconfundivelmente. — No entanto, são terrivelmente vivos — acrescentou Chrestomanci. — Há tanta ação e tantas pessoas. Gosto de todas aquelas multidões, o que em suas sinopses é chamado de "elenco de milhares", mas devo confessar que não considero seus cenários muito convincentes. Aquele cenário árabe no nonagésimo sexto sonho foi horrível, mesmo com as devidas concessões por causa de sua idade. Por outro lado, o parque de diversões do sonho mais recente parecia mostrar as qualidades essenciais a um verdadeiro dom.

Até aquele momento, o sorriso de Carol passava do amplo ao estreito, como as ruas de Fair City, em Dublin. Quase foi pega de guarda baixa quando Chrestomanci disse:

— E, embora você nunca apareça nos sonhos, um determinado número de personagens sempre aparece, em diversos papéis, é claro. Diria que, ao todo, são uns cinco ou seis atores principais.

Aquilo estava se tornando demasiadamente próximo das coisas que Carol jamais contara, nem mesmo a mamãe. Felizmente alguns repórteres haviam chegado à mesma conclusão.

— Assim são os sonhos — disse ela. — Sou apenas o olho que vê.

— Como disse ao *Manchester Guardian* — concordou Chrestomanci —, se é o que queriam dizer com "Oosung Oyo". Imagino que aquilo deve ter sido um erro de impressão. — Para alívio de Carol, ele mostrava um olhar vago e, aparentemente, não notou que ela estava atemorizada.

— Agora — ele continuou —, acredito que chegou a hora de dormir, para que eu possa ver o que aconteceu de tão errado em seu centésimo sonho, a ponto de você se recusar a registrá-lo.

— Mas nada aconteceu de errado! — protestou Carol. — Só que não sonhei.

— É o que você diz — respondeu Chrestomanci. — Feche os olhos. Não se importe de roncar, se o desejar.

— Mas... mas não posso simplesmente dormir no meio de uma visita! — disse Carol. — E... e aquelas crianças na piscina estão fazendo barulho demais.

Chrestomanci baixou uma das mãos casualmente até o chão do terraço. Carol viu o braço dele subir, como se estivesse retirando alguma coisa das pedras. O terraço ficou em silêncio. Ela ainda podia ver as crianças espadanando água lá embaixo e as bocas abrindo e fechando, mas nenhum som chegava a seus ouvidos.

— Ainda tem mais alguma desculpa? — perguntou ele.

— Não são desculpas. E como você poderá saber se estou ou não sonhando sem "máquina dos sonhos" adequada e um mago dos sonhos qualificado para interpretá-la? — exigiu Carol.

— Oh, atrevo-me a dizer que posso passar muito bem sem ela — observou Chrestomanci. Embora tivesse dito aquilo de modo suave, acalentador, Carol repentinamente se lembrou de que ele era um mago com nove vidas e mais importante do que ela. Imaginou que ele era suficientemente poderoso.

— Muito bem, como queira. — Iria fazer-lhe a vontade. Carol arrumou a sombrinha para se proteger do sol e arrumou-se confortavelmente na espreguiçadeira, sabendo de antemão que nada aconteceria...

... E estava no parque de diversões onde seu nonagésimo nono sonho começou. À sua frente, um amplo espaço barrento, com grama, coberto com pedaços de papel e outros entulhos. Podia ver, a distância, a roda gigante, por trás de algumas barracas esvoaçantes e tendas meio desmontadas, e outra coisa alta, aparentemente a parte inferior da torre da tenda principal. O lugar parecia bastante deserto.

— Francamente! — disse Carol. — Não limparam nada! O que Martha e Paul estarão pensando?

Logo depois de dizer isso, ela tapou, de modo culposo, a boca com as mãos e olhou ao redor, certificando-se de que Chrestomanci não viera se aproximando silenciosamente por trás. Porém, nada mais havia, além de capim coberto de lixo. "Bom!", pensou Carol. "*Sei* que ninguém pode chegar por trás dos cenários de um sonho privativo de Carol Oneir, a não ser que eu o permita!" Relaxou. Estava no comando. Era uma das coisas que não contara à mamãe, embora, por um momento, lá no terraço em Teignes, tivesse receado que Chrestomanci estivesse informado a respeito.

Na verdade, como Chrestomanci observou, Carol tinha apenas seis personagens principais trabalhando para ela. Havia Francis, alto, louro e bonito, com uma bela voz de barítono, que era sempre o herói. Sempre terminava casando com a suave, mas espirituosa Lucy, também bonita. Depois, havia Melville, magro e escuro, como um rosto pálido e mau, responsável por todas as vilanias. Melville era tão bom no papel de bandido, que Carol o usava diversas vezes em um sonho. Mas ele era sempre educado e, por isso, o também educado senhor Mindelbaum fez com que Carol se lembrasse de Melville.

Os outros três eram Bimbo, mais idoso, que fazia todos os homens sábios, aleijados patéticos e tiranos fracos; Martha, a mulher mais velha, como tias, mães e rainhas enfeitiçadas, tanto diretamente enfeitiçadas quanto com corações de ouro, e Paul, de compleição mais baixa e aspecto infantil. A especialidade de Paul era ser fiel assistente infantil, embora também fizesse o segundo personagem mau, com uma freqüente tendência a ser morto. A função de Paul e Martha, como seus papéis nunca eram muito relevantes, era ver se, no elenco de milhares, tudo estava esclarecido entre sonhos.

Só que dessa vez isso não aconteceu.

— Paul — chamou Carol. — Martha! Onde está o meu elenco de milhares?

Nada aconteceu. Sua voz perdeu-se no vazio.

— Muito bem! — exclamou Carol. — Vou procurá-los e os encontrarei, e vocês não gostarão quando isso acontecer!

Começou a andar, abrindo caminho, repugnada, pelo meio do lixo, em direção às barracas esvoaçantes. Foi realmente uma atitude nada correta da parte deles, pensou, depois de todo o trabalho que tivera para produzi-los, apresentá-los de centenas de maneiras diferentes, tornando-os, de certo modo, tão famosos quanto ela mesma. Enquanto Carol pensava, pisou com o pé descalço um sorvete derretido. Deu um pulo para trás e descobriu que, por algum motivo, usava uma roupa de banho igual à das crianças na piscina de Chrestomanci.

— Francamente! — disse, rabugenta. Lembrava-se, agora, de que na outra tentativa do centésimo sonho isso também acontecera, até o ponto em que ela o descartou. Pensariam que aquele era o tipo de sonho das pessoas comuns. Não poderia nem mesmo ser considerado um decente sonho tipo *Fita de chapéu*. Dessa vez, com um esforço rigorosamente controlado, obrigou-se a vestir as botas azuis e o vestido azul com todas as anáguas. Era muito mais quente, mas mostrava que ela estava no comando. E continuou a marcha, até chegar às barracas esvoaçantes.

Ali, aquilo quase se transformou de novo em um sonho comum. Carol andou entre barracas vazias e tendas caídas, sob a enorme estrutura da roda gigante e, repetidamente, perto da tenda principal sem o topo. Ela passou por carrossel após carrossel, sem ver uma alma sequer.

Seguia em frente incentivada por profundo desgosto, até que viu alguém, e depois quase passou diretamente por ele, pensando tratar-se de um dos bonecos do espetáculo de cera. Ele estava sentado, com o olhar fixo, sobre um caixote ao lado de um órgão pintado de um dos carrosséis. Talvez, quando necessário, algum dos participantes do elenco de milhares atuasse como boneco, pensou Carol. Realmente não fazia idéia. Esse, porém, era louro, significando ser um dos bons e que geralmente trabalhava com Francis.

— Ei, você! — chamou ela. — Onde está Francis?

Ele lhe lançou um olhar sem energia, como que inacabado.

— Rhubard — disse. — Abracadabra!

— Sim, mas agora você não está participando de uma cena de multidão — respondeu Carol. — Quero saber onde estão os meus personagens principais.

O homem apontou vagamente para um ponto além da roda gigante.

— Nos seus alojamentos — respondeu —, na reunião do comitê. — Carol seguiu naquela direção. Nem bem acabara de dar dois passos, o homem bradou por trás dela: — Ei, você! Agradeça!

"Que grosseiro", pensou Carol. Virou-se, lançando-lhe um olhar fixo e penetrante. Ele estava bebendo algo com cheiro muito forte de uma garrafa verde.

— Você está bêbado! — disse ela. Onde conseguiu isso? Não permito bebidas verdadeiras em meus sonhos.

— Meu nome é Norman — informou o homem. — Bebo para afogar as tristezas.

Carol percebeu que nada que fizesse sentido conseguiria obter dele. De maneira que disse: "Obrigada", para que não gritasse por trás dela de novo e seguiu na direção indicada. Isso a fez passar por um amontoado de carros ciganos. Todos tinham uma aparência indistinta de papelão, por isso Carol passou diretamente por eles, certa de que deveriam pertencer ao elenco de milhares. O carro que queria, sabia muito bem, pareceria bem-definido e real. E assim aconteceu. Era mais como um barracão preto e alcatroado sobre rodas do que um carro, mas uma fumaça negra, verdadeira, saía de sua chaminé enferrujada.

Carol inspirou. "Estranho", pensou. "O cheiro parece de caramelo!" Mas decidiu não dar a seu pessoal nenhum outro aviso. Subiu pela escada de madeira preta até a porta, abrindo-a com violência.

Uma nuvem de fumaça, calor, cheiro de bebida e de caramelo a envolveram. Seu pessoal estava todo reunido ali dentro, mas, em vez de se virar educadamente para receber suas ordens, como fazia normalmente, em princípio ninguém tomou conhecimento da presença dela. Francis estava sentado à mesa, jogando cartas com Martha, Paul e Bimbo, à luz de velas enfiadas em garrafas verdes. Perto do cotovelo de cada um deles, copos de bebida com cheiro forte, mas a maior parte do cheiro de bebida, para horror de Carol, vinha de uma garrafa da qual Lucy estava bebendo. A bela e suave Lucy sentava-se em um beliche ao fundo, dando risadinhas e embalando uma garrafa verde. Pelo que Carol conseguia ver àquela luz fraca, o rosto de Lucy parecia o de um gnomo, e o cabelo lembrava o que mamãe descreveria como "maltratado". Melville cozinhava no fogão perto da porta. Carol sentiu vergonha de olhar para ele. Vestia um avental branco, imundo, e mostrava um sorriso sonhador enquanto mexia a panela. Difícil imaginar algo menos desprezível.

– Podem me dizer – Carol gritou – o que pensam estar fazendo?

Diante daquilo, Francis virou-se o suficiente para Carol ver que há muitos dias ele não se barbeava.

– Feche essa bendita porta, por favor! – exclamou, irritado. Provavelmente, falou daquela maneira por estar com um grande charuto entre os dentes, mas Carol imaginou que era principalmente porque Francis estava bêbado.

Fechou a porta e ficou de pé encostada nela, com os braços cruzados.

– Exijo uma explicação – disse. – Estou esperando.

Paul baixou suas cartas e, num movimento rápido, puxou para si mesmo uma pilha de dinheiro. Depois, retirou o charuto da boca infantil para dizer:

– E pode continuar esperando, a não ser que, finalmente, tenha vindo negociar. Estamos em greve.

– Em greve – disse Carol.

– Em greve – repetiu Paul. – Todos nós. Trouxe o elenco de milhares diretamente para cá, logo depois de seu sonho mais recente. Queremos melhores condições de trabalho e uma fatia maior do bolo. – Paul sorriu para Carol de um modo desafiador e não propriamente agradável, e enfiou o charuto de volta na boca, uma boca não tão infantil, agora que Carol podia observá-la mais de perto. Paul era mais velho do que ela imaginara, com linhas cínicas cobrindo-lhe todo o rosto.

– Paul é nosso administrador – explicou Martha. Para surpresa de Carol, Martha era bastante jovem, com cabelo avermelhado e um olhar íntegro e severo. Quando ela prosseguiu, o tom da sua voz também era um pouco lamentoso. – Temos nossos direitos, entende? As condições segundo as quais o elenco de milhares precisa viver são terríveis e é um sonho logo depois do outro, sem qualquer tempo livre para algum de nós. Também nao temos qualquer satisfação com o nosso trabalho. Os papéis desagradáveis que Paul e eu temos de desempenhar!

– Figurantes sarnentos – disse Paul, ocupado em distribuir as cartas. – Um dos motivos de nosso protesto é que somos mortos em quase todos os sonhos. O elenco de milhares é exterminado em todas as cenas finais, e, além de eles não receberem qualquer compensação, logo depois precisam se preparar para lutar de novo no sonho seguinte.

– Não é como se você nos *pagasse* alguma coisa – lamentou-se Martha. – Temos de nos conformar com qualquer recompensa que pudermos pelos nossos serviços.

– Então, onde conseguiram todo esse dinheiro? – perguntou Carol, apontando a grande pilha em frente a Paul.

– Na cena do tesouro árabe e assim por diante – respondeu Paul. – Tesouro de piratas. A maior parte é apenas papel pintado.

Repentinamente, Francis disse em voz alta, pastosa:

– Quero reconhecimento! Fui 99 heróis diferentes, mas nem uma palavra de crédito aparece em um travesseiro ou jarro. – Deu um soco na mesa. – Exploração! É isso que é!

– Sim, queremos os nossos nomes no próximo sonho – exigiu Paul. – Melville, passe para ela nossa lista de reclamações, por favor.

– Melville, o Secretário do Comitê de Greve – disse Martha.

Francis deu um outro soco na mesa e gritou:

– Melville! – Depois, todos gritaram: MELVILLE! Até que Melville, finalmente, se virasse do fogão com a panela em uma das mãos e uma folha de papel na outra.

— Não queria estragar meu doce — disse Melville, como que se desculpando. Estendeu o papel a Carol. — Aqui está, minha querida. Isso não foi idéia minha, mas não desejo decepcionar os outros.

Carol, nesse meio tempo, recuou contra a porta, mais ou menos aos prantos. Aquele sonho parecia um pesadelo.

— Lucy — chamou, desesperadamente. — Lucy, você também está envolvida nisso?

— Não se atreva a perturbá-la — exigiu Martha, de quem Carol estava começando a não gostar. — Lucy sofreu bastante. Já teve o seu quinhão de papéis que a tornaram um joguete e propriedade de homens. Não é mesmo, querida? — dirigiu-se a Lucy.

Lucy voltou o olhar para cima.

— Ninguém compreende — murmurou, olhando tristemente para a parede. — Odeio Francis. E sempre tenho de me casar com ele e viver feliz para todo o sempre.

Essa fala, nada surpreendentemente, aborreceu Francis.

— E eu odeio você! — vociferou, saltando da cadeira, enquanto gritava. A mesa virou com estrondo, acompanhada pelos copos, dinheiro, cartas e velas. Na escura e aterrorizante confusão que se seguiu, a porta, não se sabe como, abriu-se por trás de Carol e ela saiu tão rápido quanto pôde...

... Descobrindo-se novamente sentada em uma espreguiçadeira no terraço. Segurava uma folha de papel em uma das mãos e a sombrinha girava a seus pés. Para sua irritação, alguém derramou o que parecia ser uma grande gota pegajosa de doce sobre seu vestido azul.

— Tonino! *Vieni qui!* — alguém chamou.

Carol ergueu a cabeça e viu Chrestomanci tentando consertar uma espreguiçadeira quebrada em meio a uma multidão que se empurrava, passando por ele, descendo, em correria, os degraus do terraço. No primeiro momento, Carol não conseguiu imaginar quem seriam aquelas pessoas, até que viu Francis entre elas e depois, Lucy, com uma das mãos agarrando a garrafa e a outra a mão de Norman, o homem que Carol viu sentado sobre um caixote. O restante deve ser o elenco de milhares, supôs. Ainda tentava imaginar o que havia acontecido, quando Chrestomanci deixou cair a espreguiçadeira quebrada e parou a última pessoa a cruzar o terraço.

— Desculpe, senhor — disse Chrestomanci. — Poderia, por gentileza, explicar algumas coisas antes de ir?

Era Melville, ainda com o avental de cozinheiro, abanando fumaça para longe da panela com a desprezível e longa mão, e observando atentamente o doce com um olhar muito sombrio no rosto igualmente comprido e desprezível.

— Acho que está estragado — disse. — Quer saber o que aconteceu? Bem, acho que foi iniciado pelo elenco de milhares, mais ou menos na época em que Lucy se apaixonou por Norman, de modo que, para começar, deve ser obra de Norman. De qualquer maneira, começaram a reclamar que nunca tinham oportunidade de ser pessoas de verdade e Paul lhes deu atenção. Paul é muito ambicioso, entende, e sabia, como todos nós, que Francis não era realmente talhado para ser herói...

— Certamente que não! Tem um queixo fraco — concordou Chrestomanci.

Carol engoliu em seco e estava pronta para protestar, o que seria um protesto bastante choroso naquele momento, quando se lembrou de que o queixo eriçado de Francis parecia realmente pequeno e vacilante sob aquele charuto.

— Oh, não se deve julgar por queixos — observou Melville. — Olhe o meu! E não sou mais vilão do que Francis é herói. Francis tem seu lado petulante, Paul zombava daquilo, com a ajuda de Bimbo e seu uísque, e Lucy estava com Paul de qualquer maneira, porque odiava ser forçada a usar vestidos com babados e a sorrir de modo afetado para Francis. Ela e Norman queriam se dedicar à agricultura. Martha, em minha opinião, é uma garota muito frívola, aliou-se a eles, porque não pode tolerar ter de arrumar o cenário sem aviso. Então, todos vieram falar comigo.

— E você resistiu? — perguntou Chrestomanci.

— Por todo *O aleijado de Monte Cristo* e *O cavaleiro árabe* — admitiu Melville, caminhando pelo terraço para pousar a panela na balaustrada. — Gosto de Carol, compreende, e estou bastante disposto a ser três vilões de uma vez, se é o que ela quer. No entanto, quando ela começou o sonho do parque de diversões, logo depois de *O tirano da cidade de Londres*, tive de admitir que estávamos sendo todos completamente sobrecarregados de trabalho. Nenhum de nós conseguia algum tempo para si mesmo. Pobre de mim — acrescentou. — Creio que o elenco de milhares está se preparando para fazer uma farra.

Chrestomanci curvou-se na balaustrada para olhar.

— Receio que sim — disse. — Por que, na sua opinião, Carol faz vocês trabalharem tanto? Ambição?

Naquele momento vinha tamanho barulho da cidade, que Carol não conseguiu resistir: levantou-se para olhar. Uma grande parte do elenco de milhares foi direto para a praia. Corriam alegremente pela água, empurrando cabines para trocar de roupa, com rodinhas, ou simplesmente livravam-se das roupas e mergulhavam. Aquilo provocou um clamor por parte dos freqüentadores habituais. Mais gritaria chegava da praça principal, abaixo do cassino, onde o elenco de milhares inundou cafés elegantes, pedindo sorvetes, vinho e pernas de rã em altos brados.

— Parece bastante divertido — disse Melville. — Não! Não é exatamente ambição, senhor. Digamos que Carol foi envolvida pelo sucesso, o que também se aplica à mamãe. Não é fácil parar alguma coisa quando mamãe espera continuar e continuar.

Uma carruagem puxada por cavalos passava agora, a galope, pela rua principal, perseguida por uma multidão aos berros, embolada, excitada. Atrás dela vinha um pequeno destacamento de policiais, aparentemente porque a pessoa de barba branca na carruagem atirava mancheias de jóias em todas as direções, da maneira mais displicente possível. "Principalmente, jóias árabes e tesouros de piratas", pensou Carol. Queria saber se seriam de vidro ou jóias verdadeiras.

— Pobre Bimbo — disse Melville. — Nestes dias, considera-se uma espécie de majestoso Papai Noel. Já desempenhou esse papel um número excessivo de vezes. Acho que deveria se aposentar.

— É uma pena mamãe ter mandado o táxi esperar — disse Chrestomanci a Carol. — Aqueles não são Francis, Martha e Paul? Entrando no cassino?

Eram. Carol os viu, dançando de braços entrelaçados, subindo os degraus de mármore, três pessoas obviamente caindo na farra.

— Paul — disse Melville — me disse ter um sistema para quebrar a banca.

— Uma ilusão bastante comum — ponderou Chrestomanci.

— Mas ele não pode! — exclamou Carol. — Não tem dinheiro de verdade! — Enquanto falava, deu uma olhada furtiva para baixo. O pingente de diamante havia desaparecido e também o broche. As pulseiras de safira e todas as de ouro estavam faltando. Até os fechos da bolsa haviam sido arrancados. — Eles me roubaram? — gritou.

— Isso seria coisa de Martha — imaginou Melville tristemente. — Lembre-se de que ela batia carteiras em *O tirano da cidade de Londres*.

— Parece que você lhes deve uma soma considerável em honorários — esclareceu Chrestomanci.

— E o que devo fazer? — lamentou-se Carol. — Como farei para que voltem?

Melville olhou para ela, preocupado. A expressão lembrava uma careta desprezível, mas Carol entendeu perfeitamente. Melville era adorável. Chrestomanci simplesmente olhou surpreso e um pouco aborrecido.

— Quer dizer que deseja que todas essas pessoas voltem? — perguntou.

Carol abriu a boca para responder que sim, claro que desejava! Mas não disse. Eles estavam se divertindo tanto. Para Bimbo, era a oportunidade de sua vida, galopando pelas ruas, jogando jóias. Na praia, as pessoas formavam uma massa alegre. Nos cafés, garçons corriam para todos os lados, anotando pedidos, pousando pratos e copos em frente ao elenco de milhares. Carol esperava que eles estivessem usando dinheiro de verdade. Se virasse a cabeça, veria que uma parte do elenco de milhares chegara ao campo de golfe, onde a maioria deles parecia imaginar que golfe era um jogo de equipes que se jogava mais ou menos como hóquei.

— Enquanto Carol decide — disse Chrestomanci —, qual, Melville, é sua opinião sobre os sonhos dela? Como uma pessoa com um ponto de vista interior?

Melville começou a mexer no bigode, sentindo-se pouco à vontade.

— Temia que fosse me perguntar isso — respondeu. — Ela tem um talento tremendo, evidentemente, ou não conseguiria fazer o que faz, mas, por vezes, sinto que ela... bem... ela se repete. Vamos colocar do seguinte modo: creio que Carol não se permite ser ela mesma e faz o mesmo conosco.

Carol compreendeu que Melville era a única outra pessoa de quem realmente gostava. Estava profundamente enjoada de todos os outros. Embora não o tivesse admitido, já estava farta deles há anos, mas nunca tivera tempo de pensar em alguém mais interessante, por estar sempre ocupada com o sonho seguinte. E se demitisse todos? Aquilo não feriria os sentimentos de Melville?

— Melville — perguntou ela ansiosamente —, você gosta de fazer papéis de vilões?

— Minha querida — respondeu Melville —, isso depende inteiramente de você, mas confesso que algumas vezes gostaria de tentar ser alguém... bem... com um coração não tão negro. Digamos, mais *acinzentado*, e um pouco mais complicado.

Aquilo era difícil.

— Para fazer isso — disse Carol, pensando a respeito — teria de ficar um certo período sem sonhar e passar um tempo, talvez um longo tempo, como que adquirindo uma nova perspectiva das pessoas. Você se importaria de esperar? Isso pode levar mais de um ano.

— De maneira alguma — respondeu Melville. — Pode me chamar quando precisar de mim. — E curvou-se para beijar a mão de Carol, de seu modo mais desprezível...

... E Carol encontrava-se mais uma vez sentada na espreguiçadeira. Dessa vez, no entanto, esfregava os olhos, e o terraço estava vazio, com exceção de Chrestomanci segurando uma cadeira quebrada e falando, aparentemente em italiano, com um menino magro. O garoto, provavelmente, viera da piscina. Vestia roupa de banho e pingava água por todo o pavimento.

— Oh — disse Carol. — Então tudo não passou de um sonho! — Observou que, enquanto dormia, a sombrinha havia caído, e estendeu o braço para pegá-la. Alguém, aparentemente, a pisara. E em seu vestido havia uma grande gota de doce. Depois, evidentemente, procurou o broche, o pendente e as pulseiras. Haviam sumido. Alguém rasgara seu vestido ao puxar o broche. Seus olhos saltaram para a balaustrada, onde estava uma pequena panela queimada.

Diante daquilo, Carol correu para a balaustrada, com a esperança de ver Melville descendo as escadas. Ninguém descia os degraus. Mas chegou bem a tempo de ver a carruagem de Bimbo cercada pelos policiais, parada no final do desfile. Bimbo não parecia estar dentro dela. Era como se ele tivesse desempenhado o ato de desaparecer, que ela inventou em *O aleijado de Monte Cristo*.

Lá embaixo, na praia, as multidões do elenco de milhares saíam da água, deitando-se para um banho de sol ou, educadamente, pedindo aos freqüentadores habituais que emprestassem bolas de praia. Na verdade, ela quase não as conseguia distinguir dos turistas comuns. No campo de golfe, um homem de jaqueta vermelha organizava o elenco de milhares, colocando os personagens em fila para praticar tacadas. Carol olhou então para o cassino, mas não havia sinal de Paul, Martha ou Francis. Ao redor da praça, no entanto, a cantoria transbordava dos cafés, um canto constante, cada vez mais intenso, porque, claro, havia uma grande concentração de coros no elenco de milhares. Carol virou-se e olhou acusadoramente para Chrestomanci.

Chrestomanci interrompeu a conversa em italiano para se aproximar com o menino, uma das mãos pousada sobre o seu ombro molhado e magro.

— Tonino — informou-a — é um mago relativamente incomum. Ele intensifica a magia de outras pessoas. Quando vi a direção que seus sonhos estavam tomando, achei que seria melhor tê-lo aqui para apoiar a sua decisão. Suspeitei de que você talvez fosse fazer uma coisa dessas. Por isso, não queria repórteres. Gostaria de descer até a piscina? Tenho certeza de que Janet poderá lhe emprestar uma roupa de banho e, provavelmente, também um vestido limpo.

— Bem... obrigada... sim, por favor... mas... — começou Carol, quando o menininho apontou para alguma coisa por trás dela.

— Eu fala inglês — disse. — Papel caiu.

Carol virou-se e o pegou. Em belas letras inclinadas, estava escrito:

Por meio desta, Carol Oneir libera Francis, Lucy, Martha, Paul e Bimbo de todos os próximos deveres profissionais e dá ao elenco de milhares permissão para ausência por tempo indefinido. Estou tirando férias com sua gentil permissão e subscrevo-me.

A seu inteiro dispor,
Melville.

— Oh, que bom! — exclamou Carol. — E agora? O que farei com relação ao senhor Ploys. E como falarei com mamãe?

— Posso falar com Ploys — respondeu Chrestomanci —, mas sua mamãe é um problema estritamente seu, embora seu pai, quando voltar do cassino, digo, da pescaria, certamente a apoiará.

Algumas horas mais tarde, papai realmente apoiou Carol, e lidar com mamãe mostrou-se mais fácil do que o normal, porque ela estava muito constrangida pela maneira como havia confundido a esposa de Chrestomanci com uma empregada. Naquele momento, entretanto, a principal coisa que Carol queria contar a papai era que a haviam jogado do trampolim mais de 16 vezes e que aprendera a nadar duas braçadas, bem, quase.

* * *

DIANA WYNNE JONES tem sido descrita como "uma mestra moderna da magia", depois que seus livros, onde a magia e a vida mundana se misturam, atingiram níveis estratosféricos de popularidade em ambos os lados do Atlântico. A série de romances apresentando Chrestomanci, "o mago mais poderoso do mundo", tornou-se especialmente conhecida desde a publicação do primeiro, *Charmed Life*, em 1977. Na verdade, muitos leitores são de opinião de que as histórias sobre o mago de elevada estatura, elegante e ilustre merecem o mesmo *status* de admiração que os romances de Harry Potter. Diana Wynne Jones começou a escrever histórias de fantasia em 1970. Recentemente, o *US News and World Report* sugeriu: "Louco por causa de Harry? Tente Diana."

AGRADECIMENTOS

Os editores são gratos aos seguintes autores, seus editores e agentes por permitirem a inclusão de suas histórias nesta coletânea:

"School for the Unspeakable" (A Escola para o Extraordinário), de Manly Wade Wellman. Copyright © 1937 com Popular Fiction Publishing Company. Reeditado com autorização de David Drake, herdeiro do espólio de Manly Wade Wellman.

"The Demon Headmaster" (O Diretor Demônio), de Gillian Cross. Reeditado com autorização da Oxford University Press.

"Ghostclusters" (Bandos de Fantasmas), de Humphrey Carpenter. *Copyright* © 1989. Reeditado com autorização de Puffin Books.

"Grimnir and Shape-Shifter" (Grimnir e a Alteradora de Formas), de Alan Garner. Reeditado com autorização de HarperCollins Publishers.

"Dark Oliver" (O Misterioso Oliver), de Russel Hoban. Reeditado com autorização de David Higham Associates.

"Finders Keepers" (Os Guardiães do Descobridor), de Joan Aiken. Copyright © Joan Aiken Enterprises Ltd. e reeditado com permissão de A. M. Heath & Co. Ltd.

"The Magic of Flying" (A Magia de Voar), de Jacqueline Wilson. Reeditado com permissão da Oxford University Press.

"Chinese Puzzle" (O Enigma Chinês), de John Wyndham. Reeditado com permissão de David Higham Associates.

"The Wish" (O Desejo), de Roald Dahl. Reeditado com permissão de David Higham Associates.

"Invisible Boy" (O Menino Invisível), de Ray Bradbury. Reeditado com permissão de Abner Stein and Don Congdon Associates.

"My Name is Dolly" (Meu Nome é Dolly), de William F. Nolan. Copyright © 1987 e reeditado com permissão do autor.

"Something to Read" (Algo para Ler), de Philip Pullman. Reeditado com permissão de A. P. Watt Ltd.

"Carol Oneir's Hundredth Dream" (O Centésimo Sonho de Carol Oneir), de Diana Wynne Jones. Reeditado com permissão de HarperCollins Publishers.

Com agradecimentos especiais a Mike Ashley, David Drake, William Nolan e Philip Pullman, com sua ajuda na organização desta coletânea.

Impresso no Brasil pelo
Sistema Cameron da Divisão Gráfica da
DISTRIBUIDORA RECORD DE SERVIÇOS DE IMPRENSA S.A.
Rua Argentina 171 – Rio de Janeiro, RJ – 20921-380 – Tel.: 2585-2000